만리웅풍

월인 新무협 판타지 소설

FANTASTIC ORIENTAL HEROES

만리웅풍 1

월인 新무협 판타지 소설

초판 1쇄 찍은 날 § 2007년 11월 6일
초판 1쇄 펴낸 날 § 2007년 11월 16일

지은이 § 월인
펴낸이 § 서경석

편집장 § 문혜영
편집책임 § 장상수
편집 § 최하나

펴낸곳 § 도서출판 청어람
등록번호 § 제1081-1-89호
등록일자 § 1999. 5. 31
어람번호 § 제2-1338호

주소 § 경기도 부천시 원미구 심곡1동 350-1 남성B/D 3F (우) 420-011
전화 § 032-656-4452 팩스 § 032-656-4453
http://www.chungeoram.com
E-mail § eoram99@chollian.net

ⓒ 월인, 2007

ISBN 978-89-251-1007-3 04810
ISBN 978-89-251-1006-6 (세트)

萬里雄風
말리웅쿵
1 소투귀(小鬪鬼)
월인 新무협 판타지 소설
FANTASTIC ORIENTAL HEROES
청어람

目次

어느덧 네 번째 작품을 선보이게 되었습니다.

내적으로나 외적으로 글을 쓸 수 있는 환경이 점점 더 열악해지는 상황에 감당하기 힘든 일을 또 벌이고 있지 않나 걱정스럽기도 합니다.

내보낸 작품 수는 적지만 글을 쓰기 시작한 지는 제법 여러 해가 지났기에 이젠 무협이 뭔지 알 만도 하고, 무협을 쓴다는 것이 조금 쉽게 다가올 때도 된 것 같은데 오히려 점점 더 어렵다는 걸 느낍니다.

지금까지 썼던 것보다 더 나은 작품을 써야 하고, 지금까지 나온 주인공들보다 더 개성 있고 재미있는 주인공을 탄생시켜야 하고, 그러면서도 지금까지 쓴 작품들과는 차별성을 두어야 한다는 생각들이 머릿속을 복잡하게 하다 못해 아예 얼어붙게 만들었습니다.

그런 강박관념과 함께 연초부터 몇 달 동안 긁적거린 다른 작품 하나는 너무 경직되고 이질적이어서 완전히 폐기처분하기도 했습니다.

더 재미있고, 더 개성 있고, 더 차별적이고…….

한마디로 영약들만 섞어서 더 나은 약을 만들고자 시도를 하다가 사람 잡을 독약을 만든 결과라고나 할까요.

많은 번민 속에서 계속 그런 강박관념에 사로잡혀 있다가는 더 이상 어떤 작품도 쓸 수가 없다는 것을 깨달았습니다.

결국 그런 모든 것을 떨쳐 버리고 다시 초보의 입장에서 첫 작품을 낸다는 심정으로 책상 앞에 앉으니 비로소 무언가를 쓸 수 있게 되더군요.

이번 작품은 저로서는 또 하나의 첫 작품이라고 생각하기에 여러분들도 초보 작가의 첫 작품을 읽는다는 마음으로 읽어주시면 더 바랄 것이 없을 것 같습니다.

2007년 가을의 끝자락에서…….

월인 배상.

천지현황(天地玄黃)!

하늘은 검고 땅은 누르다.

끝없이 검고 누르게 펼쳐진 이 하늘 아래, 땅 위에!

내가 믿고 의지할 수 있는 것은 오직 내 주먹과 몸뚱이뿐이다.

남들처럼 가문의 후광(後光)이나 사문의 위명(威名)에 기댈 수 없었기에 오로지 내 주먹에만 의지하여 오늘까지 버텨왔다.

그러기에 나는 내 주먹이 꺾이는 것을 절대로 용납할 수 없다.

내 주먹이 꺾이는 날, 내 인생도 꺾이고 나는 한 마리 쥐새
끼로 전락할 것이다.
절대로 질 수 없다!
죽는 한이 있어도 질 수는 없다!

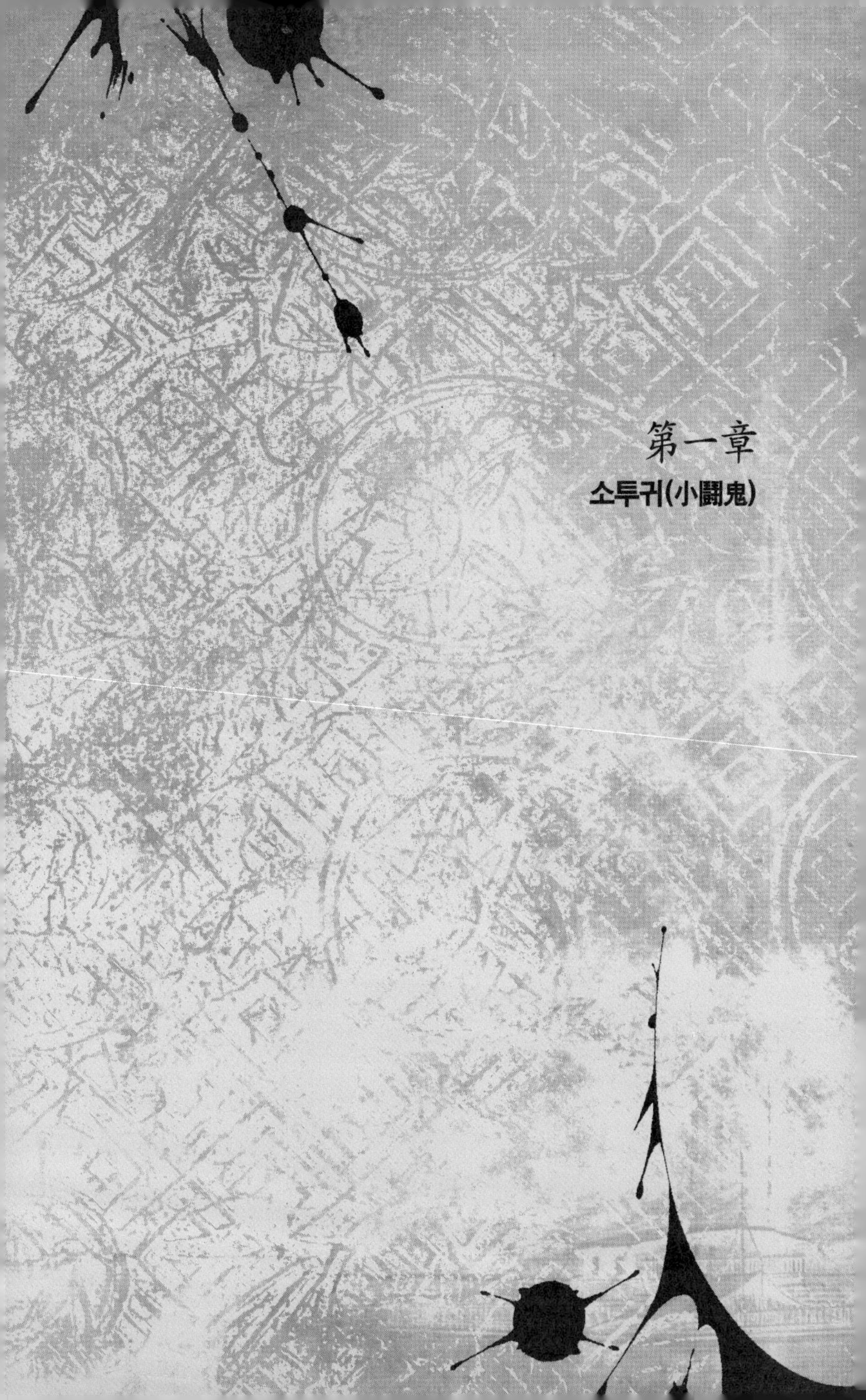
第一章
소투귀(小鬪鬼)

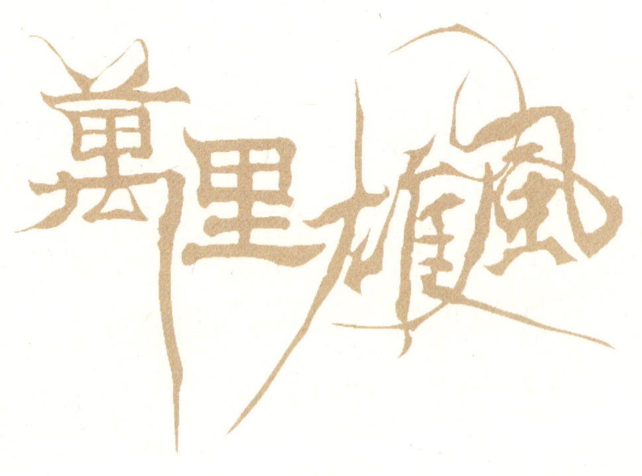

놈의 눈이 맹수처럼 번득거렸다.

기회를 포착하고 한순간에 사냥감의 숨통에 송곳니를 찔러 넣기 직전의 눈빛 같았다.

놈의 어깨가 움직였다.

어깨에서 갑자기 튀어나오는 것처럼 주먹이 쏘아져 나왔다.

유진룡(柳眞龍)은 급히 팔을 들어 올려 주먹을 막았다.

퍽—

주먹이 팔을 스치며 방향을 바꾸었다.

찌르르하는 충격이 팔을 타고 전해졌다.

벌써 여러 번에 걸쳐 놈의 공격을 막은 팔이었기에 타격이 누적되어 이젠 매번 이런 통증으로 전해졌다.

유진룡은 이를 악물었다.

온몸 곳곳에서 놈의 주먹과 발에 가격당한 통증이 느껴졌다.

거의 비슷하게 차고 때렸지만 놈의 체격이 훨씬 더 컸기에 충격은 자신이 더 많이 받았다.

휘이익—

놈의 발길이 다시 날아들었다.

유진룡은 얼른 상체를 틀었다. 그리고 발을 잡아채서 놈의 중심을 무너뜨리려 손을 뻗었다.

파앗—

손에 걸린 놈의 바지 자락이 할퀴듯이 손끝을 훑고 지나갔다.

놈은 아직도 맹렬한 기세를 그대로 유지하고 있었다.

그런 상태라면 최대한 접근전을 피하며 시간을 끌어야 한다. 그렇게 하여 놈이 지친 후에라야 자신에게 기회가 오는 것이다.

유진룡은 지친 듯한 몸짓과 함께 일부러 빈틈을 내보이며 놈의 공격을 유도했다.

놈은 기회를 잡은 듯 연속으로 공격을 퍼부었다.

차츰 놈의 움직임이 눈에 들어왔다.

놈의 어깨가 다시 흔들렸다.

이번에도 어김없이 주먹이 튀어나왔다.

이미 예상하고 있었던 유진룡은 상체를 회전시키며 강하게 팔꿈치를 휘둘렀다.

팔꿈치 끝에 놈의 이두박근이 걸렸다.

'됐다!'

유진룡은 번쩍 안광을 빛냈다.

표정을 숨기고 있었지만 놈은 충격을 받은 것이 틀림없었다.

팔꿈치의 뾰족한 부분이 팔 안쪽의 근육을 가격했으니 충격을 받은 근육이 부어오르고 제대로 힘을 내지 못할 것이다.

예상대로 놈의 오른팔 공격이 현저하게 힘이 떨어졌다.

이렇게 조금씩 격파해 나가야 한다.

무모하게 정면으로 부딪치거나 엉겨 붙어서는 압도적인 체격의 열세로 인해 비참한 패배만 맛볼 뿐이다.

휘익—

팔을 마음대로 휘두를 수 없게 된 놈이 이젠 다리 공격을 집중적으로 펼쳐 왔다.

유진룡은 이번에도 신속히 뒤로 물러나며 놈의 약점을 살폈다.

좀처럼 약점은 드러나지 않았다.

그렇게 몇 번의 공격을 더 막거나 피하며 유진룡은 한가닥 실마리를 잡았다.

놈은 다리를 차올리기 직전에 항상 눈동자가 먼저 공격점을 향해 움직인다는 것을 알아챘다. 그건 주먹을 뻗기 전에 어깨를 움직이는 것과 마찬가지였다.

허점 속으로 주먹을 찔러 넣을 기회는 아직 잡지 못했지만 최소한 쉽게 당하지 않을 자신은 있었다.

놈의 어깨 움직임과 눈동자의 움직임을 놓치지 않으면서 조금만 더 시간을 끌면 기회는 올 것이다.

놈의 눈동자가 다시 움직였다.

예상대로 다리 공격이 뻗어왔다.

'이젠 잡을 수 있어.'

유진룡은 내심 중얼거렸다.

제대로 된 싸움꾼이라면 눈빛부터 갈무리해야 한다.

저렇게 솔직한 눈빛과 정직한 어깨 움직임으로 타격점이 어딘지, 어느 순간에 공격을 할지 훤히 드러낼 바엔 차라리 언제 어디를 가격하겠노라 예고를 하는 편이 나을 것이다.

이제까지는 힘과 신체 조건의 열세 때문에 어쩔 수 없이 밀렸지만 시간이 갈수록 놈의 약점이 하나하나 드러나고 있었다.

신속히 상체를 숙였다.

쉬이익—

선풍각이라고 이름 붙일 수 있는 돌려차기의 일격이 머리카락 몇 올을 건드리며 지나갔다.

제대로 맞았더라면 앞니가 왕창 부러져 나가고 까무룩 정신을 잃을 만한 공격이었다.

독각호(獨脚狐) 고우종(高于宗)!

조금 떨어진 골목에서 왕초 노릇을 하는 놈의 별명과 이름이었다.

유진룡보다 나이는 세 살가량 많았고 키는 한 뼘 정도나 더 컸다.

놈의 특기는 지금 펼쳤던 돌려차기였다.

그건 정말 위력적이다.

놈은 그 선풍각으로 몇 년간 왕초로 모시던 임사동(林士同)이란 놈을 몰아내고 골목을 차지했다.

한 가지 약점이라면 독각호라는 별명처럼 오른쪽 다리에 비해 왼쪽 다리는 위력이 현저히 떨어진다는 것이다.

유진룡은 계속 수세에 몰리면서도 끈질기게 그 약점이 드러나기를 기다렸다.

몇 번의 주먹이 더 오고 간 후 기회가 왔다.

이제까지 오른쪽 다리만으로 선풍각을 펼치던 고우종이 오른쪽에 이어 왼쪽 다리로도 연환(連環) 수법으로 선풍각을 펼쳤다.

유진룡을 수세에 몰아넣으면서도 쉽게 승부가 나지 않자

조바심이 나며 서두르게 된 것이다.

'지금!'

유진룡은 바람처럼 상체를 세우며 고우종의 왼쪽 장딴지를 향해 주먹을 뻗었다.

오른쪽 다리였다면 그 힘과 속도를 따라잡지 못해 실패했을 확률이 높았지만 왼쪽 다리는 타격점을 잡을 자신이 있었다.

쉬이익—

유진룡의 주먹이 섬전처럼 뻗어 나갔다.

그냥 평범한 주먹이 아닌, 가운뎃손가락 마디 하나를 돌출시킨 주먹이었다.

이런 주먹은 신체의 특정한 좁은 부위만을 가격하는 기형권(奇形拳)으로, 정확히만 가격한다면 가격을 당한 부위는 극심한 충격을 받게 된다.

주로 목의 울대나 관자놀이 아래, 인중, 그리고 눈 등을 공격할 때 유진룡은 이 방법을 썼다.

타닥!

격타음은 크지 않았다.

격타음으로 터져 나올 충격파가 모두 독각호 고우종의 장딴지에 타격으로 스며들었다.

유진룡의 주먹과 마주친 다리를 바닥으로 내린 고우종은 눈살을 찌푸렸다.

얼핏 느끼기엔 제대로 맞지 않고 스친 것 같았는데 찌르는 듯한 날카로운 감각이 장딴지 좁은 부분에서 전해졌다.

그 감각은 곧이어 지독한 통증으로 변하며 왼쪽 다리 전체로 퍼져 나갔다.

커다란 쇠몽둥이에 맞아도 이런 충격은 느끼지 못할 것 같은, 장딴지 근육이 모조리 끊어져 나가는 듯한 극심한 통증이었다.

"크윽!"

고우종은 짧은 비명을 질렀다. 그리고는 장딴지를 부여잡고 이를 악물었다.

최대한 참고 있었지만 더 이상 싸울 마음은커녕, 영영 다리를 쓰지 못할지도 모른다는 공포감이 전신으로 엄습해 왔다.

"으으윽!"

고우종은 좀 더 큰 비명을 질렀다.

그와 같이 온 패거리들의 얼굴에 의혹이 일었다.

계속 공격을 해나가야 할 순간임에도 불구하고 고우종이 저렇게 주춤거리는 것이 이해가 되지 않은 것이다.

사방으로 빙 둘러선 아이들도 술렁이기 시작했다.

이제껏 고우종이 유진룡을 우세하게 몰아붙이던 상황이 바뀌었다. 그래서 뭔가 잘못되지 않았나 하고 살피고 있었다.

암수를 쓰거나 잘못된 것은 없었다.

유진룡은 여전히 맨손이었고, 고우종도 다른 말을 하지 않고 억눌린 비명만 토해냈다.

유진룡은 서두르지 않고 고우종을 쳐다보았다.

억지로 참고 있었지만 온 얼굴에 피어오른 고통의 기색은 점점 더 짙어졌다.

이제 놈은 날개 꺾인 새가 되었다.

오른팔과 왼쪽 다리를 제대로 쓸 수 없을 것이기에 움직임이 현저히 둔해질 것이다.

"하아!"

움츠려 있던 고우종이 큰 기합성과 함께 돌발적으로 몸을 일으켰다.

충격을 받은 자신의 상태를 숨기기 위한 다분히 과장된 움직임이 분명했다.

짐작대로 동작은 컸지만 실속은 하나도 없었다.

그래서 오히려 허점만 드러났다.

휘익—

유진룡은 독각호 고우종과 똑같은 선풍각의 수법으로 휘돌려 찼다.

퍼억—

과장된 동작과 함께 왼쪽 다리에 제대로 힘을 주지 못한 고우종의 어깨 한쪽이 발뒤축에 걸렸다.

고우종의 중심이 비틀 무너졌다.

유진룡은 촌각의 지체도 없이 주먹을 날렸다.

고우종은 필사적으로 고개를 틀었다.

그러나 완벽히 피하지 못하고 볼 바깥쪽이 유진룡의 주먹에 가격당했다.

고우종의 중심이 조금 더 무너졌다.

파앗—

그 무너지는 중심의 허점 사이로 유진룡의 왼쪽 다리가 맹렬하게 차고 올랐다.

고우종은 양팔을 동시에 아래로 내리며 유진룡의 다리를 막아갔다.

차고 오르던 유진룡의 다리가 중간에서 우뚝 멈추었다.

고우종은 본능적이 위기감으로 고개를 번쩍 들었다.

다리 공격은 속임수였다.

그 속임수 공격을 막기 위해 두 팔을 내렸기에 상체는 무방비 상태가 되었다.

퍼억!

바람같이 날아온 주먹이 턱을 가격했다.

고우종은 순간적으로 시야가 뿌옇게 흐려지는 느낌을 받았다.

흐려지던 시야가 조금 맑아지려는 찰나, 또 한 번 주먹이 날아들었다.

관자놀이에 불이 일며 시야가 완전히 막혀 버렸다.

퍽—

복부에도 주먹이 틀어박혔다.

고우종의 상체가 자연스럽게 앞으로 꺾였다.

그곳으로 유진룡의 무릎이 맹렬하게 솟아올랐다.

퍼억—

이번 싸움에 있어 제일 큰 격타음이 들리며 명치에 극심한 충격을 받은 고우종이 짚단처럼 바닥으로 쓰러졌다.

"졌지?"

고우종에게로 다가선 유진룡이 낮게 내뱉었다.

고우종은 항복을 할 처지가 아니었다.

명치를 제대로 가격당하고 숨이 막힌 그의 입은 거품을 게워내기도 바빴다.

유진룡은 고우종의 가슴에 발 하나를 올리고는 두 팔을 치켜들었다.

"와아아!"

한쪽에서 환호성이 터져 나왔다.

유진룡이 왕초로 있는 골목의 꼬맹이들이었다.

그들은 서너 명만 빼고는 대부분 열 살 정도이거나 그보다 더 적은 나이의 아이들이었는데, 잔뜩 겁먹은 표정을 하고 있다가 유진룡의 승리가 결정되자 죽다가 살아난 듯 고함을 질렀다.

"집으로 가자!"

잠시 그들을 쳐다보던 유진룡은 꼬맹이들을 향해 소리쳤다.

그 목소리는 이제껏 맹수처럼 싸우던 모습과는 전혀 다른, 친형이나 친오빠처럼 따뜻했다.

꼬맹이들은 잠시 주변을 둘러보다가 서둘러 유진룡의 뒤를 따랐다.

"저놈이 또 이겼군."

상점 뒷문 앞 나무 의자에 앉아 있던 한 사내가 약간은 들뜬 목소리로 말했다. 그 옆에 선 중년인은 더 흥분한 눈빛으로 유진룡이 사라지는 골목 쪽으로 시선을 고정시키고 있었다.

"정말 불가사의한 놈이야. 어떻게 저런 불리한 싸움인 데도 매번 이길 수가 있지?"

마침내 중년인이 시선을 거두고 고개를 설레설레 저었다.

그는 유진룡의 승리가 도저히 믿기지 않는다는 표정을 하고 있었다.

누가 와서 보더라도 유진룡이란 소년은 고우종의 상대가 될 것 같지 않았다.

키도 작았고 체격도 차이가 많이 났다.

그런데도 그는 결국 고우종을 이기고 자신을 따르는 아이들과 함께 골목 안쪽으로 사라졌다.

그 장면은 비록 아이들의 싸움이었지만 흥미진진하기 짝이 없었다.

"오죽하면 소투귀(小鬪鬼)라는 별명이 붙었겠나."

근처에서 비슷한 모습으로 쳐다보던 사내 하나도 끼어들었다.

그는 유진룡과 고우종의 싸움을 보며 손에 땀을 쥐기라도 했던지 연신 양 손바닥을 문질렀다.

"아주 넋이 나간 얼굴일세그려?"

앉아 있던 사내가 피식 하고 웃음을 흘렸다.

"소투귀, 저놈이 졌다면 이쪽 뒷골목이 어지러워져. 조무래기들이 극성스럽게 날뛸 것이고, 그럼 편하게 장사하긴 틀린 일이지. 오늘은 도저히 못 이길 줄 알았는데 결국은 이기는군. 소투귀란 별명이 아깝지 않아. 하하!"

사내는 자신의 아들이 싸움에서 이기기라도 한 듯 만족스런 미소를 지었다.

소투귀 유진룡!

그가 인근 뒷골목에서 그런 별명으로 불리게 된 것은 채 일 년이 되지 않았다.

지난 삼여 년 동안 유진룡은 수많은 싸움을 벌였다.

그중 최근 일 년 동안 벌인 스무 번 정도는 자신보다 큰 소년을 상대로 한, 도저히 이기기 불가능해 보이는 싸움이었다.

그런데도 유진룡은 그 불가능한 싸움에서 결국 이겼고, 마침내 소투귀란 별명을 얻었다.

그가 언제 이 골목으로 스며들었는지는 정확하지 않다.

그것이 정확하게 기억나지 않는 것으로 보아 이곳에서 살아가는 대부분의 소년들처럼 열 살이나, 아니면 그보다 더 어린 나이에 이곳 소주(蘇州)의 뒷골목으로 흘러들어 와 이름 모를 잡초처럼 살아왔을 것이다.

하늘에는 천당이 있고 지상에는 소주(蘇州)와 항주(杭州)가 있다는 말처럼, 서호(西湖)를 끼고 도시를 이룬 절강성(浙江省)의 항주와 함께 이곳 강소성(江蘇省)의 소주 역시 그림같이 아름다운 호수인 태호(太湖)를 접하고 발달한 유서 깊은 고도(古都)이다.

일찍이 춘추전국시대에는 오나라의 수도였고, 그 뒤로도 여러 나라의 행정 중심 도시로 발전해 왔다. 특히 수나라 때에 대운하가 건설되어 물산이 풍부해지며 더욱 큰 번성을 누려왔다.

그러나 산이 높으면 골이 깊다는 말처럼 천하의 고도인 이곳 소주에도 뒷골목은 있고, 그곳은 다른 어느 뒷골목 못지않은 그늘과 어둠을 내포하고 있었다.

그 골목 구석구석에는 일찍부터 부모를 잃은 소년, 소녀들이 들쥐처럼 살아가고 있었다.

유진룡 역시 열세 살 정도까지는 그렇게 골목의 어둠 속을 헤치며 살아왔다.

열네 살, 아마도 그 정도의 나이로 추정되는 어느 겨울날,

유진룡은 골목 하나를 놓고 생사지투나 마찬가지인 싸움을
벌였다.

그는 피투성이가 되었지만 싸움에서는 이겼다.

그와 함께 작은 골목 하나가 자신의 것이 되었다.

비좁고, 하루 중 햇볕이 들어오는 시간은 채 한 시진도 되
지 않는 뒷골목이었지만 유진룡은 난생처음으로 자신의 영역
을 가지게 된 것이다.

골목을 하나 차지한다는 것은 큰 의미를 가진다.

그 골목 안에서는 누구의 눈치도 보지 않고 살 수가 있었
다.

누구의 눈치도 보지 않고 차가운 음식이나마 다 먹을 수 있
었고, 누구의 간섭도 받지 않고 가장 따뜻한 장소에 잠자리를
마련할 수가 있었다.

두 달 후에 유진룡은 다시 한 판의 싸움을 벌였다.

그건 또 다른 골목을 차지하기 위해서가 아니었다.

그가 차지한 골목에는 몇 명의 꼬맹이가 기거하고 있었
다.

주린 배를 움켜쥐고 겨우 목숨만을 이어가는 일곱 살도 안
되는 꼬맹이들이었다.

유진룡이 그 골목을 차지하게 되었으므로 그들은 그곳을
떠나지 않는 한 유진룡을 왕초로 받들어야 했다. 그리고 뒷골
목의 왕초는 부하들을 그 골목에 계속 살게 해주는 대신 그들

이 구해온 것을 빼앗을 권리가 있었다.

유진룡은 그 꼬맹이들에게서 아무것도 빼앗지 않았다.

어떤 때는 자신의 것을 나누어 줄 때도 있었다.

자연히 다른 꼬맹이들도 유진룡의 영역으로 넘어들었다.

그건 절대로 현명한 처세가 아니었다.

싸울 줄도 모르고 앞가림도 제대로 못하는 부하는 적을수록 좋은 법이다.

하지만 유진룡은 그들의 유입도 막지 않았다.

그들의 유입은 그들끼리의 적자생존법칙에 따라 자연적으로 조정되었다.

결국 유진룡이 차지한 좁은 골목에는 유진룡에게는 별로 도움이 안 되는 꼬맹이들만 포화상태로 모이게 되었다.

그런데 그걸 탐내는 놈들도 있었다.

싸울 줄도 모르고 제 앞가림도 제대로 하지 못하는 쓸모없어 보이는 아이들이었지만 몇 가지 훈련을 시켜서 혹독한 매질을 가하면 생각보다 큰 수입을 올리는 수입원이 된다.

꼬맹이들이 가혹한 매질을 당하며 받게 되는 훈련은 도둑질과 구걸의 요령이었다.

어떻게 하면 조금이라도 더 많이 얻을 수 있는지, 언제 어떤 곳이 더 좋은 장소인지 하는 것들을 훈련시킨 후 혹독하게 내몰면 꼬맹이들은 자신의 밥벌이보다 더 큰 수입을 올린다. 구걸로 할당량을 채우지 못하면 상가를 돌며 물건이라도 훔

쳐 온다.

물론 그 수입은 대부분 골목의 왕초와 그 왕초의 심복인 큰 아이들에게 돌아가고 꼬맹이들은 언제나 굶주린다.

유진룡은 꼬맹이들에게 그런 수입을 강요하지 않았다.

대신, 다른 골목에서 꼬맹이들에게 그런 수입을 강요하고 싶어 안달을 했다.

그래서 두 번째 생사지투가 벌어졌다.

유진룡은 그 싸움에서도 피투성이가 되었지만 이겼다.

그리고 그런 일은 지겹도록 반복되었다.

달라진 것이 있다면 싸움 후의 유진룡의 몰골이 조금씩 나아진다는 것이다.

그렇게 많은 싸움을 하고 이겨 나가며 유진룡의 영역은 조금 더 넓어졌다.

오늘의 싸움에서도 이겼으니 그의 영역은 방금 싸운 이 골목까지로 넓혀졌다.

이 골목에서 장사를 하는 사람들은 내심 그것이 다행스러웠다.

소투귀 유진룡은 꼬맹이들을 착취하지 않을 것이고, 그래서 꼬맹이들 역시 그만큼 극성을 떨며 도둑질을 하지 않을 것이다.

"저놈은 천하의 독종이긴 하지만 한가닥 의기(義氣)가 있는 놈이야. 하지만 그건 이런 뒷골목에서는 오히려 약점이 될 수도 있어. 그게 걱정이야."

의자에 앉은 사내가 약간은 걱정스런 목소리로 말을 받았다.

그때 나무 문이 부서질 듯 열리며 한 여인이 나타났다.

"장사는 안 하고 모두 뒷문 밖에서 뭘 하고 있는 거예요?"

날카로운 목소리가 뒷골목 안을 울렸다.

거칠게 문을 열고 나타난 중년 여인은 도끼눈을 뜨며 세 명의 사내를 번갈아 쳐다보았다.

장사를 하다가 나왔는지 그녀의 손에는 쇠로 된 국자 하나가 들려 있었다.

"어이구! 이 한심한 인간들!"

여인은 사내들을 향해 국자를 휘두를 듯 들어 올렸다.

"어른들이 되어가지고 애들이 싸우면 말릴 생각을 해야지, 입에 침을 바르고 구경하는 꼴이라니. 쯧쯧!"

여인은 고함과 함께 혀를 찼다.

"저런 싸움은 말린다고 끝날 싸움이 아니야. 저건 그들에게 있어서는 생존 투쟁이니까 말이야. 누군가 저 아이들을 한 명도 남김없이 거두어줄 수 있다면 말려도 되겠지."

사내는 당신이 저들을 모두 거둘 수 있느냐는 눈빛으로 여인을 쳐다보았다.

여인의 눈이 흔들렸다.

"그렇다고 그렇게 침을 흘리며 구경할 필요는 없잖아요!"

여인이 다시 고함을 질렀다.

"당신도 싸우는 장면을 직접 봤다면 우리 못지않았을걸."

사내가 빙글거리자 여인은 다시 한 번 국자를 들어 흔들었다가는 뒷문 안으로 모습을 감추었다.

그녀를 따라 세 명의 사내도 가게 안으로 들어갔다.

유진룡과 그를 따르는 아이들이 모두 떠나고 난 골목에는 독각호 고우종과 그와 같이 왔던 아이들만 몇 명 남아 있었다.

올 때는 유진룡 일행보다 많이 왔지만 독각호가 지고 나니 그들은 하나둘 흩어졌다.

왕초끼리의 대결에서 진 쪽은 이긴 쪽 왕초의 부하가 되거나 그게 싫으면 자신들이 살던 골목을 떠나야 했다.

그건 함부로 거역할 수 없는 뒷골목의 법칙이었다.

무시할 수도 있지만 그러면 외톨이가 되고 만다.

제일 먼저 동료들로부터 따돌림을 당하고 주변 상점들로부터도 먹을 것을 얻기 힘들었다.

상점 주인들은 뒷골목 꼬맹이들의 싸움에 무관한 듯했지만 그들이 그 법칙을 더 선호했다. 그 법칙이 지켜져야만 장사를 하는 데 있어 조금이라도 덜 귀찮다는 것을 오랫동안 몸소 겪어왔기 때문이다.

한참 뒤 독각호 고우종도 일어서서 서너 명의 아이들과 함께 절룩거리며 골목 속으로 사라졌다.

푸드득—

　골목 안에 있던 사람들이 모두 사라지자 한 상점의 지붕 꼭대기에 앉아 있던 매 한 마리가 날갯짓을 했다.

　온몸이 검은색에 목덜미에만 흰 깃털이 있는 매였다.

　그 매는 지금까지 소투귀 유진룡이 싸우던 모습을 한 장면도 놓치지 않고 쳐다보다가 모든 상황이 끝나자 허공을 향해 힘차게 비상했다.

　"이런 날은 술이 있어야 하는 것이 아닌가?"

　소년 하나가 온 얼굴에 흥분한 기색을 감추지 못하며 고함을 질렀다.

　"그러잖아도 사러 보냈어."

　옆에서 비슷한 또래의 소년이 의기양양하게 말을 받았다.

　허름한 판잣집 안이었다.

　그 속에서 스무 명도 넘는 소년, 소녀들이 탁자 하나를 가운데에 두고 빙 둘러앉아 고함을 지르고 있었다.

　그들은 이 뒷골목에서 유진룡을 따르는 꼬맹이들이었다.

　오늘 도저히 불가능한 싸움에서 자신들의 왕초 유진룡이 이겼으니 골목 하나를 더 차지하게 되고, 그만큼 살기가 편해진 것이다.

　편하지 않아도 좋았다.

　유진룡이 졌다면 자신들은 모두 독각호 고우종의 부하가

되어야 할 것이고, 그건 상상만 해도 끔찍했다. 고우종은 피를 빨듯이 자신들을 착취할 것이다.

그렇다고 고우종의 부하가 되기 싫어 이 골목을 완전히 떠난다 해도 비슷한 상황에 처하기는 매한가지였다. 오히려 더 비참해질 가망성이 높았다.

아이들은 그런 상황에 처하지 않게 된 기쁨을 왁자지껄한 고함으로 표출시키고 있었다.

"어이, 대장! 대장도 이리 와서 먹어! 오늘의 주인공인데 누구보다 많이 먹어야지 왜 그렇게 누워 있어?"

얼굴에 주근깨가 가득한 유진룡 또래의 소년이 닭다리를 뜯으며 유진룡을 향해 고함을 질렀다. 그의 얼굴에는 짓궂은 미소가 떠올라 있었다.

싸움에서 이기고 돌아온 유진룡은 이곳에 오자마자 구석에 자리 잡고 누워 있었다. 아니, 솔직히 말한다면 쓰러져서 끙끙 앓고 있는 중이었다.

마지막 순간에 약점을 노려 이기긴 했지만 그때까지 무수히 많이 얻어맞았다.

"그래요, 대장! 어서 와서 같이 먹어요!"

좀 더 어린 소년의 목소리도 들렸다.

다른 골목이라면 왕초라고 부르지만 유진룡은 그 호칭을 싫어했다. 그래서 이곳에서는 유진룡을 대장이라 불렀다.

"일없으니 너희들이나 많이 먹어! 싸움이 있었던 날은 아무엇도 안 먹는다는 거 잘 알잖아!"

유진룡은 억지로 목소리를 높였다.

목소리를 높이는 것만으로도 아랫배가 당겼다.

"그런 이상한 버릇은 좀 고치지……."

다시 소년의 목소리가 들렸다.

'철딱서니없는 것들!'

유진룡은 내심 혀를 찼다.

누군 먹고 싶지 않아서 안 먹겠는가.

가슴이며 아랫배며 온통 두들겨 맞아 먹은 것도 게워낼 상황이라 배는 고프지만 못 먹고 있는 중이다. 그래도 그걸 표시 내지 않기 위해 그런 버릇이 있다고 얼버무리는 것을 저 철없는 것들은 그대로 믿는 것이다.

'저것들 때문에 내가 지고 싶어도 못 지지.'

유진룡은 한숨을 내쉬었다. 그것마저도 갈비뼈가 뜨끔거려 조심을 해야 했다.

만약 오늘 싸움에서 졌다면, 아니, 그간의 싸움에서 한 번이라도 졌다면 저 철없는 것들은 당장에 구걸을 하는 거지 신세가 될 것이다.

소년들은 지금 먹는 음식의 반도 먹지 못한 채 하루 종일 혹사를 당할 것이고, 이제 겨우 젖멍울이 맺히려 하는 소녀들은 놈들의 노리개가 되거나, 좀 더 크면 유곽으로 팔려갈 것이다.

"형, 형은 커서 우리 왕초처럼 되지 마……."

모든 것이 얼어붙는 한겨울이었지만 몸이 불덩이처럼 달아오르며 짧은 생을 마감한 동생의 마지막 목소리가 귓전에 울렸다.

그때 조금만 덜 악독한 왕초를 만났다면 동생은 아직 살아 있을 것이다.

동생이 죽은 후, 유진룡은 동생의 마지막 당부를 어기지 않기 위해 이를 악물고 지금까지 살아왔다.

유진룡은 다시 긴 한숨을 조심스럽게 내쉬고는 주먹을 움켜쥐었다.

자신이 믿을 것은 두 주먹뿐이었다. 그리고 그 주먹으로 동생의 마지막 부탁을 끝까지 들어줄 것이다.

갑자기 찬바람이 스며들었다.

음식을 좀 더 구하기 위해 밖으로 나갔던 아이들이 돌아온 모양이다.

"와아!"

술과 함께 몇 가지 먹음직스런 안주도 더 사온 것을 보며 나이 든 소년들이 함성을 질렀다.

"역시 우리 대모님의 깊은 생각은 알아 모셔야 한다니까. 내가 그 안주 좋아한다는 건 어떻게 알았지?"

얼굴에 주근깨가 가득한 소년 이장명(李帳明)이 호들갑을 떨며 대모라 불린 소녀로부터 안주를 건네받았다.

그녀는 이곳에서 모든 살림을 맡아하는 양혜란(梁惠蘭)이란 소녀였다.

그녀 때문에 포화상태인 이곳의 꼬맹이들은 조금이라도 덜 춥고 덜 배고프게 지낼 수 있었다.

슬픈 눈동자를 한 열다섯 정도의 그녀는 아직은 피지 않은 꽃봉오리에 불과했지만 머리카락과 목도리 사이로 언뜻 드러난 얼굴만 보아도 어떤 꽃보다 화려하게 피어날 준비를 하고 있었다.

"안 돼! 이건 대장 거야!"

양혜란이 마지막 보따리 하나를 들고 뾰족하게 고함을 질렀다.

아마도 그건 유진룡을 위해 특별히 준비한 것인 모양이었다.

"이거… 사람 차별이 너무 심한 거 아닌가?"

이장명이 짐짓 불만 어린 목소리로 중얼거렸다.

그는 이곳에서 유일하게 유진룡과 비슷한 나이로 유진룡과 친구처럼 지냈다.

처음에는 다른 골목에서 지냈지만 일 년 전쯤의 싸움에서 유진룡이 그의 왕초에게 이겼을 때 다른 곳으로 떠나지 않고 유진룡의 밑으로 들어왔다. 하지만 유진룡은 그를 부하로 대하지 않았다. 아이들을 학대하지 않는 한 친구로 대했다.

"구경만 한 사람하고 죽도록 싸운 사람 대접이 어떻게 같을 수가 있겠어? 다음번에 네가 나가 죽도록 싸우면 나도 대접해 줄게."

양혜란도 지지 않고 대꾸했다.

"안 싸우고 안 먹겠다."

이장명은 손을 흔들며 떨어져 나갔다.

"대장!"

이장명이 탁자로 가서 다른 아이들과 어울리자 양혜란이 유진룡을 불렀다.

유진룡은 천천히 돌아누워 양혜란을 쳐다보았다.

그녀의 눈망울이 더욱 슬퍼 보였다.

"이거 들어요."

양혜란이 보따리를 풀며 술병을 내밀었다.

"난 안 먹는다고 했잖아."

유진룡은 슬쩍 인상을 쓰며 말했다.

다른 사람들은 몰라도 이장명 저놈과 양혜란은 싸운 후에 자신이 왜 음식을 먹지 않는지 알고 있었다. 이장명은 장난을 치느라 그럴 때마다 더 음식을 먹으라고 고함을 쳤지만 양혜란까지 그러는 것은 의외였다.

"이 술은 약초로 담근 술이에요. 먹어도 토하지 않고 속으로 멍든 것을 풀어준대요. 대장을 위해 약방에서 구한 거예요."

양혜란의 설명에 유진룡은 억지로 일어나 앉았다.

양혜란은 작은 손으로 술병의 마개를 땄다.

그녀의 말대로 약초로 담근 술이라 병 속에서 싸한 약초 냄새가 진동을 했다.

“네가 돈이 어디 있어서 이런 것을 구했어?”

유진룡은 물끄러미 양혜란을 쳐다보았다.

이런 술은 보통 술보다 훨씬 비싸다. 뻔한 살림에 이걸 구하고 나면 또 얼마나 아껴야 할지 짐작이 갔다.

“대장이 벌어다 준 돈이잖아요.”

양혜란은 유진룡에게 언제나 말을 높였다.

서로 정확한 나이를 모르기에 비슷한 또래끼리는 친구처럼 지낸다. 그래도 이곳에서는 유진룡과 이장명이 제일 나이 들어 보였다. 하지만 양혜란은 이장명에게는 절대로 말을 높이지 않았다.

“아무 말 말고 어서 마시세요.”

양혜란은 유진룡의 입 가까이에 술병을 들이밀었다.

문득 양혜란의 손에서 약초 냄새와는 다른 장미꽃 냄새가 풍겨나는 것 같았다.

코를 한 번 씰룩거린 유진룡은 술병을 받아 들고 조심스럽게 한 모금 삼켰다.

술이 목구멍을 타고 내려가며 후끈한 열기가 치고 올랐다.

보통 술보다 훨씬 독한 술이었다. 그런데 뱃속으로 들어가자 속이 오히려 더 편해지는 느낌이 들었다.

유진룡은 한 모금을 더 마시고는 양혜란에서 술병을 내밀었다.

"너도 한잔 마셔봐."

"그건 타박상에 좋은 술이에요. 내가 타박상이 어디 있다고……. 그리고 전 술 못해요."

양혜란이 어이없는 표정을 지으며 손을 내밀었다.

"약술인데 타박상에만 좋겠어? 타박상을 치료하려면 피를 잘 통하게 하는 약초를 썼을 테고, 그런 것이면 누구에게나 좋겠지. 그리고 내가 주는 술이니 마셔도 돼."

유진룡은 억지로 한 번 더 내밀었다.

"그럼 한 모금만 마실게요."

양혜란은 술병을 받아 들고는 조심스럽게 한 모금 마셨다.

"캑! 캑!"

보통 술보다 더 독한 것이라 양혜란은 한 모금을 다 마시기도 전에 사레가 들며 기침을 했다.

"대장 준다더니 자기가 다 마시는군!"

몇 살 더 어려 보이는 소년들과 권커니 잣거니 마시던 이장명이 양혜란을 보고 소리를 질렀다.

그는 벌써 많이 마셨는지 얼굴이 벌겋게 달아올라 있었다.

대갓집 자제들이라면 아직 술을 마셔보지 못했거나, 이제 겨우 술을 배울 나이였지만 이장명이나 유진룡은 술꾼이나 다름없었다.

춥고 배고플 땐 술 한 병이 밥 세 그릇보다 나았다.

밥 한 끼 사 먹을 돈으로 독한 싸구려 술 한 병을 사면 세 명의 저녁이 해결되었다. 그래서 술은 그들의 또 다른 주식이었다.

"이걸 무슨 맛으로 마시는지 모르겠어요."

기침을 하느라 얼굴이 발갛게 상기된 양혜란이 온 인상을 쓰며 술병을 건네주었다.

"맛있다고 다 마시면 어쩌나 했는데 고마운 체질이군."

유진룡은 피식 웃으며 다시 한 모금의 술을 마셨다.

뜨거운 열기가 아랫배에서부터 온몸으로 퍼져 나가며 통증도 같이 사라지는 것 같았다.

"대장은 꿈이 뭐예요?"

나른한 기분에 등을 벽에 기대는 차에 양혜란이 말을 걸어왔다.

"꿈?"

유진룡은 지그시 감던 눈을 뜨며 양혜란을 쳐다보았다.

한 모금의 술에도 취기가 올랐는지 양혜란의 볼이 발갛게 달아올라 있었다.

"난 꿈 같은 건 안 꿔. 자기도 바쁜데 꿈은 무슨……."

유진룡은 퉁명스럽게 답했다.

"그런 거 말고 다른 꿈 말예요."

양혜란이 별빛 같은 눈망울로 다시 물었다.

그 눈은 집요하게 답을 요구하고 있었다.

"꾼다고 다 이루어진다더냐? 그러는 넌?"

유진룡은 대답을 회피하며 도로 질문했다.

"난 돈을 많이 벌고 싶어요. 그래서 그 돈으로 우리 같은 아이들을 모두 돌보고 싶어요."

양혜란은 한순간의 망설임도 없이 답했다.

"어떻게 벌래?"

"언젠간 상계로 나갈 거예요. 이곳 소주의 가장 큰 상회의 주인도 여자잖아요. 어떻게 해서든 그분의 제자가 되겠어요."

양혜란의 눈에 강한 열망이 일렁거렸다.

그것은 어떤 비바람에도 꺼지지 않을 활화산의 불꽃같았다.

유진룡은 멍하니 그녀의 눈을 쳐다보았다.

언제나 슬픈 빛만 감돌던 그 눈동자 어디에 그런 강한 불길이 타고 있었는지 놀랄 지경이었다.

"너다운 꿈이다."

유진룡은 시선을 돌리며 빙긋 미소를 지었다.

"대장은요?"

양혜란이 다시 질문했다.

"난 그런 거 없어. 그냥 바람 따라 구름 따라 흐르는 대로 사는 게 좋아. 꿈이 너무 크면 숨이 가빠서 안 돼. 그러면 싸울 때 몸이 무거워져."

"대장의 꿈은 싸움꾼이군요."

양혜란의 눈이 금방 슬픈 빛으로 변했다.

"그것도 괜찮고……."

"한잔 더 마실래요."

도저히 못 마시겠다던 양혜란이 약간은 도전적으로 손을 내밀었다.

"이거 마셔. 저놈 약 다 뺏어먹지 말고."

이장명이 양혜란을 향해 들고 온 술병을 내밀었다.

이쪽에는 신경도 쓰지 않고 술독에 빠진 줄 알았는데 다 듣고 있었던 모양이다.

"내 꿈은 말이야……."

이장명은 묻지도 않은 질문에 답을 했다.

"세상에서 제일 뛰어난 포쾌가 될 거야. 그래서 약한 사람 등쳐먹는 놈들 모조리 집어넣을 거야."

"저렴하게도 꾸시는군."

유진룡이 빈정거렸고, 양혜란도 픽 하고 실소를 터뜨렸다.

"포쾌가 어때서? 법을 수호하며 온 골목을 휘젓고 다니잖아?"

"지부대인이나 추관… 하다못해 포두라도 꿈꾸면 세금이라도 나온답디까?"

이장명보다 두어 살쯤 더 어려 보이는 소년이 실실거리며 다가왔다.

그는 이 년 전에 누군가에게 반쯤 죽도록 두들겨 맞고 이 골목에 쓰러져 있는 것을 꼬맹이들이 데려와 이곳에서 몸을 추스르고 유진룡의 식구가 된 마응탁(馬應卓)이란 소년이었다.

비교적 허여멀겋게 생긴 모습이 이곳 패거리들 같아 보이지 않았다. 처음에는 그런 점이 마음에 들지 않아 이장명이 쫓아내려고 했지만 머리가 좋았고, 뜻밖에도 글을 알고 있었다. 그것을 안 유진룡이 글을 가르쳐 달라는 부탁과 함께 같이 있게 된 것이다.

"지부대인이니 추관이니 하는 사람들은 너무 높은 곳에 있어서 이런 뒷거리의 약자들까지 신경 못 쓰지. 그래서 난 포쾌가 될 생각이다."

"그럼 포두는 내가 하지, 뭐. 밑바닥 사정이야 훤히 꿰고 있으니 군이 포쾌 안 해도… 으윽!"

이장명의 팔꿈치에 옆구리를 가격당한 마응탁이 말을 끝내지 못하고 비명을 질렀다.

"대장 꿈은 끝까지 말 안 할 거예요?"

이장명이 준 술을 반이나 마신 양혜란이 다시 물었다.

"끝까지 들어야겠다면 다른 사람들 꿈도 다 들어본 후 나도 그럴듯한 걸로 하나 정하지."

유진룡이 바닥에 있는 판자 조각 한 개를 집어 들고 끙 하고 신음을 흘리며 일어섰다. 그리고는 아직도 정신없이 음식을 먹고 있는 꼬맹이들에게로 다가갔다.

"너희들, 꿈이 뭐냐?!"

유진룡은 대뜸 소리를 질렀다.

음식을 손에 든 꼬맹이들이 멀뚱히 유진룡을 쳐다보았다.

"난 어제 꿈 안 꿨는데……."

열 살도 안 되어 보이는 소녀가 겁먹은 얼굴로 답했다.

"그게 아니라… 앞으로 뭐가 되고 싶으냔 말이다."

유진룡이 질문을 바꾸자 소녀의 얼굴이 밝아졌다.

"난 음식점 숙수 할래요."

"왜?"

"배 안 고프고 매일 많이 먹을 수 있잖아요."

소녀가 해실거리며 답했다.

"접수하지."

유진룡은 모닥불에서 숯 하나를 끄집어내어 판자 조각에 소녀의 이름과 꿈을 적었다.

"그럼 넌?"

유진룡은 다른 아이에게도 질문을 던졌다.

"난 포목점 열 거예요."

“왜?”

“비단옷 매일 입을 수 있으니까요.”

“다음!”

“난 양곡상 주인!”

“난 과수원 주인!”

다들 하나씩 말했다. 그때마다 유진룡은 아이들의 이름과 각각의 꿈을 나무판에 적었다.

“모두 접수했으니 음식들 먹어.”

유진룡은 꼬맹이들에게서 떨어져 나와 제자리로 왔다.

“꿈 말하라고 했더니 무슨 엉뚱한 짓이야?”

이장명이 이맛살을 찌푸리며 유진룡을 쳐다보았다.

“내가 먼저 정해두었다가 저 녀석들 꿈이 더 높으면 난처하잖아. 다행히 모두들 저렴하군.”

유진룡은 판자에 적힌 꿈들을 쳐다보며 피식 웃었다.

“그래서 네 꿈은 뭘로 할 건데?”

“난 아까도 말했듯이 바람 따라 구름 따라 두리둥실이야. 그보다 더 좋은 꿈이 어디 있을라고.”

대답과 함께 유진룡은 자리에 드러누워 꼬맹이들의 꿈을 적은 판자를 베개 삼아 베고는 이내 코를 골았다.

“실없는 놈! 저럼 놈이 싸울 때는 어떻게 그렇게 마귀 같을까?”

이장명이 어이없는 표정으로 혀를 찼다.

‘우리 꿈을 모두 적어갔으니 대장 꿈이 어떤 것인지 짐작
하겠어요. 정말 대장다운 꿈을 꾸는군요.’
　이장명의 실망스런 눈빛과는 달리 양혜란의 눈빛은 촉촉
이 젖어들었다.

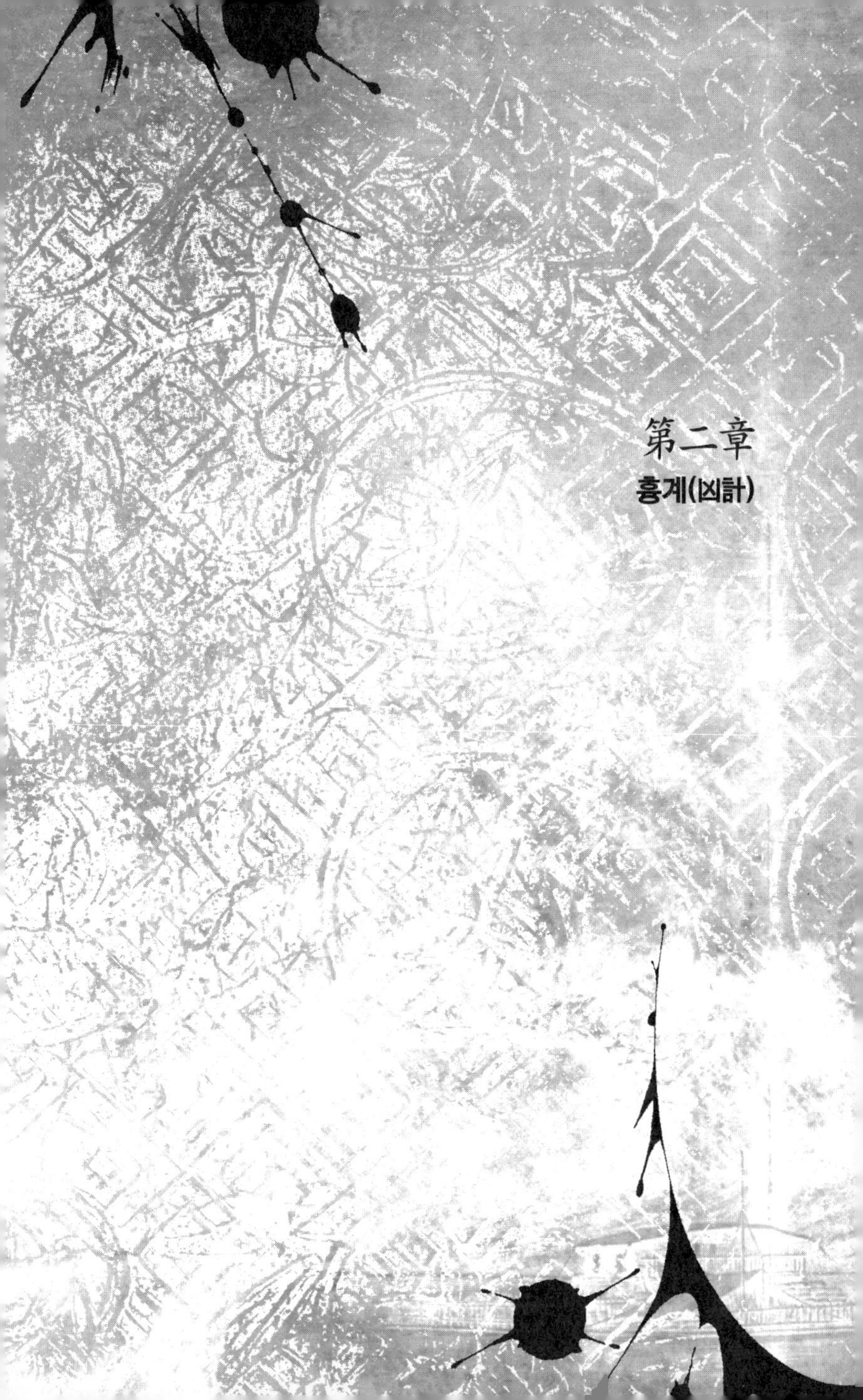

第二章

흉계(凶計)

萬里雄風

"**독**각호가 깨졌다고?"

얼굴 가득 곰보 자국이 가득한 사내가 의외의 표정으로 말했다.

그는 이곳 소주 뒷거리의 대왕초 아래에 있는 열 명의 중간 왕초 중 한 명인 지강수(池姜守)란 사내로, 별명은 생긴 그대로 곰보였다. 나이는 서른 정도밖에 안 되었지만 얼굴만 본다면 사십도 더 들어 보였다.

"유리하게 싸워 나가다가 마지막 순간에 깨어졌답니다."

날카로운 인상의 한덕무(漢德舞)란 청년이 약간 들뜬 목소리로 답했다.

그는 곰보의 오른팔로, 평소에는 조용했지만 싸움을 할 때
는 표범처럼 날래고 표홀하여 흑표(黑豹)라는 별명으로 불리
고 있었다.

"정말 의외로군."

곰보가 혼잣소리처럼 중얼거렸다.

"그놈은 타고난 싸움꾼입니다."

한덕무가 입가에 흐릿한 미소를 피워 올리며 답했다.

그는 유진룡의 승리가 재미있었다.

당장 자신의 경쟁자가 될 수 있는 놈들의 승리는 신경이 쓰
였지만 꼬맹이 아이들의 싸움은 흥밋거리밖에 되지 않았다.
그리고 그 흥밋거리에서의 승자에게는 본능적으로 호감이 갔
다.

좀 더 짙은 미소를 짓던 한덕무가 얼른 그 미소를 지웠다.
보고를 받은 곰보의 눈빛이 예상외로 냉랭해졌기 때문이다.

"피곤하군!"

곰보가 눈살을 와락 찌푸렸다.

"왜 그러십니까? 어느 놈이 이기든 상납금만 제대로 걷히
면 되는 것 아닙니까?"

한덕무는 약간 의문스런 표정을 지었다.

"각본이 틀어졌어."

곰보가 한층 더 짜증스런 목소리로 말했다.

'각본?'

곰보의 말을 알아듣지 못한 한덕무는 슬쩍 이맛살을 찌푸렸다.

꼬맹이들의 싸움에 무슨 각본이 있단 말인가. 자연스럽게 부딪치고, 싸우고, 거기서 이긴 놈이 살아남는다. 그리고 언젠가는 자신들의 든든한 부하가 된다. 때로는 하극상이 일어나기도 하지만 그건 어쩔 수 없는 이곳의 생리였다.

"내일은 황악호(黃岳虎)를 내보내서 그놈을 치워 버려라."

곰보가 차가운 목소리로 말했다.

한덕무는 더욱 갈피를 잡지 못하고 대답을 미뤘다.

꼬맹이는 꼬맹이들끼리 싸워야 한다. 그게 이곳의 법칙이었고 자연스런 흐름이었다.

황악호는 황소라는 별명으로 최근에 가장 빠르게 커가는 놈이었다. 몇 년만 더 있으면 자신의 자리도 넘볼 가능성이 있었고, 덩치는 벌써 한덕무 자신보다 더 컸다. 그쯤 되면 소투귀 그놈이 차지한 골목 정도는 거저 줘도 쳐다보지 않을 위치다.

한덕무는 그런 놈을 싸움에 내보내라는 곰보의 지시가 도저히 이해가 가지 않았다. 특히 오늘같이 격한 싸움이 있은 후에는 적어도 열흘 정도는 다른 놈들이 시비를 걸지 않는다. 그건 서로 회복할 시간을 주기 위해서다.

꼬맹이들끼리도 그런 건 확실히 지켰다. 그런데 그런 아이들과 격이 다른 황악호를 내보내는 것도 모자라 내일 당장이라니?

"네 얼굴이 나보다 더 엉망으로 구겨졌군."

곰보도 한덕무의 심정을 눈치 채고 약간 누그러진 목소리로 말했다.

"황악호를 내보내 소투귀 그놈을 밟는 것은 내가 나가거나 형님이 나가서 그놈을 밟는 것이나 마찬가진데……. 그건 한마디로 망신스런 짓이지요."

한덕무가 목소리를 높였다.

"독각호 그놈이 이겼으면 누구의 의심도 사지 않고 모양새가 좋았을 텐데… 하지만 난들 어쩌겠나. 형님의 지신데."

곰보가 마침내 속내를 드러냈다.

"형님이라면……?"

한덕무의 눈이 더욱 날카롭게 옆으로 찢어졌다.

곰보로부터 형님 소리를 듣는 사람은 몇 명 되지 않았다.

제일 먼저 대왕초가 있었고, 열 명의 중간 왕초들 중에서 네 명뿐이었다. 그들 중에서 누군가 그런 지시를 내렸다는 말이다.

"그것까진 알 것 없고… 넌 시키는 대로만 해라."

곰보가 단호하게 말했다.

한덕무는 대답을 않고 빠르게 염두를 굴렸다.

그들 다섯 명 중에 누군가 시켰다는 것은 짐작하겠는데, 누가 왜 그런 지시를 내렸는지는 도저히 짐작이 가지 않았다.

"솔직히 말씀해 주십시오. 그래야 소리 소문도 없이 제대로 일을 처리할 수가 있습니다."

한덕무가 목소리를 낮추며 말했다.

무언가 흑막이 있는 것이라 여겼다. 그런 상황이라면 조용히 처리해야 하는 것이다.

"쩝!"

곰보가 입맛을 다셨다.

"소투귀가 데리고 있는 놈들을 본 적 있나?"

곰보가 물었다.

"그 어린놈들의 면면까지 알고 있을 정도로 한가하진 않습니다."

한덕무가 약간은 퉁명스럽게 답했다.

"나도 그래. 그런데 형님 중 한 명이 그 아이들 중 누군가를 눈여겨본 모양이야."

그 말을 듣자 한덕무는 머릿속이 환하게 밝아오며 일의 전말이 짐작되었다.

'더럽게 걸렸군.'

한덕무는 속으로 뇌까렸다.

세상에는 남들이 이해하기 힘든, 또는 남들의 지탄을 받을 만한 취미를 가지고 있는 인간들이 종종 있는 법이다.

그런 인간들이 자신의 그런 취미를 드러내기 힘들 만큼 윗자리에 있을 때는 아랫사람들이 이런 난처한 상황에 처하게 된다.

소주 밤거리의 대왕초 칠면독사(七面毒蛇) 육마종(六麻宗)이 그런 부류의 인간이었다.

많은 부하를 거느리고 부족한 것 없이 살면서도 그 취미에 있어서만은 항상 소갈증을 드러냈다.

그가 이번에는 소투귀가 차지하고 있는 골목의 어린 소녀 하나에 눈독을 들인 모양이다.

물론 그런 소녀 하나쯤이야 하루에도 몇 번이나 죽이고 살릴 수 있는 위치에 있지만, 이런 경우는 그 높은 위치가 오히려 장애가 된다.

그쯤 되는 위치면 스무 살 가까이 차이가 나는 소녀를 농락함에 있어 남의 이목도 신경을 써야 하는 법이다. 와중에 소투귀란 그놈은 절대로 자신이 데리고 있는 아이들을 그렇게 내놓지 않을 놈이었다. 충분히 소문이 날 만큼 악을 쓸 것이다. 그건 대왕초 앞이라고 해서 달라지지 않을 것이고, 오히려 하룻강아지 범 무서운 줄 모르는 식으로 달려들 것이다. 그렇게 소란이 일면 얼굴을 똥칠을 할 수도 있다.

그것이 이런 식으로 일을 벌이는 이유였다.

한덕무는 속으로 욕지기를 삼켰다.

이곳에서 그의 명을 어길 사람은 아무도 없었다.

대왕초 육마종은 무공도 제법 높았다.

그리고 그는 인근의 흑도 방파인 혈사방(血沙幫)의 여인을 부인으로 맞아 혈사방과도 깊은 관계를 맺고 있다. 어쩌면 혈사방이 그를 조종하여 소주 암흑가를 지배하고 있다는 말이 맞을 것이다.

소투귀 그놈은 계속 이렇게 성장하면 나중에 멋진 부하가 되고, 더 나아가 자신들도 뛰어넘은 후 더 큰 바닥에서 멋진 왕초가 될 재목이었는데 세상을 잘못 만난 셈이다.

한덕무는 침을 뱉고 싶은 기분을 억지로 삭였다.

"황악호를 불러와라!"

한덕무의 상념을 끊으며 곰보가 자르듯이 말했다.

"너무 비겁한 거 아니오?"

이장명이 황악호 앞으로 나서며 눈을 치떴다.

"우리끼리도 죽자고 한 판 싸우고 나면 열흘간은 휴식 시간을 주는데, 높으신 분들이 우리 같은 아이들과 싸우는 것도 모자라 그 시간도 안 준단 말입니까? 그리고 당신이 언제부터 우리 상대였습니까?"

이장명의 말에 황악호의 볼 근육이 씰룩거렸다.

그 역시 이번 일이 기가 막혔다.

아닌 밤중에 홍두깨도 분수가 있지 한덕무와 싸우는 것도 썩 양에 차지 않을 판인데 이런 꼬맹이에게 먼저 싸움을 걸어야 한다는 것은 그야말로 갓난아이 손에 든 사탕을 빼앗다가 들킨 기분이었다.

"이 골목이 그렇게 탐났습니까?"

이장명이 다시 빈정거렸다.

평소에는 너물거리며 유진룡의 등 뒤에서 구경만 했는데 오늘은 달랐다. 마치 목숨을 내놓고 나서는 것처럼 눈에 핏발이 서고 목소리에 살기마저 감돌았다.

"넌 비켜!"

황악호가 짤막하게 소리를 질렀다.

그 목소리에 뒤에 있던 어린 소녀 하나가 겁에 질려 울음을 터뜨렸다.

양혜란이 얼른 소녀를 끌어안았다.

"솔직히 말해보시오. 왜 그러는지. 당신은 이런 골목과는 무관한 사람 아닙니까?"

"비키라니까!"

황악호가 다시 소리를 질렀다.

"비킬 때 비키더라도 이유나 좀 압시다."

이번에는 마웅탁이 앞으로 나섰다.

그는 이장명보다 키도 더 작고 호리호리한 체격이었다. 그리고 이런 싸움판과는 도저히 어울릴 것 같지가 않았다. 하지만 지금 황악호에 맞서 앞으로 나서는 모습이 이장명에 못지않았다.

황악호는 기가 막혔다.

이곳으로 올 때는 싸울 필요도 없이 한마디만 하면 될 줄 알았다.

설사 그렇지 않더라도 소투귀 저놈만 몇 대 갈겨주면 상황은 끝날 줄 알았다.

그렇게 소투귀가 이 골목을 떠나고 나면 자신은 똥 한 번 밟았다는 식으로 원래의 자리로 돌아가면 되는 것이다. 뒤에 무슨 소문이 나더라도 그건 위에서 무마해 줄 것이다.

그런데 예상과는 달리 자신 덩치의 반밖에 안 되는 놈들이 소투귀에 한발 앞서 자신을 가로막고 있었다.

황악호는 잠시 기막힌 심사를 접어두고 이장명과 마웅탁의 뒤로 눈길을 돌렸다.

그들 뒤에 소투귀란 놈이 무심한 표정으로 서 있었다.

이름은 모르겠고, 최근 들어 몇 번 그 별명만 들었다. 그만큼 자신과는 상관없는 작은 골목에서 사는 놈이었다. 그런데 그놈의 부하들을 보니 평가를 조금 달리해야 될 것 같다는 생각이 들었다.

자신도 이런 골목의 밑바닥 생활을 거치며 산전수전 다 겪었지만 이런 식으로 죽자 사자 나서주고 싶은 왕초는 만나지 못했다.

또한 이런 부하들 역시…….

그건 강압에 의해 되는 것이 아니다.

저 어린놈의 어디가 이들의 마음을 그렇게 휘어잡았단 말인가?

황악호는 소투귀의 전신을 빠르게 훑었다.

여전히 소투귀는 무심하게 서 있었다.

뭔가 생각에 빠진 것도 같았고, 호흡을 고르는 것도 같았다.

문득 모든 것이 귀찮다는 생각이 들었다.

황악호는 성큼 걸음을 옮겼다. 두 놈을 밀치고 소투귀에게로 다가갈 생각이었다.

턱!

이장명의 어깨가 명치 어림에 부딪쳤다.

황악호는 그대로 밀고 나갔다.

이번에는 마웅탁의 어깨가 갈비뼈 한쪽을 눌렀다.

"이것들이!"

황악호는 버럭 소리를 지르며 양손을 뻗어 두 사람의 어깨를 각각 밀었다.

퍽!

이장명이 주먹으로 황악호의 배를 갈겼다.

황소처럼 두터운 뱃가죽에 충격은 미미했다. 하지만 누군가 자신에게 주먹을 갈겼다는 사실이 중요했다.

황악호의 눈에 핏발이 서기 시작했다.

황악호는 주먹을 말아 쥐었다.

그때 유진룡의 입술이 움직였다.

"됐어!"

짤막한 한마디뿐이었다.

황악호는 그 뜻을 알아듣지 못하고 멍하니 유진룡을 쳐다
보았다.

"그만하면 충정은 증명됐으니 비켜!"

유진룡이 이장명과 마웅탁을 향해 다시 말했다.

됐다는 말은 그 뜻이었다.

황악호는 약간 어이없는 표정으로 눈을 돌려 이장명과 마
웅탁을 쳐다보았다. 유진룡의 말대로 이 두 놈이 충성심을 표
시하고자 연극을 했는지 확인하기 위해서였다.

"지랄! 내가 너한테 충성해서 뭐 얻어먹을 게 있다고."

이장명이 여전히 살기 어린 목소리로 내뱉었다.

"오늘 다 같이 죽어!"

마웅탁도 들이받을 듯이 고개를 숙였다.

'뭐 이런 놈들이 다 있지?

황악호는 거듭 어이없는 기분이 들었다. 그리고 더욱 귀찮
다는 생각이 들었다. 이젠 사정이고 뭐고 봐줄 생각이 없었
다. 한 놈이든 세 놈이든 한꺼번에 쓸어버리고 자기 자리로
돌아가고 싶었다.

휘익—

황악호는 주먹을 휘둘렀다.

이장명은 재빨리 몸을 움직여 피했지만 마웅탁은 피하지
못하고 어깨 어림이 황악호의 주먹에 고스란히 노출되었다.

그때 유진룡이 땅을 박차고 뛰어올랐다.

퍼억—

황악호의 가슴에 유진룡의 체중이 실린 발이 강하게 찍혔다.

마웅탁의 어깨를 가격하기 일보 직전에 황악호의 몸은 주춤하고 한 걸음 뒤로 밀렸다.

"이 자식이!"

황악호의 코에서 더운 김이 뿜어져 나왔다.

하룻강아지 범 무서운 줄 모른다더니 이 애송이 놈들이 겁도 없이 자신을 상대로 싸움을 벌였다. 그것도 선제공격까지 하며…….

한때는 지겹도록 싸움질을 했지만, 그래서 이런 공격도 많이 받아보았지만 최근에 이르러서는 생각지도 못한 타격이었다.

한마디로 쥐새끼에게 발뒤축을 물린 꼴이었다.

"너희들은 오늘 모두 죽었다!"

황악호는 그의 별명답게 황소처럼 돌진했다. 그 앞을 이장명과 마웅탁이 다시 막아섰다.

"비키라고 했잖아!"

유진룡이 이장명과 마웅탁을 향해 재차 고함을 질렀다. 그러나 한발 앞서 마웅탁이 황악호의 주먹에 얼굴을 가격당하고 나가떨어졌다.

"개자식!"

말릴 사이도 없이 이장명이 선불 맞은 멧돼지처럼 황악호에게 달려들었다.

퍽!

황악호의 가슴에 주먹 한 대를 갈겼지만 대신 황악호의 무릎에 옆구리를 가격당한 이장명이 새우처럼 꼬꾸라지며 바닥으로 나뒹굴었다.

황악호는 그것으로도 분이 풀리지 않는지 발을 들어 이장명을 짓밟으려 했다.

"이름에다 거듭 똥칠을 할 셈인 모양이군."

유진룡의 목소리가 나직하게 울렸다.

그 말에 이성을 되찾았는지 황악호는 번쩍 들어 올렸던 발을 천천히 내려놓았다.

그러고 보니 필요 이상으로 흥분했다.

머리에 피도 안 마른 것들이 자신 앞에서도 겁을 먹지 않는다는 사실이 그렇게 만든 것이다.

황악호는 우두둑! 하고 고개를 한 번 돌리고는 손가락 마디도 꺾었다.

"네놈들 배짱 하나는 인정하지."

피식 웃으며 내뱉은 황악호는 가슴을 쫙 펴며 유진룡의 앞에 섰다.

"처음에는 싸울 필요도 없는 피라미라 생각했는데 부하들을 보니 조금은 상대가 될 것 같다는 점도 아울러 인정하마.”

황악호는 두 주먹을 가슴 앞으로 모으며 준비 자세를 잡았다. 방금 그가 한 말처럼 처음으로 유진룡을 싸움 상대로 인정하는 행동이었다.

유진룡도 자신만의 특유한 싸움 자세를 잡았다.

양손은 주먹을 쥐지 않고 자연스럽게 가슴께로 올리고 왼발은 앞으로, 오른발은 뒤로 반걸음쯤 뺀 자세였다.

그건 오랜 싸움에서 자연스럽게 몸에 밴 자세였는데, 그 자세 그대로 손을 내뻗어 상대를 잡아챌 수도 있고, 뻗는 동안에 주먹을 쥐어 가격할 수도 있었다. 그렇게 하면 황악호처럼 처음부터 주먹을 쥔 상태에서 가격하는 것보다는 힘은 덜 실렸지만 상황에 따라 변화를 주는 데는 훨씬 나았다.

이제껏 싸움에서 느낀 것이지만 주먹 한 방에 그대로 나가떨어지는 상대는 거의 없었다.

정말 제대로 된 충격을 주는 것은 발꿈치나 팔꿈치, 무릎, 어깨 등이었다. 손은 수비를 하는 데 더 많이 쓰였다. 그래서 유진룡은 그런 자세를 자연스레 터득한 것이다.

“시작하지!”

쉬익―

황악호의 말이 끝나기도 전에 유진룡의 손이 일체의 예비 동작 없이 그대로 앞으로 뻗어 나왔다.

짤찰―

주먹을 쥐지 않고 뿌려 친 유진룡의 손가락들이 채찍처럼 황악호의 볼을 때렸다.

금세 황악호의 볼에 손가락 자국이 그려졌다.

황악호의 눈썹이 역팔 자로 모여졌다.

손이 뻗어 나오는 순간 반사적으로 고개를 돌렸기에 망정이지 그렇지 않았다면 채찍 같은 손가락에 눈동자를 가격당하고 한쪽 눈은 싸움이 끝날 때까지 제 기능을 발휘하지 못할 뻔했다.

이런 식의 공격도 있구나 생각한 황악호는 분노보다는 순간적으로 아찔한 기분이 들었다.

이런 공격은 주먹보다 더 효과적이고 무서운 공격이었다.

아무리 뛰어난 싸움꾼이라도 한쪽 눈을 쓰지 못한다면 사각(死角)이 넓어지고 타점을 맞추기가 어렵다.

하마터면 자신이 방금 그런 상황에 처할 뻔했던 것이다.

황악호는 유진룡을 다시 쳐다보았다.

소투귀란 별명을 어떻게 얻었는지 알 것 같았다.

나이는 어렸지만 놈은 닳고 닳은 싸움꾼이었다. 그래서 매 순간 어떤 공격이 가장 효과적인지 본능적으로 느끼고 있는 것 같았다.

"이제 내 차례!"

황악호도 준비 자세 없이 그대로 주먹을 뻗었다.

유진룡은 상체를 뒤로 물렸다.

그건 황악호가 원하던 바였다. 주먹을 신속히 거둬들인 황악호는 갈고리처럼 발을 휘둘러 유진룡의 앞발을 잡아채 왔다.

유진룡이 앞발을 슬쩍 들어 올렸다.

그때 황악호의 다른 주먹이 탄환처럼 튀어나왔다.

설명은 길었지만 그 모든 움직임이 눈 깜짝할 사이에 이루어진, 잘 짜 맞춘 한 가지 동작 같은 공격이었다.

항약호의 주먹이 스친 유진룡의 볼도 금방 벌겋게 부어올랐다.

유진룡 역시 반사적으로 고개를 돌렸기에 망정이지, 그렇지 않았더라면 초장부터 제대로 걸려 바닥에 한번 나뒹굴었을 것이다.

우두둑!

유진룡도 고개를 돌리며 목 관절을 풀었다.

그 순간, 황악호의 다리가 세찬 바람을 받은 연처럼 솟구쳤다.

유진룡도 급히 다리를 뻗어 황악호의 정강이를 걷어챘다. 그건 수비와 공격을 동시에 하는 수법이었다.

타악—

두 개의 정강이가 부딪치며 큰 격타음을 터뜨렸다.

'으윽!'

유진룡은 내심 신음을 삼켰다.

같이 마주쳤지만 굵기나 무게에서 상대가 되지 않았다.

통나무처럼 굵은 황악호의 정강이에서 전해진 충격이 골반까지 시큰거리게 했다.

휘익—

다시 황악호의 다른 다리가 날아들었다.

유진룡은 급히 뒷걸음질을 쳤다.

마주쳐서는 안 되고 되도록이면 피하는 것이 나았다. 그것이 즉시 수세에 몰리게 했다.

허공을 선회한 황악호의 발이 땅에 닿는가 싶더니 즉시 주먹이 날아왔다.

예상보다 훨씬 긴 팔이었다.

퍼억!

몇 번은 피했지만 황악호의 주먹이 마침내 유진룡의 어깨에 꽂혔다.

유진룡이 최대한 팔을 뻗어 겨우 스칠 수 있는 거리는 황악호에겐 최상의 타격 거리였다.

끝가지 피하기만 할 수는 없는 노릇이었고, 자신이 가격할 수 있는 거리를 최소한도나마 유지하려 하다 보니 황악호의 공격권에 고스란히 노출된 것이다.

공격을 당한 왼쪽 어깨에서 둔중한 통증이 느껴지며 몸이 한쪽으로 쏠렸다.

몸이 쏠리는 쪽으로 황악호의 왼쪽 주먹이 아래에서부터

위로 솟구쳤다.

피하기에는 늦었다.

유진룡은 양손을 급히 교차시키며 황악호의 주먹을 필사적으로 막았다.

퍽—

양 팔목에 황악호의 주먹이 그대로 틀어박혔다.

정강이와 어깨에 이어 양 손목에서도 시큰거리는 통증이 전해졌다.

"이란격석(以卵擊石)이란 말 알아?"

훌쩍 뒤로 물러선 유진룡을 보며 황악호가 질문을 던졌다. 그리고는 다시 입술을 움직였다.

"쓸 줄은 몰라도 뜻은 알고 있지. 그건 계란으로 바위를 친다는 말이야. 네놈이 아무리 소투귀라 해도 아직은 계란일 뿐이야. 계란으로 바위를 쳐봤자 박살만 나지. 치지 않고 수비만 해도 금이 갈걸."

몇 번 부딪쳐 본 황악호가 비릿한 미소를 흘렸다.

황악호의 말대로 아무리 자신이 소투귀란 별명을 얻어도 체격 차이가 너무 컸다. 정상적인 공격이 하나도 먹히지 않았고 수비만 해도 심한 충격을 받았다.

유진룡은 그걸 절실히 깨달았다.

'어떻게 싸워야 하지?'

이제까지 셀 수 없이 많이 싸웠지만 이 정도로 차이가 나는 싸움은 해보지 않았다.

그것은 지금까지의 싸움과 완전히 다르게 싸워야 한다는 말이었다.

지금까지 알게 모르게 몸에 익힌 싸움 기술들을 모조리 허물어 버리고 다른 방법의 기술을 재창조해야 한다는 말이었다.

말이 쉽지 창조란 것이 하루아침에 이루어지는 것이 아니다.

수십, 수백 번의 모방 끝에 어느 순간 자신도 모르게 창조란 것이 이루어지는 것이다.

욱신거리는 팔목을 쓰다듬는 순간 빈틈이 보였다.

방심했는지 황악호의 복부가 훤히 드러났다.

쉬이익―

유진룡은 섬전처럼 주먹을 찔러 넣었다.

가격하는 순간 강한 회전력을 가미한 주먹이었다.

어쩐지 황악호는 방어를 못했고, 주먹은 제대로 틀어박혔다.

퍼억―

타격음 또한 더없이 만족하게 터져 나왔다.

이 정도면 쓰러지지는 않겠지만 허리가 조금은 굽어져야 했다.

그런데…….

피식!

충격을 받은 모습 대신 황악호의 미소만이 유진룡의 동공에 가득 채워졌다.

“그게 네가 자랑하는 전사권(纏絲拳)이란 주먹이냐? 피할 수도 있었지만 어느 정도 위력인지 알고 싶어서 정통으로 한 번 맞아봤지.”

황악호는 배를 한 번 쓰다듬었다.

“제법이었어. 비슷한 놈들끼리 마주쳤다면 내장이 울렁거릴 정도겠지만 역시 이란격석일 뿐이야.”

빈정거림과 함께 황악호의 왼쪽 발이 사선으로 쓸어오며 유진룡의 대퇴부를 스쳤다.

스치기만 했는데도 살갗이 찢어지는 듯 화끈한 아픔이 전해졌다.

“하앗!”

기합성과 함께 유진룡도 몸을 회전시키며 오른쪽 발을 세차게 휘돌려 찼다.

황악호의 발에 대퇴부를 노출시킨 것은 이 공격을 위한 고육책이었다.

황악호의 허리 어림에 유진룡의 발뒤축이 틀어박혔다. 이번에는 황소 같은 황악호도 잠시 주춤했다.

작용이 있으면 반작용이 있는 법!

퍼억—

필사적으로 고개를 틀었지만 왼쪽 얼굴에 황악호의 주먹이 제대로 틀어박혔다.

유진룡은 그 자리에서 팽그르르 한 바퀴 더 돌며 바닥으로 무너졌다.

"아악—"

"대장!"

소녀들과 양혜란의 비명 소리가 들렸다.

"젠장!"

유진룡은 역정을 토하며 튕기듯 다시 일어섰다.

잠시 땅이 흔들리다가 멈추어 섰다.

땅에 내동댕이쳐지다시피 쓰러졌다가 다시 일어나니 어제 독각호 고우종에게 맞은 상처까지 같이 쑤셔왔다.

독각호 고우종과도 사투를 벌였다. 그놈 역시 체격이 한참 더 컸기 때문이다.

하지만 황악호에 비하면 조족지혈이었다.

혼신의 힘을 다한 주먹이나 발길질에도 별 충격을 받지 않았다. 반면 놈의 주먹이나 발길질은 스치기만 해도 나가떨어질 정도였다.

애초에 싸운다는 것 자체가 어불성설이나 마찬가지였다.

왜?

왜 이런 싸움이 벌어져야 하는 것일까?

싸우기 전부터 가졌던 의문은 여전히 풀리지 않았다.

이놈은 자신의 뒷골목은 거저 줘도 안 가질 놈이었다.

그런 짐작대로 놈은 골목을 탐내는 눈치도 보이지 않았다. 단지 놈은 유진룡 자신이 이곳을 떠나기만을 바라고 있었다.

떠나고 난 뒤에 놈은 뭘 얻겠다는 말인가?

놈은 자신 밑에 있는 아이들에게도 일말의 관심도 가지지 않았다.

휘익—

다시 황악호의 주먹이 날아왔다.

고개를 숙이며 그대로 머리를 밀어 넣은 유진룡은 황악호의 가슴을 들이받았다.

퍽—

퍽!

이마에 타격감이 느껴졌지만 황악호의 주먹 역시 아랫배에 꽂혔다.

창자가 끊어지는 것 같았다.

어제 고우종에게도 제대로 몇 번 맞아 저녁마저 먹지 못할 정도의 충격이 쌓여 있던 곳이기에 그 아픔은 더욱 컸다.

자연히 허리가 꺾였다.

휘익—

황악호의 발이 솟구쳤다.

보지 않아도 어떤 공격이 펼쳐질지 짐작이 갔다.

놈은 들어 올린 발을 그대로 내리찍어 발뒤꿈치로 등이나 목덜미를 가격하려는 것이다.

그것까지 정통으로 맞으면 쓰러져서 일어나지도 못할 것이다.

유진룡은 허리를 꺾은 그 상태로 신속하게 앞으로 밀고 나갔다.

한쪽 발만으로 바닥을 딛고 섰던 황악호가 약간 중심을 잃었고, 제대로 된 공격이 이어지지 못했다.

황악호의 발뒤축이 엉덩이 부분을 스치는 순간, 유진룡은 황악호의 낭심을 향해 강하게 주먹을 쳐올렸다.

조금 비겁한 공격이었지만 이 싸움 자체가 비겁했다.

퍽—

유진룡의 의도를 눈치 챈 황악호가 허리를 틀었고, 유진룡의 주먹은 타점을 놓치고 황악호의 허벅지를 가격했다.

유진룡의 허리만큼 굵은 황악호의 허벅지는 아무런 충격을 받지 않은 것 같았다.

퍼억—

황악호의 주먹이 이번에는 허리에 틀어박혔다.

아랫배에 이어 허리에도 끊어질 듯한 통증이 느껴지며 숨이 턱 막혀왔다.

왜?

다시 똑같은 의문이 일었다.

왜 이놈은 상관도 없는 자신을 이 골목에서 쫓아내려 하는 것일까?

정확히는 몰랐지만 이놈은 이곳 소주 뒷거리의 대왕초 아래에 있는 열 명의 중간 왕초 중 한 명의 부하라고 알고 있다.

중간 왕초만 되어도 자신 같은 작은 골목의 아이들에겐 쳐다보기조차 힘든 사람들이었다. 그리고 그들의 부하인 황악호 역시 억지로 싸우려고 해도 싸울 수 없는, 자신과는 상관없는 존재들이었다.

상납금만 제대로 바친다면 그들이 이곳을 찾을 리 없다.

그건 피할 수 없는 일이기에 굶주리긴 했지만 상납금은 확실히 바쳤다.

그런데 왜 상관도 없는 놈이 자신을 쫓아내려 하는가?

어쨌든 오늘부터는 상관이 있는 존재가 되었다.

자의건, 아니면 누군가의 지시를 받고 타의로 왔건 황악호는 자신을 짓밟으려 하고, 자신이 짓밟히면 자신의 그늘 아래에 있던 꼬맹이들은 죽은 동생과 같은 신세가 될 것이다.

퍼억—

어깨 어림에서 다시 무거운 통증이 번져 왔다.

유진룡은 마침내 두 번째로 바닥에 쓰러졌다.

이젠 일어날 힘조차 없는 것 같았다.

하지만 일어서야 했다.

이대로 뻗어버리면 그간의 모든 싸움이 헛것이 되고 만다. 그리고 자신의 존재는 다시 쥐새끼로 전락하고, 자신을 따르던 아이들 역시 그렇게 될 것이다.

후들거리는 다리를 억지로 세우며 유진룡은 일어섰다.

"포기하고 이곳을 떠나라. 그러면 병신이 되는 것은 면할 수 있다."

황악호가 나지막한 음성으로 말했다.

낮지만 살기가 돋친 목소리였다.

큰 충격은 받지 않았어도 황악호 역시 유진룡의 제대로 된 공격을 몇 차례나 받았다.

그건 수치였다.

그리고 싸움 후의 소문은 더 수치스럽게 퍼져 나갈 수도 있었다.

그걸 만회하려면 유진룡을 거의 병신으로 만들어놓아야 한다. 그럼에도 불구하고 마지막 기회를 준 것은 유진룡의 근성이 마음에 들었기 때문이다.

"병신이 되면 누가 업어다 버리겠지. 나보다 별로 크지도 않은 놈을 상대로 끝까지 싸워보지도 않고 떠나면 쪽팔려서……."

유진룡은 입술을 씹으며 으르렁거렸다.

황악호의 눈에 불길이 일었다.

이젠 유진룡을 완전히 병신으로 만들어 버릴 생각이었다.

쉬익—

선풍각이 바람을 가르며 날아들었다.

유진룡은 상체를 숙이려다 다리에 힘이 빠지며 그 자리에 털썩 주저앉았다.

돌려 차던 황악호의 오른발이 허공에서 뚝 꺾이며 정수리를 찍어왔다.

유진룡은 양손으로 땅을 짚으며 급히 몸을 굴렸다.

황악호의 발은 땅바닥을 찍었고, 유진룡은 겨우 공격을 벗어났다.

하지만 그곳은 벽의 구석 쪽이었다.

이제껏 되도록 넓은 곳에서 거리를 두며 상대하려 애를 썼다. 그래서 만신창이가 되었지만 아직 버티고 있었다.

그러나 이 구석에 처박히면 피할 공간도 없고, 황악호의 손에 붙잡히기라도 하면 황소 같은 놈의 덩치에 깔려 곤죽이 될 것이다.

유진룡은 빠져나갈 틈을 살폈다.

황악호가 양팔을 들어 올려 그 틈을 막았다.

유진룡은 뒤쪽 벽도 살폈다.

거리는 열 걸음 정도.

구석 중간에 작은 바위가 뾰족하게 튀어나와 있었다.

밀리다가 그 뾰족한 부분에 등을 부딪치면 척추가 부러져서 그야말로 병신 중에서도 큰 병신이 될 것 같았다.

황악호가 거리를 좁히며 다가들었다.

유진룡은 어쩔 수 없이 뒷걸음질을 쳤다.

뒷걸음질을 치면서 급히 심호흡을 몇 번 했다.

다리에 힘이 빠져 피하려 하다가 주저앉아 버릴 정도로 지쳤다. 그런 최악의 상태였지만 이런 긴 호흡 몇 번은 마지막 남은 힘을 발휘하게 해준다.

타다닥—

황악호가 두 팔을 벌리며 뛰어왔다.

유진룡이 우려했던 대로 황악호는 자신의 몸으로 유진룡을 구석에 가두어서 덮쳐 누르거나, 아니면 그대로 밀치고 나가 구석에 튀어나온 바위에 부딪치게 할 심산이었다.

타다닥—

뒷걸음질을 치던 유진룡도 벽을 향해 뛰었다.

황악호의 입가에 득의의 미소가 번졌다.

뛰어봤자 도망갈 곳은 없었다. 벽은 높고 구석은 좁았다. 이대로 부딪치기만 해도 놈은 으스러지고 말 것이다.

도망치듯 벽을 향해 달려가던 유진룡이 이젠 벽 서너 걸음 앞까지 쫓겨갔다.

더 이상은 도망치고 싶어도 공간이 없었다.

휘익—

어느 순간, 유진룡은 구석 중간에 튀어나온 뾰족한 바위를 향해 몸을 솟구쳤다.

돌 위에 양발을 올린 유진룡은 용수철처럼 몸을 웅크렸다.

황악호는 순간적으로 강한 위기의식을 느꼈다.

다음에 무슨 일이 일어날 것인지 정확히 예측할 수는 없었지만 본능은 위험의 경종을 맹렬하게 울리고 있었다. 그러나 덮치듯이 구석으로 돌진하던 몸은 쉽게 멈추어지지 않았다. 아니, 그보다는 유진룡의 다음 동작이 한발 더 빨랐다.

구석의 튀어나온 바위를 향해 뛰어오르며 용수철처럼 움츠러들었던 유진룡의 몸이 어느 순간 수평으로 드러누우며 두 배로 길어지는가 싶더니 포탄처럼 튀어나왔다.

퍼억—

공성전에서 성문을 부수는 통나무처럼 유진룡의 머리가 쇄도하는 황악호의 명치에 틀어박혔다.

순간적으로 두 사람의 몸이 허공에서 정지한 것 같았다.

벽을 향해 달려들던 황악호의 몸에 실린 힘과 벽을 박차고 튀어나온 유진룡의 몸에 실린 힘이 마주쳐 짧은 순간 균형을 이룬 때문이었다.

어느 순간 그 균형이 급격하게 깨어졌다.

쇄도하던 황악호의 신형이 허공으로 붕 떠오르며 뒤로 팅겨났다.

유진룡의 신형도 조금 더 앞으로 나아가다가 바닥으로 떨어져 내렸다.

쿵—

뒤이어 황악호의 몸이 둔탁한 소리와 함께 바닥으로 나뒹굴었다.

입에 거품을 문 황악호는 이미 정신을 잃고 있었다.

잠시 동안 유진룡도 일어나지 못했다.

마지막 남은 기력까지 모두 짜내 공격을 펼쳤기에 그 역시 거의 탈진한 상태였다.

그러나 유진룡은 악을 쓰며 일어섰다.

일어서야 승리를 선언할 수 있는 것이다.

"내가 이겼어……."

겨우 그 소리만 토한 유진룡은 그 자리에 다시 무너졌다.

그가 무너지자 이장명과 마웅탁이 비틀거리며 다가왔고, 양혜란이 그를 급히 부축하며 꼬맹이들과 함께 서둘러 골목을 빠져나갔다.

푸드득—

어디선가 날갯짓 소리가 들렸다.

그것은 독각호 고우종과 싸울 때 상점의 한 지붕 위에서 유진룡의 싸움을 지켜보던 온통 검은색에 목덜미에만 흰 깃털이 있는 매의 날갯짓이었다.

놈은 이번에도 유진룡의 싸움 장면을 지켜보다가 세찬 날갯짓과 함께 나뭇가지 꼭대기에서 날아올랐다.

매는 허공을 한 바퀴 선회하다가 까마득히 사라졌다.

第三章
괴인과의 만남

똑!

똑!

이따금씩 낙숫물 떨어지는 소리만 들리는 어두운 동굴 속이었다.

그 어둠 속에서 한 개의 움직임이 느껴졌다.

그것은 뼈마디가 앙상한 손이었다.

살이라고는 하나도 없고 가죽만 남은, 말라죽은 목내이(木乃伊:미이라) 같은 손이었다.

그 손이 작은 목갑 하나를 끌어당겼다.

목갑이 열리자 그 속에서 거울이 솟아오르듯 나타났다.

앙상한 손이 거울을 쓰다듬었다.

손이 지나가자 거울 속에서 희미한 영상이 떠올랐다.

거울 속의 영상은 어지럽게 흔들리고 있었다.

뭉게구름 하나가 떠올랐다가 급격히 사라지자 까마득히 아래쪽에서 땅이 솟구치고 있었다.

솟구치던 땅은 어느 순간 멈추며 이번에는 수평으로 급격히 이동하기 시작했다.

호수가 지나가고 고루거각의 집들도 순식간에 지나갔다.

한참 후에 빠르게 지나가던 광경들이 서서히 멈추며 음습한 뒷골목의 모습이 비춰졌다.

놀랍게도 뒷골목은 조금 전에 유진룡이 황악호와 싸우던 그곳이었다.

빙 둘러선 꼬맹이들의 모습, 그리고 좀 더 뒤에서 지켜보던 상점 주인들의 모습이 거울 속에 비춰지고 있었다.

스윽—

앙상한 손이 다시 움직였다.

그러자 거울 속의 광경이 앞으로 당겨지며 유진룡과 황악호가 싸우는 모습만이 확대되었다.

"후후!"

앙상한 손의 주인인 듯한 괴인영이 메마른 웃음을 흘렸다.

"오늘은 절대로 못 이길 것 같구나. 그래, 한 번의 패배는 약이 될 수도 있지. 후후!"

유진룡이 황악호에게 계속 두들겨 맞고 몰리는 모습을 보며 괴인은 예의 그 메마른 웃음을 흘렸다. 그러나 메마른 웃음의 끝에는 혹시나 하는 한가닥 기대감이 묻어 있었다.

유진룡의 주먹이나 발길질은 통하지 않고 황악호의 공격에 유진룡이 몇 번이나 쓰러졌다가 일어나는 장면이 한참이나 이어졌다.

그러던 유진룡이 벽을 향해 발작적으로 뛰어가는 모습이 나타났다.

괴인영은 거울을 바짝 잡아당겼다.

그 순간 싸움의 장면이 깜박 사라졌다.

"이놈, 흑응(黑鷹)아! 저놈의 싸움 장면을 쳐다보고 있을 때는 눈도 깜박이지 말라고 하지 않았더냐!"

괴인영은 탁한 목소리로 누군가를 꾸짖었다.

끼룩!

거울 뒤에서 한 마리의 매가 고개를 흔들며 울음소리를 토했다.

검은색에 목덜미에만 흰색 깃털이 박힌 매!

그놈은 유진룡이 싸울 때마다 지붕 위나 나뭇가지 위에서 지켜보던 그 매였다.

괴인영은 그 매의 기억을 거울에 투사시켜 이곳 동굴 속에서 유진룡의 싸움 장면을 지켜보고 있는 것이다.

다시 싸움 장면이 나타났다.

구석을 향해 뛰어가던 유진룡이 훌쩍 벽을 향해 튀어 올랐다. 그리고는 몸을 용수철처럼 움츠렸다가 튀어나와 황악호의 명치를 향해 통나무처럼 날아갔다.

황악호가 나가떨어지며 혼절하고, 유진룡이 퉁퉁 부어올라 딴사람처럼 변한 얼굴로 일어섰다.

"와― 하하하!"

괴인영이 동굴이 떠나가라 대소를 터뜨렸다.

푸드득―

흑응이 깜짝 놀라 허공으로 날아올랐다.

"저놈……."

한참 동안 웃음을 흘리던 괴인영은 겨우 웃음을 멈추며 거울을 더욱 가까이 당겼다.

거울 속에서 비틀거리며 일어서서 황악호를 보고 무어라 중얼거리고는 다시 쓰러지는 유진룡의 모습이 보였다.

"타고난 싸움꾼이다. 후후후!"

괴인영은 다시 만족한 웃음을 흘렸다.

"그동안 저놈이 행한 수많은 싸움을 지켜보았다. 그중 반 이상은 불리한 싸움이었고, 최근 몇 달 동안 벌인 싸움은 도저히 이길 수 없는 싸움들이었다. 특히 오늘은 더욱더……. 그런데 놈은 그 순간마다 나로서는 생각도 못한 방법으로, 그리고 타고난 순발력으로 싸움에서 이겼다."

괴인영은 잠시 말을 멈추며 마치 유진룡의 등을 쓰다듬듯이 거울을 쓰다듬었다.

"저런 기질을 가진 놈은 자신의 실력보다 훨씬 더 높은 능력을 발휘한다. 그건 투사로서 갖추어야 할 최상의 조건이다."

괴인영은 다시 거울을 쓰다듬었다.

유진룡의 예전 싸움 모습들이 빠르게 스쳐 지나갔다.

"단 한 번뿐인 선택이기에 망설이고 또 망설였다. 하지만 이젠 결정을 할 때가 되었다."

딸깍!

괴인영은 거울을 목갑 속으로 다시 집어넣었다.

은은한 빛을 뿌리던 거울이 사라지자 동굴 속에는 짙은 어둠과 적막이 내려앉았다.

*　　　　*　　　　*

호랑이에게 물려가도 정신만 차리면 산다는 말이 있다.

그 말이 지금 이 순간 절실하게 느껴졌다.

쌩—

쌩—

귓전으로 스쳐 가는 바람 소리가 회초리 소리처럼 날카로웠다.

처음에는 가위눌림인 줄 알았다.

이번에도 양혜란이 사다 준 약초 술을 마시고 깊게 잠이 들었다.

그런데 꿈속에서 누군가에 업혀서 바람처럼 숲 속을 날아가고 있었다.

차가운 산바람에 조금 더 정신이 들자 자신을 업고 바람처럼 숲 속을 달리는 존재는 사람이 아니란 걸 알 수 있었다.

이놈은 거대한 짐승이었다.

가시처럼 뻣뻣한 털!

입에서 나는 역겨운 노린내!

거대한 몸집이었지만 발자국 소리도 제대로 내지 않고 달리는 부드러운 움직임!

그 움직임이 고양이를 닮았다고 느끼는 순간, 놈의 정체가 짐작되었다.

놈은 거대한 덩치의 호랑이였다.

고양이의 부드러운 털과는 달리 놈의 털은 너무 뻣뻣했지만 호랑이가 분명했다.

혼란이 가중되어 왔다.

비록 산 쪽에 가까운 뒷골목의 거처였지만 그곳은 소주라는 큰 도시의 한 자락이었다.

그런데 호랑이라니?

그리고 산에서 마주친 것도 아니고 자신의 처소에서 자고 있는 사람을 물고 가다니?

아무래도 현실 같지가 않았다.

그렇다고 분명 꿈은 아니었다.

호랑이가 개울이나 바위를 건너뛸 때마다 황약호에게 맞은 상처에서 심한 고통이 느껴졌다.

'다른 아이들은 괜찮을까?'

와중에도 꼬맹이들의 안위가 걱정되었다.

삐끗!

다시 갈비뼈 어림에서 통증이 전해졌다.

그 통증이 현실을 더욱 절실하게 인식시켰다.

'이렇게 갈 데까지 가면 죽음뿐이다. 어떻게든 이놈 등에서 뛰어내려 살아나야 한다!'

불행 중 다행인 것은 이놈이 자신의 목덜미를 물지 않고 옷을 문 채 업고 가고 있다는 것이다.

이런 맹수들은 곧바로 사냥감의 목을 물어 제일 먼저 숨통부터 끊어놓는다고 들었는데 그 점이 이상했다.

어쨌든 아직 멀쩡히 살아 있으니 탈출을 시도해야 했다.

유진룡은 은밀히 주변을 살폈다.

아무 곳에서나 뛰어내리면 다시 잡힐 테니 계곡을 건너뛸 때 계곡 아래로 뛰어내려야 했다. 떨어지다가 바위에 부딪치면 죽겠지만 호랑이에게 잡아먹히는 것보다는 나을 것이다.

천천히 손을 뻗어 허리춤을 더듬었다.

언제나 가지고 다니던 소도가 만져졌다.

그것이 그대로 달려 있는 것 또한 불행 중 다행이었다.

소도를 자루에서 빼내 손에 들었다.

이런 큰 덩치에 가시처럼 뻣뻣한 털로 덮여 있으니 웬만한 곳을 찔러서는 기별도 가지 않을 것이다.

눈!

아무리 맹수라도 눈은 약하다. 단번에 그곳을 찌르고 뛰어 내려야 했다.

계곡의 물소리가 들렸다.

유진룡은 천천히 눈이 있는 곳으로 소도를 겨냥했다.

등잔불처럼 이글거리는 놈의 눈은 쉽게 겨냥이 되었다.

이젠 그곳을 찌르기만 하면 된다.

하나!

둘!

파앗!

셋과 동시에 찌르르는 순간, 날카로운 무언가가 손을 할퀴며 소도를 탈취해 갔다.

너무나 빠르고 순간적이라 온 힘을 주어 쥐고 있던 소도였지만 힘없이 빼앗겼다.

얼굴에 날갯짓이 느껴졌다.

'새?

소도를 탈취해 간 놈은 한 마리 새였다.

종류는 모르겠지만 부리가 날카롭고 날개와 발목의 힘이

굉장히 센 맹금(猛禽) 같았다.

그놈이 왜 하필 그 중요한 순간에 먹이도 아닌 소도를 채어 간단 말인가?

이건 귀신이 통곡을 해도 모자랄 일이다.

아닌 방중에 호랑이에 맹금까지…….

죽으란 법은 없다지만 이런 경우는 살아나란 법이 없다는 말이 맞을 것이다.

고양이 등처럼 유연한 등이 잔뜩 웅크렸다가 쭉 늘어났다. 그리고는 허공으로 한참 날아가는 느낌이었다.

삐끗―

이번에는 허리 어림에서 통증이 느껴졌다.

넓은 계곡을 뛰어넘고 착지하는 순간에 느껴지는 고통이 었다.

그 고통과 함께 호랑이의 움직임이 조금 둔해졌다.

푸드득―

날갯짓 소리와 함께 쏜살같이 날아온 새 한 마리도 속도를 멈추는 것 같았다.

'이놈들은 한패인가?

기도 안 차는 일이었다.

어쨌거나 종착지가 가까워진 것 같으니 잡아먹힐 일만 남 았다.

호랑이가 조금 더 움직이자 음습한 냄새가 후욱 밀려왔다.

산의 냄새가 아닌 동굴의 냄새였다.

아마도 호랑이의 은신처일 것이다. 그 은신처 속으로 새 한 마리도 같이 날아들었다.

이놈들은 한패임이 분명했다. 그리고 이젠 죽은 목숨이다.

생을 포기하니 오히려 마음이 편해졌다.

양혜란의 얼굴과 동생들의 얼굴이 다시 떠올랐다.

그 얼굴들 위로 동생의 얼굴이 겹쳐졌다.

그들도 동생처럼 차가운 겨울, 온몸에 불덩이처럼 열이 나며 죽어가지는 않을까?

'너희들의 꿈을 지켜주지 못해서 미안…….'

안타까운 생각이 뇌리를 다 스쳐 지나가기도 전에 동굴 바닥으로 몸이 내동댕이쳐졌다.

이건 사냥한 먹이를 내려놓는 것이 아니라 어쩔 수 없이 메고 온 짐짝을 신경질적으로 내팽개치는 느낌이었다.

호랑이 중에서도 성질 더러운 놈을 만난 것이 틀림없다.

그 호랑이가 내팽개친 자신을 거들떠보지도 않고 동굴 깊숙한 곳으로 들어가고 있었다.

놈의 발자국 소리에도 신경질이 와락 묻어 나왔다.

"원! 그놈 성질머리 하고는… 쯧쯧!"

탁한 인간의 목소리가 들렸다.

'이건 대체……?

유진룡은 몸에서 빠져나간 혼백이 허공중에 맴돌다 실타

래처럼 엉키어 다시 몸속으로 들어오는 느낌을 받았다.

깊은 동굴 속에서 호랑이와 맹금, 이젠 인간의 목소리까지…….

"정신이 드느냐?"

탁한 목소리가 다시 울렸다.

거듭 들렸으니 환청이 아님은 분명했다.

그와 함께 살았다는, 아니, 최소한 지금 당장 죽지는 않겠다는 안도감이 삶에 대한 형언할 수 없는 희열로 바뀌어 가슴을 가득 채웠다.

유진룡은 가슴 가득 차오른 호흡을 빠르게 몇 번 내뱉었다.

"그럭저럭 잠은 달아났습니다."

어쩌면 지금까지의 모든 일이 이 음성의 주인이 꾸민 일일 것이란 생각이 들자 한가닥 오기가 인 유진룡은 퉁명스럽게 답했다.

"후후! 그놈 배짱 한번 두둑하구나. 하하하!"

탁한 웃음소리가 동굴 안을 가득 채웠다.

"죽었다는 생각이 들었을 텐데 겁도 나지 않더냐?"

괴인영이 다시 질문을 던졌다.

"겁을 내고 말고 할 새가 없었습니다. 그런데 누구십니까?"

유진룡은 눈을 몇 번 끔벅거리며 고개까지 이리저리 돌렸지만 한 점 빛도 들어오지 않는 동굴 속은 아무것도 볼 수 없었다. 또한 탁한 목소리의 진원지도 짐작할 수 없었다.

어떤 때는 뒤에서 들리는 것 같기도 했고, 어떤 때는 머리 위에서 들리는 것 같기도 했다.

"노부는 한때 천산마존(天山魔尊)이라 불리었다."

괴인은 단도직입적으로 자신을 소개했다.

'천산마존?'

유진룡은 입속으로 괴인의 별호를 되뇌었다.

주특기가 싸움이다 보니 제법 많은 무림고수들의 별호를 알고 있었지만 천산마존이라는 별호는 생소했다.

전대의 고인이거나 천산이란 곳이 이곳과는 너무 멀어 못 들어본 것 같았다.

"무림에는 다른 별호로 통했으니 들어본 적이 없을 것이다."

천산마존은 부연 설명을 했다.

그 목소리에 어쩐지 비애가 서려 있다는 것을 느낀 유진룡은 죽었다 살아난 자신의 처지도 잊고 가슴속으로 한가닥 호기심이 일어나는 것을 느꼈다.

"잘은 모르지만 천산이란 곳은 꽤 먼 곳에 있는 것으로 아는데 어쩌다가 이곳까지 오게 되었습니까?"

유진룡은 재차 질문했다.

잠시 동안 대답이 들려오지 않았다.

"그 사연을 다 설명하자면 이틀 밤낮으로도 모자랄 일이지. 그보다… 네놈은 자신이 왜 이곳에 와 있는지가 더 궁금해야 하는 것이 아니더냐?"

천산마존은 약간 어이없는 음성으로 말했다.

천산마존의 말대로 그게 더 궁금한 일이어야 했다.

너무 혼란스런 상황에 모든 게 뒤죽박죽되어 아직 갈피를 잡지 못한 상황인지라 뭐가 더 궁금한지조차 분간을 못한 것이었다.

"듣고 보니 그렇군요. 제가 왜 호랑이에 물려 이곳까지 오게 되었습니까?"

현실 감각을 겨우 되찾은 유진룡은 조금 차분한 음성으로 질문했다.

"나는 근 일 년 동안 이곳에서 네 녀석을 지켜보았다."

천산마존의 음성이 방향을 알 수 없는 곳에서 들려왔다.

"그동안 지겹게도 싸우더구나. 마치 그것이 네 녀석의 업인 것처럼. 그리고 그 많은 싸움에서 네놈은 한 번도 지지 않았다."

"절 미행하셨습니까? 그동안 그런 느낌은 받지 못했는데……."

유진룡은 고개를 이리저리 돌렸지만 아무것도 느낄 수 없기는 마찬가지였다.

"난 이곳에서 한 발짝도 나서지 않았다."

대답의 내용은 전혀 뜻밖이었다.

"그런데 어떻게 제가 싸우는 모습을 그렇게 속속들이 알고 계십니까?"

"널 미행한 놈은 흑웅이라는 매였다. 공력이 제법 소모되는 일이었지만 난 그놈의 눈과 기억을 통해 항상 널 지켜보았다."

'매?'

유진룡은 눈살을 찌푸렸다.

소도로 호랑이의 눈을 찌르려는 찰나 소도를 낚아채 간 놈이 바로 그놈인 모양이다.

그때 호랑이와 맹금이 한패가 아닐까 하는 기막힌 생각이 들었는데 그게 사실이었다.

"그동안 지켜본 바로 네놈은 내가 원하는 조건을 그런대로 갖추고 있다."

천산마존의 목소리에서 강한 열망의 기운이 느껴졌다.

"지금부터 거래를 하나 하자꾸나. 내가 원하는 것을 주면 나도 네 녀석이 원하는 것을 주겠다."

열망의 기운이 감돌던 목소리가 차분히 바뀌며 천산마존은 자신의 뜻을 밝혔다.

유진룡은 천산마존에게 한가닥 호감을 느끼는 자신을 발견하며 내심 어이없는 웃음을 지었다.

자고 있는 자신을 기절초풍할 방법으로 이곳까지 납치해 온 일과 함께 그 별호가 마존이라고 들었을 때는 적지 않은 경계심을 느꼈다.

자고로 별호에 '마(魔)' 자나 '사(邪)' 자가 들어가는 사람 치고 잔혹하거나 괴이하지 않은 사람은 극히 드물다고 들었다.

자신을 잡아온 천산마존 역시 그러하다면 산 채로 무슨 실험을 하거나, 그보다 더한 짓도 할 수 있을 것이란 생각도 들었다. 그래서 억지로 더 태연한 척 행동했다.

그런데 전혀 뜻밖에도 이 괴인은 서로 한 가지씩 원하는 것을 들어주자는 거래를 제의했다.

누군가에게 무엇을 강요당하는 것은 죽도록 싫지만 서로 오고 가는 것이 있는 정당한 거래라면 마다할 이유가 없다.

"제게서 원하는 것이 무엇입니까?"

유진룡은 기대감 섞인 음성으로 물었다.

"한 사람을 살려다오."

천산마존은 이번에도 군더더기 없이 단도직입적으로 말했다.

"그것뿐입니까?"

"그렇다."

"말처럼 간단한 일은 물론 아니겠지요?"

"물론이다. 그를 살리려면 그만한 힘이 필요하다. 어쩌면 네놈 목숨을 걸어도 불가능한 일일지도 모른다."

유진룡은 천산마존의 말을 믿을 수밖에 없었다.

속내를 숨기고 충분히 가능하다고 답했다면 절대로 안 믿었을 것이다. 이곳에 가만히 앉아서 황소만 한 호랑이를 부리고 매의 눈을 통해 세상 밖의 일을 지켜보는 능력을 가진 사람이 할 수 없는 일이라면 정말 자신의 목숨을 걸어도 힘든 일일 것이다.

"그렇게 진실되게 겁을 주시면 들어주고 싶은 마음이 사라지지 않습니까?"

유진룡은 약간은 불만스럽게 말했다.

"처음부터 진실을 호도하면 끝까지 그렇게 해야 하고, 나중에 가서는 그만큼 큰 틈이 벌어져서 도저히 메울 수가 없게 된다."

천산마존이 단호하게 말했다.

"할 말이 없군요. 그럼 그 대가로 제게 뭘 주시겠습니까?"

유진룡은 속으로 입맛을 다셨다.

"무림에서 알아주는 고수로 만들어주겠다. 물론 네 녀석 하기에 달린 일이지만……."

괴인은 자신감이 강하게 어린 목소리로 답했다.

유진룡은 가슴이 두방망이질 쳐서 동굴이 울리지 않을까 걱정되었다.

무림의 고수!

그것도 모자라 이름만 말해도 누구나 알아주는…….

하수구를 뒤지고 한뎃잠을 자다가 이제 겨우 골목 몇 개를 차지한 잡초 인생에게 그건 꿈같은 얘기였다.

아니, 아무리 꾸려고 해도 꿀 수조차 없는 환상이었다.

"왜 대답이 없느냐?"

격정을 다스리느라 안간힘을 쓰고 있는 유진룡을 향해 천산마존이 목소리를 높였다.

유진룡은 침을 꿀꺽 삼켰다.

"저를 고수로 만들어주는 것은 노인장의 뜻을 이루기 위해 어쩔 수 없이 해야 하는 일이 아닙니까?"

천산마존은 잠시 침묵을 지켰다.

"그렇구나. 거래가 성립되면 그건 네 녀석이 원하지 않더라도 나로서는 기필코 그렇게 만들어야 할 일이지."

천산마존은 여전히 솔직했다.

유진룡은 그의 그런 점이 이젠 적이 혼란스럽기까지 했다.

"그럼 네 녀석이 원하는 조건을 제시해 보아라."

천산마존은 약간 긴장하는 음성으로 물었다.

"마존이라는 엄청난 별호를 얻으신 분이니 소싯적에 꿍쳐 놓은 재산이나, 아니면 보물이 숨겨진 곳을 그려놓은 장보도 같은 것은 없습니까?"

유진룡의 말에 괴인은 기가 막히기라도 하는지 잠시 대답이 없었다.

"내가 살려달라고 한 사람을 살려주면 자손 대대로 놀고먹어도 될 만한 보화가 자연히 네 것이 될 터이다."

"멀리 있는 금송아지보다는 내 손 안에 있는 은가락지 하
나가 더 가치가 있지요."

유진룡의 대답에 천산마존은 가타부타 대답을 않고 있다
가 무언가를 유진룡 앞에 놓았다.

유진룡은 다시 한 번 침을 꿀꺽 삼키며 소리 나는 곳으로
신경을 집중했다.

목갑의 뚜껑이 열리는 소리와 함께 거울 하나가 허공으로
떠올랐다.

"흑웅아, 이리 오너라!"

천산마존의 부름에 힘찬 날갯짓 소리와 함께 흑웅이 날아
왔다.

"이 거울 속을 잘 들여다보아라."

거울 뒤에 흑웅을 앉힌 천산마존은 긴 한숨을 내쉰 후 유진
룡을 향해 말했다.

유진룡은 천산마존의 지시대로 거울 속을 뚫어져라 쳐다
보았다.

산과 들이 멀미가 날 정도로 울렁거렸다. 매가 날아가며 보
이는 장면이 그대로 펼쳐지는 것이다.

"저곳이 어딘지 알겠느냐?"

거울 속 지형이 바뀌자 천산마존이 물었다.

유진룡은 눈도 깜박이지 않고 거울 속 지형을 가늠했다.

멀리 태호의 정경이 보이는 것으로 보아 인근의 어느 산속

같은데 하늘에서 내려다보니 얼른 인식이 되지 않았다.

"네 녀석이 사는 곳에서 동쪽으로 산 두 개를 넘으면 되는 곳이다."

천산마존의 설명과 함께 거울 속에서 출렁거리던 광경이 멈추며 작은 계곡이 나타났다. 그 계곡 한쪽에 다 쓰러져 가는 폐찰이 있었다.

폐찰이 급격히 가까워지고 거울 속 광경은 금방 폐찰 내부로 바뀌었다.

오랫동안 인적이 끊긴 듯 폐찰의 내부는 온통 거미줄이 쳐져 있어 대낮에도 귀신이 나올 것 같았다.

"저곳에 쓰러져 있는 붉은색 기둥 아래에 금불상이 하나 파묻혀 있다. 그걸 팔면 은자 이천 냥은 건질 수 있을 것이다."

"꿀꺽!"

침 넘어가는 소리가 결국 목구멍 밖에까지 흘러나왔다.

은자 이천 냥이면 자신을 따르는 동생들을 모두 다른 곳으로 데려가서 몇 년 동안 호의호식하며 먹여 살릴 수 있다.

무작정 쓰기만 해도 그렇고, 그 돈을 양혜란에게 장사 밑천으로 준다면 평생의 기반을 마련할 수도 있다.

양처럼 순하고 사슴처럼 슬픈 눈을 했지만 돈으로 무언가를 하는 데는 칼날처럼 냉철하고 번득이는 재능이 있는 그녀였다.

그녀로 인해 그동안 동전 한 닢으로 두 닢, 세 닢의 가치를 창출하며 꼬맹이들을 먹이고 입혀왔다.

이제까지는 목돈이 없어서 그녀는 그 정도밖에 능력을 발휘하지 못했지만 이천 냥을 준다면 일 년 안에 두 배, 세 배로 부풀릴 것이다.

"그런데 저곳에 금불상이 있다는 것을 어떻게 압니까? 지금으로서는 아무것도 보이지 않는데요."

유진룡은 내심을 감춘 채 질문을 던졌다.

"흑웅 놈이 먹이로 잡아온 쥐 한 마리의 기억이 우연찮게 이 거울에 같이 투사되었다. 금불상은 반으로 잘려 파묻혀 있는데 그 잘려진 단면도 금색이 찬란하니 도금을 한 가짜는 아님이 분명하다. 그것을 팔아서 네 아이들을 위해 써라. 그럼 더 이상은 싸움질은 안 해도 될 것이다."

천산마존은 유진룡이 열흘이 멀다 하고 싸운 이유까지 알고 있었다.

탁!

거울을 목갑 속에 넣고 뚜껑을 닫자 동굴 속은 다시 칠흑같이 어두워지고 천산마존의 존재도 그 어둠 속으로 스며들었다.

"어떠냐? 거래를 하겠느냐?"

방향을 알 수 없는 천산마존의 목소리가 다시 들렸다.

"제가 거래를 거절하면 어떻게 되는 겁니까?"

"그놈 참, 의심도 많고 조건도 많구나."

천산마존이 마침내 혀를 찼다.

"뒷골목을 누비며 닳고 닳은 놈이니까요."

"후후! 어쩌면 그게 차후 가장 큰 장점이 될 수도 있겠지. 나는 그런 것이 부족해서 이런 꼴이 되었지만."

천산마존은 잠시 말을 멈추었다가 다시 이었다.

"제의를 거절하면 난 네 녀석의 기억을 지우고 도로 돌려 보내겠다. 그때는 물론 금불상에 대한 기억도 같이 지워지겠지."

천산마존이 담담하게 답했다.

"안 죽입니까?"

"왜 그래야 하느냐?"

"혹시 제 기억이 되살아나 노인장의 존재가 알려질 수도 있지 않습니까?"

"그럼 그때 죽이면 되겠지."

여전히 담담한 목소리였다. 그래서 추호도 의심을 할 수가 없었다.

"마지막으로 한 가지만 더 묻겠습니다. 나 같으면 잡아오 자마자 이런 귀찮은 절차는 생략하고 목적한 대로 꼭두각시 로 만들어 버릴 텐데 왜 이렇게 번거롭게 거래를 제의하고 협 상을 하십니까?"

유진룡은 천산마존처럼 자신의 생각을 솔직히 드러냈다.

"그놈, 정말 귀찮구나. 싸우는 동작은 군더더기 하나 없이 깨끗하더니 말에는 군더더기가 너무 많구나."

"그런 깨끗한 동작을 이뤄내기 위해서는 얼마나 많은 군더더기가 뒷받침되어야 하는지 모르시는군요."

다시 잠시 동안의 침묵이 일었다.

"억지로 하는 일은 자신의 능력을 반도 발휘하지 못한다. 미리 말했듯이 내가 제의한 일은 네놈 능력을 십분 발휘해도 성공하기보다는 실패할 확률이 높다. 그런데 억지로 시켜서 네 능력의 반도 이끌어내지 못할 바엔 아예 시도하지 않는 것이 낫겠지."

천산마존은 혼잣소리처럼 말했다.

그 목소리에는 한가닥 회의가 어려 있었다.

오랜 숙고 끝에 내린 결정이지만 확신이 서지 않는 데 대한 불안감이 불식간에 드러난 것이다.

"내 공력이 받쳐 주지 않아 인근 이백 리밖에 살필 수 없었다. 더 넓은 세상을 살필 수 있다면 더 확실할 인재를 구할 수 있었을 텐데……."

천산마존의 목소리에 안타까운 기운이 절절히 묻어났다.

어둠 속에서 유진룡의 얼굴이 일그러졌다.

선택받은 인간이라는 은연중의 자부심이 와락 무너지는 순간이었다.

자신을 격동시키기 위한 말장난이라면 피식 웃고 되받아

칠 수도 있을 텐데 방금 흘러나온 천산마존의 목소리에는 그게 아닌, 자존심을 왕창 뭉그러뜨리기에 한 줌의 부족함도 없을 만큼 진솔했다.

'망할!'

유진룡은 역정을 속으로 삼켰다.

이젠 이 노인의 솔직한 성격이 썩 내키지가 않았다.

솔직할 때 솔직하더라도 이런 순간에는 '온갖 노력 끝에 천고의 기재를 얻었노라' 라든지, '내가 아는 한 네놈이 최고다' 라는 정도라도 해주면 어디가 덧날까.

"이젠 결정을 하거라. 더 지체되었다가는 네 녀석을 데려다 줄 수 없다. 그때는 네놈 발로 험난한 산속을 하루 종일 헤쳐 가야 할 것이다."

유진룡의 기대와는 달리 천산마존은 냉엄한 목소리로 채근했다.

"매일 피터지게 싸우는 것도 지겨웠는데 기분 전환도 할 겸, 한번 해보지요. 나야 뭐 밑져야 본전이니까요."

상한 자존심에 대한 반발로 유진룡은 빈정거리며 답했다.

"세상은 그렇게 호락호락한 곳이 아니다. 거래가 이루어지는 순간 네놈에게는 금제가 가해질 것이다. 열매만 따 먹고 약속을 지키지 않을 때는 그 금제로 인해 네놈은 지옥 같은 고통을 겪게 될 것이다."

천산마존의 목소리에 냉기가 풀풀 날렸다.

'정말 정나미 뚝뚝 떨어지게 솔직하군.'

유진룡은 자신도 모르게 혀를 찼다.

*　　　*　　　*

"그럼 그렇지, 내 팔자에 은자 이천 냥은 무엇이고, 무림고수는 무슨……."

잠에서 깨어난 유진룡은 허탈한 눈으로 사방을 둘러보았다.

모두들 곤히 자고 있었고, 자신 역시 어제 잠들었던 그 자세 그대로 누워 있었다.

황악호와 싸우고 기진맥진한 채 처소로 돌아와 다시 쓰러졌다.

가물가물한 의식 속에서 고우종과 싸웠을 때처럼 양혜란이 사온 약초 술을 마시고 잠에 빠져들었다.

베고 자던 베개도 그대로였고, 양혜란이 사다준 약초 술병도 어제 놓아둔 그 자리에서 한 치도 벗어나지 않고 있었다.

지난밤 일이 꿈이 아니어서 황소만 한 호랑이가 왔다 갔다면 사소한 흔적이라도 남아 있어야 한다.

베개가 비뚤어졌든지, 술병이나 이부자리라도 흐트러져 있어야 하는데 전혀 이상이 없었다.

그림같이 잠들었다가 그림같이 일어난 모습이었다.

“역시 꿈이었어.”

유진룡은 다시 한 번 허탈한 한숨을 내쉬었다.

꿈이 아니라면 호랑이 등에 업혀갈 때와 마찬가지로 돌아올 때의 기억도 있어야 하는데 그건 전혀 기억나지 않는다.

마지막으로 떠오르는 것은 천산마존이란 괴인이 금제를 가하겠다는 말을 듣고 역정을 삼킨 기억뿐이다.

그것마저도 한 달 전에 꾼 꿈처럼 흐릿하기만 했다.

단지 조금 이상한 것이 있다면 그 꿈을 꾸고 일어나니 몸이 한결 가볍다는 것이다.

황악호에게 맞았던 자리도 그리 아프지 않았고, 연이은 싸움으로 인한 피로감도 많이 사라져 있었다.

“역시 호랑이 꿈은 뭐가 달라도 달라.”

부스스 일어나 기지개를 늘어지게 켜던 유진룡은 와락 팔을 내렸다.

‘이건?

팔꿈치 어림에 전혀 이질적이 털 한 오라기가 꽂혀 있었다.

바늘처럼 빳빳한 털!

보통 호랑이라면 고양이 털처럼 부드러울 텐데, 그래서 최상품의 양탄자 등으로 쓰이는데 그놈의 털은 바늘이나 이쑤시개 같았다. 그래서 확연히 기억이 났다.

‘없다!

허리춤을 더듬던 유진룡은 속으로 쾌재를 외쳤다.

분신처럼 허리춤에 달고 다니던 소도가 사라지고 없었다.

그림처럼 자고 그림처럼 일어났다면 그게 없어질 리가 없다.

쿵!

쿵!

가슴에서 방망이질 소리가 들렸다.

이런 거짓말 같은, 아니, 허무맹랑한 얘기 같은 일이 자신에게 현실로 일어났단 말인가?

유진룡은 바늘 같은 호랑이 털을 눈앞으로 가져왔다.

어젯밤 놈의 입에서 풍겨 나오던 노린내가 맡아지는 것도 같았다.

"기상!"

유진룡은 미친 듯이 고함을 질렀다.

아무리 깊이 잠들어도 이런 상황에서는 생쥐보다 더 빠르게 움직이도록 단련된 꼬맹이들이 순식간에 일어나서 줄을 맞춰 섰다.

"왜, 왜 그래?"

이장명과 마웅탁도 벌떡 일어난 자세로 판잣집 밖을 두리번거렸다.

어제 깨진 황악호 일행이나 더 이전에 깨진 놈들이 쳐들어오지 않았나 생각한 모양이다.

"왜 그래요, 대장?"

양혜란도 걱정스런 얼굴로 유진룡을 쳐다보았다.

'그런데 내가 이놈들을 왜 깨웠지?

자신에게로 일제히 모인 눈망울들을 보며 유진룡은 쓴웃음을 삼켰다.

어젯밤 일이 꿈이 아님을 자각하는 순간 폐찰의 지하에 묻혀 있는 금불상이 제일 먼저 생각났고, 다짜고짜 모두를 이끌고 찾으러 가야 한다는 생각이 든 것이다.

그러나 그 일은 절대로 이놈들을 다 데리고 가서는 안 되는 일이다.

그런 일일수록 몇 명만 데리고 은밀히 찾아야 하는 것이다.

그것도 아니었다.

그런 일은 단 두 명만 알고 있어도 배신자가 생긴다.

이장명은 물론 양혜란에게도 알리지 않고 혼자 찾아내어 돈으로 바꾸고 난 후 살짝 양혜란에게 건네야 한다.

양혜란마저 배신한다면 그것이야말로 팔자소관이다.

"훈련이 잘되어 있군. 혹시 모를 사태에 대비해서 연습한 것이니까 신경 끄고 다시 자도록 해!"

유진룡은 정색을 하고 말한 후 자리에 도로 누웠다.

"미친놈! 어제 황악호에게 죽도록 얻어맞더니 약간 정신이 나갔군."

이장명이 찡그린 표정으로 중얼거리다가 자리에 누웠다.

그 역시 황악호에게 한 대 맞고 나가떨어진 자리가 아파온 것이다.

이장명을 따라 다른 아이들도 눈치를 보며 자리에 도로 누웠다.

이미 해는 떠올랐지만 이런 생활을 하는 아이들에게는 밤 늦은 시간에 오히려 할 일이 많고, 아침 이른 시간은 아무것도 할 일이 없었다. 일찍 일어나 봐야 배만 더 고플 뿐이다.

"정말 연습한 거예요?"

일어나 앉은 양혜란이 미심쩍은 표정으로 유진룡을 내려다보았다.

다른 골목에서는 이런 일이 다반사였지만 유진룡이 왕초로 있는 골목에서는 그런 일이 일어나지 않았다.

"그래. 유비무환으로 나도 한번 해봤어."

유진룡은 멋쩍게 웃으며 등을 돌렸다.

'역시 꿈이 아니야.'

조금 더 자는 척하다가 밖으로 나온 유진룡은 다시 가슴이 뛰어옴을 느꼈다.

무림고수가 되고, 어떤 일이 벌어질지는 나중 일이다. 우선은 폐찰의 바닥에 묻힌 은자 이천 냥짜리 금불상 생각만이 뇌리에 가득했다.

푸드득!

밖으로 나오자마자 목덜미에 흰 깃털이 있는 매 한 마리가 쏜살같이 날아오더니 자신의 머리 위에서 무언가를 떨어뜨렸다.

손을 뻗어 잡아채니 어제 탈취당한 소도에 종이 쪽지가 묶여 있었다.

그것을 보자 가슴이 더 거세게 뛰었다.

은자 이천 냥짜리 금불상은 확실한 현실이었다.

내일 밤 우각산(牛角山) 꼭대기로 **오너라.** 백호(白虎)가 널 데리러 갈 것이다.

쪽지에는 그렇게 적혀 있었다.

'그 성질 더러운 호랑이가 백호인 모양이군.'

아닌 밤중의 수고가 마음에 들지 않았는지 자신을 짐짝 던지듯이 동굴 바닥에 내동댕이치던 호랑이를 떠올린 유진룡은 고소를 머금었다.

사람에게 길들여진 짐승들은 사람보다 훨씬 주인 말을 잘 듣고 충성스럽다던데 그 호랑이는 천산마존에게 봉사하는 것이 더없이 불만스러운 것 같았다. 목숨을 포기하다시피 한 경황 중에도 그 기운은 고스란히 느껴졌다.

'내일 또 업고 가다가 실수하는 척하며 바위 위나 계곡 아래로 몇 번 떨어뜨리지나 않을지 모르겠어.'

그놈의 등에 업혀 다시 화살처럼 숲 속을 달려갈 생각을 하니 아찔한 기분이 들었다. 그러나 그 기분은 번쩍거리는 황금 불상의 생각과 함께 씻은 듯이 사라졌다.

"동쪽이라고 했겠다."

중얼거린 유진룡은 해가 뜬 쪽을 처다보며 천천히 걸음을 옮겼다.

第四章

호사다마(好事多魔)

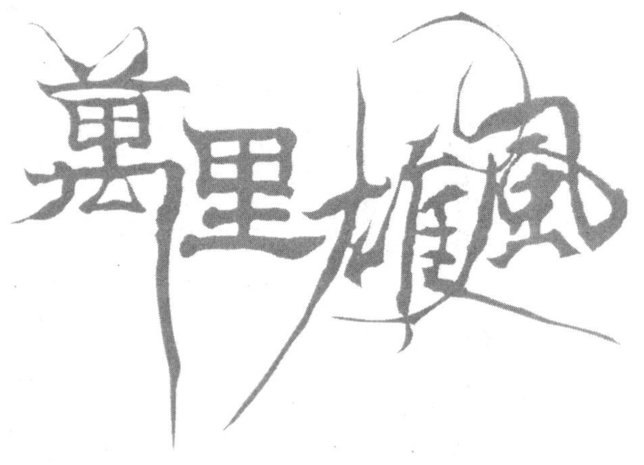

萬里雄風

'저곳이다!'

　반나절에 걸쳐서 산 두 개를 넘은 유진룡은 거울에서 본 폐찰을 발견하고 속으로 함성을 질렀다.

　자신이 사는 곳에서 별로 멀지 않은 곳이었지만 이곳은 한 번도 와보지 못했다.

　하루 종일 뒷골목을 누비며 어려서는 쥐새끼처럼, 좀 더 커서는 들개처럼 헐떡이며 살아오느라 명산대천을 둘러보는 팔자 좋은 짓은 꿈도 꾸어보지 못했기에 이런 가까운 곳도 낯설기만 했다.

　하지만 지금은 그게 중요한 게 아니었다.

낯설건 말건 폐찰은 분명히 있었다. 그렇다면 저곳 지하에 지금 이천 냥짜리 금불상도 있을 것이다.

유진룡은 날아 내리듯이 폐찰을 향해 달려갔다.

어떻게 도달했는지 기억조차 없을 정도로 빠르게 폐찰 앞에 도착한 유진룡은 사방을 살폈다.

약초꾼이나 사냥꾼, 아니면 지나가는 행인이라도 있지 않나 조심하기 위해서였다.

다행히 근처에는 아무도 보이지 않았다.

그래도 최대한 조심을 하는 것이 나았다.

날듯이 뛰어왔던 조금 전과는 달리 유진룡은 그냥 호기심에 한번 둘러본다는 듯 어슬렁거리며 폐찰 주변을 돌다가 슬쩍 안으로 들어갔다.

거미줄이 어지럽게 쳐진 실내가 귀신 집 같은 분위기를 풍겼다.

"그래도 한때는 절이었는데 귀신은 없겠지?"

유진룡은 약간 으스스해지는 기분을 그렇게 다스리며 내부를 살폈다.

한쪽 구석에 붉은 기둥이 쓰러져 있었다. 그리고 그 아래에는 맨땅이 드러나 있었다.

나뭇가지 하나를 꺾어 거미줄을 걷어낸 유진룡은 빠르게 그곳으로 다가갔다.

쿵!

쿵!

가슴이 다시 뛰었다.

바로 이 아래에 보물이 묻혀 있는 것이다. 그것을 파내 가기만 하면 부자가 될 수도 있고, 자신의 골목 아이들을 사람답게 살도록 할 수도 있었다.

별로 큰 절 같아 보이지 않았는데 어떻게 이런 곳에 그런 보물이 있을까 궁금한 생각도 들었다.

누군가 몰래 숨겨두고 뒷날을 기약하다가 비명횡사를 했거나, 더 큰 절이었을 때 주지승이 묻어둔 후 후사를 도모하지 못하고 죽었을 수도 있었다.

"고마운 스님들……. 소생이 찾아내어 불쌍한 중생을 위해 값지게 사용하겠으니 노여워 말아주십시오. 아미타불!"

제법 두 손을 모으고 불호까지 읊조린 유진룡은 붉은 기둥 아래를 준비해 온 호미와 작은 삽으로 파기 시작했다.

잡초와 바위가 뿌리를 내린 곳이 아니었기에 땅은 쉽게 파졌다.

약 이각가량 파내자 제법 넓은 구덩이가 만들어졌다. 쥐들이 드나드는 곳이라면 더 깊이 팔 필요는 없고 옆으로 이리저리 찾아보면 될 것 같았다.

유진룡은 호미로 이곳저곳을 쪼아대며 구덩이를 넓혀 나갔다.

탁―

호미 끝에 무언가 걸렸다.

유진룡은 훨씬 더 빠르게 호미질을 했다. 곧이어 삽으로 흙을 파내자 시뻘건 녹이 같이 딸려 나왔다. 그리고 어느 순간, 공간이 나타났다.

그 공간은 쇠로 된 상자 속이었다.

얼마나 오래됐는지 쇠 상자는 부식하여 구멍이 뻥뻥 뚫린 녹 덩이로 변한 채 공간만 유지되고 있었다.

이 공간 속으로 쥐들이 드나들며 금불상을 본 모양이다.

점점 더 쿵쿵거리는 가슴을 진정시키며 유진룡은 녹으로 변한 쇠 상자 뚜껑을 긁어냈다.

그곳 한쪽에 금불상이 모습을 드러냈다.

유진룡은 호흡이 멎는 기분에 잠시 아무 짓도 못하고 금불상만 쳐다보고 있었다.

금불상을 담아둔 쇠 상자는 녹이 슬어 문드러졌지만 금불상은 그 속에서 찬란한 황금색을 유지하고 있었다.

"관세음보살! 나무아미타불!"

절에는 초파일에 음식 얻어먹으러 간 것 빼고는 다녀본 적이 없었지만 절로 불호가 터져 나왔다.

한 번 더 불호는 읊조린 유진룡은 금불상을 들어 올렸다.

제법 힘을 주어야 들릴 정도로 묵직한 황금의 무게가 전율스럽게 팔로 전해졌다.

천산마존이 말한 대로 금불상은 반으로 잘려져 있었고, 허리 아래의 반은 보이지 않았다.

사람 욕심이란 한이 없다는 말처럼 유진룡은 나머지 반쪽이 보이지 않는 것이 한스러웠다.

온전한 그대로라면 사천 냥짜리인데 반 토막이라 이천 냥 가치밖에 안 되는 것이다.

유진룡은 세차게 고개를 흔들었다.

아직 은자 두 냥도 손에 쥐어본 적이 없었다.

다른 골목들처럼 꼬맹이들을 매질로 내몰고 그들이 구걸해 온 돈을 악착같이 모았다면 그 정도는 쥐어봤을 테지만 그런 짓은 동생 생각에 할 수가 없었다.

"두 냥도 제대로 못 쥐어본 놈이 이천 냥을 손에 들고 다른 욕심까지 내다니……."

고개를 한 번 더 흔든 유진룡은 미리 준비해 온 약초 망태기에 금불상을 넣고는 파 뒤집은 흙을 도로 덮었다.

그대로 둘 수도 있었지만 원래의 모양으로 해두는 게 왠지 좋을 것 같았다.

흙을 다 덮은 유진룡은 약초꾼처럼 망태기를 둘러메고 천천히 폐찰을 빠져나왔다.

*   *   *

황악호가 소투귀 유진룡에게 나가떨어졌다는 소문은 바람

보다 더 빠르게 소주 뒷골목을 휩쓸고 지나갔다.

그건 최근 몇 년 사이 소주 뒷골목에서 일어난 일 중 최고로 파괴력이 큰 사건이라 할 수 있었다.

그야말로 하룻강아지에게 범이 목덜미를 물려 숨통이 끊겼다는 것과 같은 일이 벌어진 것이다.

소주 뒷골목에서는 하루 종일 그 얘기로 어수선했고, 골목 구석구석에서는 두 사람 이상만 모이면 그 얘기로 쑤군거렸다.

오후쯤 되자 그 얘기는 눈덩이처럼 부풀려져 조만간 소투귀가 중간 왕초 한 사람에게 도전장을 내밀고 중간 왕초로 올라서려 한다느니, 대왕초의 자리도 넘볼 수 있다느니 하는 허무맹랑한 소문까지 퍼져 나갔다.

"위험해!"

흑표 한덕무은 나직하게 중얼거렸다.

비록 곰보의 지시를 받고 황악호를 내보내긴 했지만 하루 종일 속이 편치 않았다.

그러다가 황악호가 깨어졌다는 소식을 들었을 때는 자신도 모르게 의자에서 벌떡 일어서기까지 했다.

당장 자신이 상대해도 황악호는 한참을 끌어야 이길 수 있는 놈이었다. 그런 놈을 거품을 물고 기절하게 만들었다는 말을 처음 듣는 순간에는 아무리 해도 믿을 수가 없었다.

그러나 그건 속속 밀려드는 소식들과 함께 엄연한 사실로

굳어갔다.

그때부터 한덕무는 바쁘게 움직였다. 곰보를 통해 중간 왕초들과 대왕초의 동태를 은밀히 파악하고, 부하들을 풀어 황악호와 그 패거리, 그리고 소투귀의 행적을 파악하게 했다.

제일 먼저 황악호의 동태가 파악되었다.

그놈은 낮 동안 내내 누워 있었다.

명치를 들이받힌 충격도 클 것이었지만 그것보다는 사람들 앞에서 낯을 들기가 힘들었기 때문일 것이다.

오후가 되자 짐승처럼 몸을 일으킨 놈은 아무도 모르게 어디론가 향했다. 그곳은 그가 은밀하게 한 번씩 모임을 갖던 곳이었다.

한덕무는 그곳에서 황악호가 어떤 모임을 갖는지 미리 조사를 해놓았다.

놈은 그곳에서 은밀하게 부하들을 기르고 있었다. 언젠가를 대비해서 개인 조직을 키우고 있다는 말이었다.

아직은 위협이 되지 않아 모른 체하고 있었는데 언젠가는 한 번 손을 봐줄 필요가 있는 곳이었다.

소투귀에게 깨진 놈이 그곳을 찾았다면 무슨 일을 벌일지 뻔했다.

다음으로는 중간 왕초들의 움직임이 포착되었다.

곰보가 제일 많이 설쳤다.

어쨌든 그는 대왕초의 명령을 두 번이나 수행하지 못한 꼴이 되었다. 그것도 문제였지만 황악호가 그의 왼팔이라는 것을 누구나 다 아는 사실인 이상, 대왕초와는 상관 없이도 그의 위신은 땅바닥에 떨어진 꼴이 되었다.

곰보는 한덕무 자신에게 무슨 명령을 내리려다 말고 다른 부하 한 명을 불러 아이들을 모았다.

그다음으로는 대왕초의 움직임이 포착되었다.

엄밀히 말하자면 그의 움직임이 포착된 것이 아니고 중간 왕초 중 두 번째 서열인 광마견 호도성(互倒成)이 그에게 불려갔다는 것이다.

세 사람의 움직임이 각각 따로 돌아가고 있었지만 한덕무의 눈에는 동심원을 그리며 움직이는 것으로 보였다. 그리고 그 동심원의 가운데에 소투귀 유진룡이 있었다.

그런데 그놈의 행적이 내내 묘연했다.

황악호를 거품을 물고 쓰러지게 했지만 골병은 그놈이 훨씬 많이 들었을 것이다.

전날 독각호 고우종과의 싸움에서 입은 타격도 만만찮았기에 더욱 그러할 것이다.

그래서 싸운 날은 그놈도 황악호처럼 하루 종일 누워 있었다. 다른 점이라면 황악호는 면목이 없어서였고, 소투귀는 기력이 없어서였다.

그렇게 밤까지 꼼짝 않고 누워 있던 놈이 아침 일찍 사라졌다.

처음에는 놈도 약삭빠르게 사태를 눈치 채고 사라져 버린 것일까 생각했다.

그렇다면 정말 더 바랄 것이 없겠다는 생각이 들었다.

하지만 그건 절대 아닐 것이다.

달아날 놈이라면 황악호와 싸우기 전에 달아났을 것이다.

놈은 오늘은 자신과 싸우자고 해도 피하지 않고 다시 이를 악문 채 자기 입술을 질경질경 씹어가며 싸우려 들 것이다.

한덕무는 쓴웃음을 지었다.

이 바닥에서는 처음부터 너무 튀어서는 배겨날 수가 없다.

실력을 감추고 있다가 기회가 오면 단번에 목줄을 물어뜯고 그의 자리를 뺏어야 한다. 그리고 또 다음 계단에 오를 때까지는 죽은 듯이, 힘에 부친 듯 살아가야 한다.

그걸 터득하기에 소투귀 놈은 너무 어렸다.

어리지 않다 하더라도 놈은 체질상 그렇게 살 수 없는 놈이었다.

애초에 놈은 이 골목에 어울리지 않았다.

이런 뒷골목은 부하들의 피를 빨아먹지 않으면 허기가 져서 살 수 없는 곳이다.

설령 주린 배를 부여잡고 살아간다 해도 그런 역류(逆流)는 다른 물살에 부딪치기 마련이다.

그런데 놈은 소투귀란 별명이 붙을 정도로 부딪쳤고, 이젠 폭포수와 마주치고 있는 것이다.

역류가 아무리 거세다 해도 폭포수까지 거스를 수는 없다. 조만간 폭포수 앞에서 무참히 흩어질 것이다.

"소투귀가 나타났습니다."

밖에서 부하 표상구(票床九)의 목소리가 들렸다.

"미친놈!"

한덕무는 버럭 역정을 내며 목소리를 높였다.

"예에?"

표상구가 놀란 눈을 떴다.

"아니, 너에게 한 말이 아니야. 어디 있느냐, 그놈은?"

"자기 골목으로 들어갔습니다. 약초 망태기를 짊어지고 있는 것으로 보아 약초를 캐어온 모양입니다."

표상구는 묻지 않은 것까지 소상히 설명했다.

"미친놈!"

"예에?"

똑같은 역정과 똑같은 대답이 반복되었다.

"나가봐라!"

한덕무는 표상구를 물리쳤다.

마지막 남은 소투귀의 행적까지 파악했다.

'이젠 어쩐다?'

한덕무는 문득 스스로에게 질문을 던져 보았다.

대왕초 아래에 있는 중간 왕초인 곰보의 오른팔이면 대왕초나 곰보와 같은 행보를 보여야 한다. 그렇지 않더라도 그에

반하는 행동은 하지 말아야 한다.

그런데 지금 자신의 행동은 그렇게 하고 있었다.

'아직은 아니야.'

한덕무는 내심 중얼거렸다.

아직은 자신의 어떤 행동도 역류를 타는 것은 아니었다.

여러 사람의 행적을 부지런히 파악하고 있다는 것은 누가 보아도 합당한 행위였다.

그것은 윗사람의 행적을 파악하며 그들의 의도를 읽고 발빠르게 움직이는 민활한 수하의 움직임이었다.

그런데?

내부에서 강하게 솟구치는 이 감정은 무엇일까?

그건 어떤 역류의 움직임보다 더 강렬했다.

'왜?'

한덕무는 다시 자신에게 질문을 던졌다.

소투귀 그놈이 있는 골목은 곰보의 영역에 속한 곳이라 자신도 한두 번 소투귀 그놈을 봤지만 소투귀 그놈은 자신의 얼굴조차, 심지어는 존재조차 모를 놈이었다.

약삭빠른 놈들은 대왕초부터 중간 왕초, 그리고 그의 부하들 계보까지 훤하게 꿰고 다녔지만 그놈은 정반대로 꼬맹이들의 족보를 더 잘 꿰고 있었다.

그놈이 위를 향해 관심을 갖는 것은 상납금의 액수뿐이었다. 그것이 작게 할당될 때만큼은 위를 향해 쥐꼬리만 한 호위를 드러낼 뿐이었다.

그런 놈 때문에 자신의 감정이 왜 이렇게 강한 역류를 준비하는 것일까?

놈이 황악호를 이기는 말도 안 되는 역류를 일으키는 그 순간, 그 역류(逆流)가 순류(順流)보다 더 거세게 느껴졌다. 그래서 그 역류를 타는 것이 더 신명날 것 같았다.

그것이 이유일 것도 같았다.

억지로가 아닌, 자신도 모르게 폭포수처럼 쏟아지는 감정의 물줄기는 쉽게 거부할 수 없다.

"신명나게 한번쯤 살아보는 것도 괜찮겠지."

한덕무는 의자 깊숙이 파묻은 몸을 일으켰다.

*   *   *

"오늘 저녁 놈을 없앤다!"

황악호는 이를 빠드득 갈며 부하들에게 나직하게 말했다.

부하들이 묵묵히 고개를 끄덕였다.

예전 같았으며 크게 고함을 치며 대답했을 것이다. 그런데 고개만 끄덕여 답한다는 것은 자신에 대한 놈들의 거부감이 밖으로까지 표출된다는 것이다.

누군가에게 패한 왕초는 자신의 부하들에게 제일 먼저 신뢰를 잃는다. 특히 그 상대가 약하다면 더더욱 그렇다.

소투귀에게 깨진 이상, 황악호는 부하들을 거느릴 자격을
잃은 것이다.

보통 때라면 이 골목을 떠나야 했다.

스스로 수치스러워서라도 그렇게 해야 했고, 나중에는 서
서히 표면화되는 부하들의 거부감 때문에 견딜 수가 없는 것
이다.

그런데 이번 경우는 조금 달랐다.

곰보나 다른 중간 왕초들 눈치를 보니 자신이 깨진 것보다
소투귀를 제거하지 못한 것을 더 문제 삼는 것 같았다.

황악호는 그 순간 누군가, 곰보보다 더 높은 왕초가 소투귀
를 제거하려 한다는 것을 알았다.

그렇다면 한가닥 끈은 있었다. 그 끈을 잡고 일어서는 것이
다른 곳으로 떠나는 것보다 쉬웠다.

그 끈을 잡고 그가 원하는 일을 결국 해내면 최소한의 입지
는 보장된다.

그것을 발판으로 다시 일어서면 다음 기회도 생긴다.

황악호는 부하들을 쳐다보았다.

조금 더 지나면 부하들에게 자신의 명령이 잘 먹히지 않겠
지만 아직까지는 통한다.

그것이 통할 때 최대한 휘몰아쳐야 한다.

"넌 그놈을 유인해 내라!"

황악호는 빠르게 지시를 내렸다.

꼬맹이 한 놈이 고개를 끄덕이며 답했다.

평소라면 한 손으로 목을 잡아 던져 버릴 만한 방종(放縱)이었지만 지금은 참을 수밖에 없었다. 지금은 누군가 다른 사람이 그 일을 하기 전에 자신이 먼저 해치우는 것이 급선무였다. 부하 놈들의 방종은 입지가 다시 굳어진 후 철저히 응징할 것이다.

"넌 퇴로를 차단, 그리고 넌 망을 본다. 넌 혹시 모를 그놈 부하 놈들의 접근을 막는다."

"그럼 그놈은 누가 처치합니까?"

"내가 한다."

황악호는 잇새로 내뱉었다.

"깨졌잖습니까?"

놈들의 방종이 머리 꼭대기를 타고 넘었다.

황악호는 속으로 으드득 이를 갈았지만 밖으로는 아무런 표시를 내지 않았다. 다른 사람들보다 신속히, 그리고 소리없이 일을 처리하려면 놈들의 도움이 불가피했다.

"똑같은 방심을 두 번이나 할 바보는 아니다."

황악호는 이글거리는 눈으로 부하들을 노려보았다.

제법 눈을 맞추며 노려보던 놈들이 마지못해 눈을 내리깔았다.

"날이 어두워지면 움직인다!"

황악호가 짤막하게 소리쳤다.

　　　　　＊　　　　　＊　　　　　＊

　광마견 호도성은 어이없는 얼굴로 고개를 흔들었다.

　이 어이없는 소란이 어린 계집애 하나 때문에 일어난 것이
다.

　그 계집을 아무런 소란 없이 손에 넣고자 일을 꾸미다가 쥐
새끼에게 발뒤축을 물리고 이젠 소주 뒷골목이 온통 술렁거
리게 되었다.

　그 계집애 하나야 어두운 뒷골목에서 슬쩍 납치해 와도 될
일이었다.

　다른 골목의 계집애라면 선 실행, 후 통보의 수순으로 처리
하면 아무 문제가 없을 것이다.

　문제는 소투귀란 놈의 골목에 사는 계집애라는 것이다.

　소투귀란 놈은 악종이어서 선 실행, 후 통보의 수순이 통하
지 않을 것이라 했다. 그렇다고 납치한 후 모른 척 가만두면
온 뒷골목을 뒤집어서라도 찾으려 할 것이라 했다.

　그 소란이 대왕초 집사람 귀에까지 들어가면 그의 처가나
마찬가지인 흑도 방파인 혈사방에서 개망신을 당하게 될 것
이다.

　“멍청한 곰보새끼!”

　광마견은 역정을 토했다.

그놈이 제대로 처리를 했더라면 이런 더러운 일이 자신에게까지 떠밀려 오지 않았을 것이다.

아니면 황악호가 깨어지며 시끄러워지는 즈음에서 대왕초 육마종이 계집애를 포기해 버렸다면 다른 방식으로 무마될 것이었다.

육마종은 더 소갈증을 드러냈고, 결국 어이없는 일이 자신에게까지 밀려온 것이다.

"큭큭!"

호도성은 갑자기 터져 나오는 웃음을 참으려 아랫배에 힘을 주었다.

"그러고 보니 육마종과 소투귀란 그놈이 연적 관계가 되나? 푸하하!"

호도성은 결국 광소를 터뜨렸다.

"대체 어떤 계집이기에 이 난린가?"

광마견은 입맛을 다셨다.

잠시 후 그의 눈에 광기가 어렸다.

일단 뭔가를 목표물로 삼으면 미친개처럼 돌진하고 한 번 문 목표물은 절대로 놓지 않는다고 해서, 그리고 그럴 때는 눈에도 미친개 같은 광기가 어린다고 해서 광마견이란 별명을 얻었다.

"이젠 소투권지 뭔지 하는 그놈은 죽을 수밖에 없겠지?"

눈에 어린 광기가 더 짙어진 광마견이 입술을 핥았다.

"이 바닥이야 원래 더럽고 구역질 나는 곳이지. 이런 뒷골목에서 구역질 나는 냄새를 풍기지 않고 산다면 그것도 구역질 나는 일이야."

광마견은 흔들흔들 골목길을 돌아갔다.

*　　　*　　　*

자신의 거처로 돌아온 유진룡은 걱정스러워하는 모든 눈을 뒤로한 채 생각에 잠겼다.

금불상을 챙겨 오긴 했는데 그걸 처분하여 전표로 바꾸는 것이 그리 쉬운 일이 아닐 것 같았다.

그냥 금덩이라도 어린 자신이 처분하려면 모두들 의심의 눈초리를 하며 혹시 장물이 아닐까 뒷조사를 하려 할 것이다. 그런데 반 토막이 난 황금 불상이라면 장물에다 불경 죄인이라는 누명까지 둘러쓰게 될지도 몰랐다.

그리고 그런 식으로 흘러가면 금액은 반으로 뚝 깎이고, 더 심하면 삼분지 일로 깎일지도 모른다.

뒷골목 작은 전장에서도 그런 일은 비일비재하게 벌어졌다.

이제껏 동전 한 푼도 모가 닳도록 아끼며 살아왔다. 이천 냥짜리를 가만히 앉아서 천 냥이나 칠팔백 냥으로 깎이게 할 순 없었다.

‘어떻게 하면 제값을 받을 수 있을까? 양혜란이라면 방법이 있을까?’

유진룡은 자신의 처소에 틀어박혀 이 궁리 저 궁리 하며 끙끙 앓았다.

“천석꾼은 천 가지 걱정이 있고, 만석꾼은 만 가지 걱정이 있다더니 이천 냥짜리 걱정이 생겨 버렸군.”

유진룡은 쓴웃음을 지었다.

“대장!”

밖에서 다급한 목소리가 들려왔다.

유진룡은 약초 망태기를 처소 깊은 곳에 갈무리하고는 밖으로 나갔다.

“하택이가 다른 골목 아이들에게 맞고 있어요.”

꼬맹이 하나가 울상을 지으며 소리를 질렀다.

하택이라면 이제 겨우 여덟 살밖에 안 된, 머리에 부스럼이 많은 꼬맹이였다.

행동이 조금 굼뜨긴 했지만 같은 또래에게라면 맞지 않을 녀석이었다.

“왜 맞아?”

유진룡은 대수롭지 않게 물었다.

싸움은 언제나 일어나는 일이었다. 그리고 애들 싸움은 애들 싸움으로 끝내야 서로 편한 것이다.

“과일 가게 골목의 형들이 하택이를 끌고 가려고 해

서……."

그렇다면 애들 싸움이 아니다.

"가보자!"

유진룡은 벌떡 일어서서 나갈 차비를 했다.

"형!"

등 뒤에서 갑자기 차가운 목소리가 들렸다.

아니, 차갑다는 표현보다는 냉정하고 또 단호한, 그러면서
도 뭔가 위험스런 냄새를 감지하게 해주는 목소리였다.

형이라는 딱 한 마디의 목소리였지만 그 목소리에 그런 함
축적인 여러 가지의 분위기를 담을 수 있다는 것이 놀라웠다.

유진룡은 등을 돌렸다.

목소리의 주인공은 마웅탁이었다.

녀석은 평소에 자신을 형이라고 잘 부르지 않았다.

다른 아이들처럼 대장이라고 불렀고, 은근슬쩍 말을 놓을
때도 많았다.

그런 녀석이 뭔가 마음에 들지 않아 형하고 한판 붙기 직전
의 친동생처럼 유진룡을 쳐다보고 있었다.

"뭐야?"

유진룡은 무뚝뚝하게 답했다.

"꼬맹이 녀석이 끌려가서 몇 대 맞는다고 죽지는 않아."

마웅탁이 다시 냉정한 목소리로 말했다.

"하지만 형은 끌려가면 죽어."

마웅탁의 목소리가 더욱 냉기를 띠었다.

"그게 무슨 소리야?"

유진룡은 눈살을 찌푸리고 물었지만 마웅탁은 대답을 하지 않고 소식을 물어온 꼬맹이에게로 다가가서 꼬맹이의 얼굴을 주시했다.

처음에는 얻어맞는다고 했다가 나중에는 형들에게 끌려간다고 했다.

뭔가 앞뒤가 맞지 않았다.

꼬맹이의 양 어깨에 두 손을 올리고는 차분한 표정으로 입을 열었다.

"너, 대장 좋아하지?"

마웅탁의 질문에 꼬맹이가 유진룡만큼 의문스런 얼굴을 하며 고개를 끄덕였다.

"그럼 한마디도 보태거나 빼지 말고 있는 그대로 말해야 돼. 안 그럼 대장이 아주 위험해져."

마웅탁의 말에 꼬맹이는 겁먹은 얼굴로 연방 고개를 끄덕였다.

"하택이가 끌려가는 것을 네가 직접 본 거니?"

꼬맹이가 고개를 가로저었다.

"그럼?"

"치호가 급히 알려줬어요."

"치호가 누군데?"

마웅탁이 다시 조용히 물었다.

"건어물 가게 뒤쪽 골목에 사는 앤데 나하고 친해요."

"너하고 그 아이가 친하다는 것을 알고 있는 사람이 있어?"

"다 알아요."

꼬맹이가 약간 뿌듯한 표정으로 말했다.

"그 애 왕초가 누구지?"

"욕쟁이가 그 애 왕초예요."

"욕쟁이라면 왕모대(王毛大) 말이지?"

꼬맹이가 고개를 끄덕였다.

"이젠 됐다. 네 대답이 대장을 구한 거야."

마웅탁은 꼬맹이의 어깨에 얹었던 손을 떼며 유진룡을 향해 돌아섰다.

"형은 그런 데 관심없을지 모르지만 왕모대는 황악호가 비밀리에 키우는 부하야. 놈은 부하들까지 대거 움직이고 있어. 마지막 발악을 하는 거야."

'이 녀석이?'

유진룡은 마웅탁을 보며 눈을 조금 크게 떴다.

이곳과는 제일 안 어울리는 녀석이었다.

싸움은 물론 이곳의 흘러가는 분위기에도 도통 관심이 없었다.

그래서 이장명은 녀석을 식충이라 불렀다.

하지만 녀석은 모르는 글자가 없었고, 유진룡이 아는 한도 내에서 모르는 글귀도 없었다.

그로 인해 유진룡과 양혜란 등은 글을 쓰고 읽을 수 있게 되었다. 특히 양혜란은 이제 그를 사부로 모실 정도였다.

그렇게 글만 잘하지 뒷골목 일에는 전혀 관심도 없었던 놈이 자신도 알지 못했던 황악호의 비밀 조직까지 꿰뚫고 있었다.

뭔가 실마리를 잡았으면 재빨리 판단하고 급류처럼 신속히 움직여야 한다.

그건 마웅탁보다 유진룡이 훨씬 빨랐다.

"애들 모두 모아!"

애들이 고양이를 본 쥐 떼처럼 움직였다.

"대장!"

사슴처럼 슬픈 눈망울!

언제나 슬픈 표정의 그녀였다. 그녀가 한참 동안 유진룡을 쳐다보았다.

"도망가세요!"

그녀의 입에서 비장한 목소리가 흘러나왔다.

그녀 역시 마웅탁처럼 냉정하게 사태를 파악하고 있었던 것이다.

마웅탁과 양혜란!

둘을 묶어놓으면 제법 큰 장사를 벌일 수 있을 것 같았다.

유진룡의 머릿속에 먼 훗날 그들의 모습이 선명하게 그려
졌다.

"알았어!"

유진룡이 짧게 말했다.

양혜란의 눈동자에서 오랜만에 슬픈 기색이 사라졌다.

이장명도 안도의 한숨을 내쉬었다.

"애들 다 모은 후에!"

"대장!"

양혜란의 목소리가 찢어질 듯 흘러나왔다.

"미친놈! 도망갈 놈이 애들은 왜 끌어 모아? 어서 가!"

이장명도 소리를 질렀다.

"애들 다 모은 후에 간다고 했다!"

유진룡이 칼로 자르듯이 말하고는 입을 다물었다.

더 이상 양혜란도 이장명도 아무 말을 하지 못했다.

아이들이 속속 모여들었다.

하택이란 꼬맹이는 보이지 않았다.

마웅탁의 판단대로 그들이 일을 꾸미는 데 최소한의 근거
를 마련하고자 그 꼬맹이는 어디에 잡아둔 모양이었다. 그렇
다고 해도 아무 잘못도 없는 꼬맹이를 죽이지는 않을 것이다.
그 녀석은 잠시 안 보이게 하는 용도밖에는 쓰일 데가 없을
테니까…….

반 시진가량이 지나자 하택이란 꼬맹이만 빼고 모두 모

였다.

유진룡은 마웅탁을 쳐다보았다.

이놈 말만 듣고 아무것도 아닌 일에 소낙비에 놀란 개구리 떼처럼 가로 뛰고 세로 뛴 것이 아닐까 하는 생각도 들었다.

어쨌든 다른 꼬맹이들에게도 피해가 가지 않게 모두 불러들여야 할 일이긴 했다.

그런데 지금부터는 약간 망설여졌다.

혼자 몸이라면 모르겠지만 스무 명도 넘는 놈들을 데리고 움직이는 것은 간단한 일이 아니었다.

"너무 과민 반응한 것은 아닐까?"

유진룡은 마웅탁을 향해 말했다.

"선인들 말씀에 낙엽 한 닢이 떨어지는 것을 보고도 가을이 닥쳐옴을 예견하라고 했지."

마웅탁이 문자를 썼다.

"꼴값 떠네!"

유진룡이 빈정거렸다.

"또… 머리가 나쁘면 손발이 고생한다는 말이 있지. 형이 그 전형이야."

"쿡쿡!"

이장명이 실소를 터뜨렸다.

"망할 놈이?"

유진룡이 눈을 부릅떴지만 마웅탁은 아랑곳 않고 자기 할 말을 이었다.

“내가 왜 이제까지 형 밑을 떠나지 않고 있는 줄 알아? 이
곳 왕초들 중에서 형이 제일 머리가 나빴기 때문이야. 그런
왕초는 조금만 이용하면 정말 편하게 지낼 수…….”

펔—

뒤통수를 한 대 맞고 난 마웅탁이 인상을 쓰며 말을 멈추었
다. 그리고는 무언가를 들고 나와 탁자에 펼쳤다.

그것은 소주의 뒷골목이 그려진 지도였다.

언제 어디서 이런 것을 구해놓았는지 귀신이 곡할 일이었
다.

“하택이가 끌려간 곳이 어디라고 했지?”

지도를 펼친 마웅탁이 꼬맹이를 보고 물었다.

“양씨 포목점 뒷골목이라고 했어요.”

소년이 재빨리 말했다.

마웅탁은 지도 위의 한곳에 숯으로 동그라미를 그렸다. 숯
은 이곳의 붓이나 마찬가지였다.

“아주 적당한 곳이군. 이곳에서 형을 작살 낼 모양이었어.
형이 안 나타나면 이리로 해서 이쪽 길을 통해 여기까지 들이
닥치겠고…….”

마웅탁은 해가 지는 바깥을 보며 결론을 내렸다.

“피해야 돼!”

이장명이 나섰다.

"어제처럼 황악호 혼자만 온다면 모르겠지만 부하들까지 데리고 온다면 상대가 안 돼!"

이장명은 유진룡을 똑바로 쳐다보았다.

"어디로 피하죠?"

양혜란이 겁먹은 얼굴로 물었다.

"어디든… 이곳이 아닌 곳으로!"

마웅탁이 단호하게 말했다. 그러나 그도 더 이상은 대안을 제시하지 못했다.

꼬맹이들에게는 우상이었지만 다른 골목의 왕초들에게 유진룡은 제거 대상 일호였다. 그러니 어느 골목도 반겨줄 만한 곳은 없었다.

"산에라도 가서 숨을까?"

이장명이 말했다.

"굶어 죽으려고?"

마웅탁이 맞받아쳤다.

그리고는 무거운 침묵이 이어졌다.

모두들 유진룡의 입술만 쳐다보고 있었다.

마웅탁이 아무리 머리가 좋고, 살림을 하며 자신들을 먹이고 입히는 데는 양혜란이 유진룡과 비교도 안 되는 역할을 했지만 막다른 골목 앞에 서면 그들은 언제나 유진룡만 쳐다보았다.

막다른 골목에서는 언제나 유진룡만이 돌파구를 찾았다.

길이 없으면 골목 한쪽을 무너뜨려서라도 길을 만들었다.

그것이 유진룡이 이장명이나 마웅탁, 양혜란과 다른 점이었다.

"두 가지 선택이 있다."

이장명과 마웅탁 등의 말을 들으며 호수 속의 바위처럼 깊이 가라앉아 있던 유진룡이 몸을 일으켰다.

"놈들의 목표는 나다. 나 혼자만 없어지면 모든 일이 해결될 수 있다. 그러면……."

"남은 사람을 어쩌라고요?"

양혜란이 말을 잘랐다.

"계속 들어!"

유진룡이 단호하게 소리쳤다.

"지금보다야 못하겠지만 다른 골목에서 살아갈 수가 있다. 그러니 너희들은 이곳을 떠나 지금 바로 다른 골목으로 간다. 그것이 한 가지 선택이다."

"다음은?"

이장명이 핏발 돋친 눈으로 유진룡을 쳐다보았다.

"다음은 날 따라가는 것이다. 갈 곳은 물론 내 맘대로 정한다. 하지만 그곳까지 무사히 갈 수 있을지는 절대로 장담 못한다. 만약 가다가 잡히면 죽도록 얻어맞고 나서 다른 골목에서 살아야 할 것이다. 그게 다른 한 가지 선택이다. 왕초라고 해서 이런 것까지 내 맘대로 결정할 순 없다. 그건 너희들이 선택해야 한다."

"애들이 뭘 안다고 그런 선택을 한단 말인가요?"

양혜란도 눈에 독기를 품으며 소리를 질렀다.

"선택이 가능한 사람들에게만 물은 것이다. 아이들은 마음 맞는 사람들을 따라갈 것이고……."

유진룡은 이장명과 마웅탁, 양혜란을 쳐다본 후 눈을 돌려 꼬맹이들 중에서 조금 큰 녀석들을 쳐다보았다.

마웅탁의 판단대로 황악호가 부하들까지 움직이고 있다면 자신은 뼈도 못 추릴 것이다.

저번에는 놈이 방심한 틈을 타 위기에서 겨우 벗어났지만 오늘은 다르다. 황악호 혼자 온다고 해도 반병신이 될 것이다.

그렇다면 이 녀석들 운명도 불을 보듯 뻔하다.

황금 불상을 손에 넣은 후 이런 일이 없더라도 며칠 후에는 꼬맹이들에게 다른 방향의 삶을 열어줄 생각이었다.

천산마존에게 며칠만 말미를 얻어 그렇게 할 계획을 세웠다.

그렇게 됐다면 별 무리 없이, 물이 흘러 사라지듯이 자연스럽게 이 골목을 떠났을 수도 있었다.

이젠 극한의 방법을 쓰며 무리수를 두어야 한다.

"너희들, 대장 따라갈래, 다른 골목 가서 살래?"

이장명이 조금 큰 꼬맹이들을 보고 물었다.

"그렇게 단순하게 묻지 말고 정확하게 얘기해! 날 따르다 잡히면 죽도록 맞고 다른 골목으로 가서 살아야 돼. 그냥 가면 안 맞아도 된다."

유진룡이 부연 설명을 하자 이장명이 와락 인상을 썼다.

"죽도록 맞을 필요 없다. 도망치다가 잡히면 대장이 가자고 해서 할 수 없이 따라갔다고 하면 된다."

마웅탁이 꼬맹이들을 향해 느긋하게 말했다.

"대장 따라갈게요. 그러다 잡히면 그때 다른 골목으로 가더라도 안 늦어요. 죽도록 얻어맞아도 안 억울해요. 그동안 대장이 우리 대신 다 맞았으니까요."

제법 큰 꼬맹이 한 녀석이 당차게 답했다.

이장명이 풀썩 웃었다.

"나도 대장 따라갈래요. 다른 왕초들은 밥도 굶기고 매일 때린대요."

조금 더 작은 꼬맹이가 나섰다.

"너는? 그리고 너는?"

양혜란이 윽박지르듯 꼬맹이들을 잡아당겼다.

"언니도 대장 따라가는 거지?"

꿈이 음식점 숙수라고 답한 꼬맹이 소녀가 양혜란을 보고 물었다.

양혜란이 얼른 고개를 끄덕였다.

"그럼 나도 언니 따라갈래."

꼬맹이가 양혜란의 팔을 잡고 매달렸다. 그 옆으로 다른 소녀들도 따라붙었다.

유진룡은 무거운 한숨을 내쉬었다.

어쩌면 속으로는 정반대로 결정하기를 바랐는지도 모른다. 이 녀석들이 모두 제 살길을 찾는다면 자신도 그러면 되는 것이다. 차후에 도와줄 녀석들은 그때 도와주면 된다.

"모두 결정했어요."

양혜란이 단호한 음성과 함께 유진룡을 처다보았다.

"아까 도망치라고 할 때 도망쳤어야죠. 이젠 늦었어요. 애들 보니 이젠 나도 대장 도망 못 보내겠어요."

양혜란의 눈이 다시 슬퍼졌다.

"너는?"

유진룡은 마지막으로 마웅탁을 향해 물었다.

"한 놈도 안 가겠다는데 나 혼자 어떻게 가라고? 첩자로 오인받기 딱 좋을 텐데……."

마웅탁은 피식 웃음을 흘렸다.

'이놈은 정체가 뭐지?

유진룡은 순간적으로 강한 궁금증이 일었다.

방금 이놈의 웃음 속에는 초조함이나 걱정은 단 한 점도 묻어 있지 않았다. 오히려 이 상황을 즐기는 것도 같았다.

'그래, 즐겨라, 이 망할 놈아! 네놈이 이 골목에서 오래 있지 않을 것이란 건 처음부터 느꼈다. 얼마가 될진 모르겠지만 앞으로도 애들 글이나 가르치며 뒷바라지만 좀 더 해주면 돼.
그럼 밥값은 한 거야.'

　속으로 내뱉은 유진룡은 탁자 쪽으로 갔다.

　지도는 아직 탁자 위에 그대로 펼쳐져 있었다.

　"이곳까지 가는 가장 안전하고 빠른 길을 찾아라!"

　지도 위의 한곳을 짚은 유진룡이 지시를 내렸다.

　마웅탁이 신속히 그곳을 쳐다보았다.

　"이곳은 왜?"

　마웅탁의 눈이 크게 뜨여졌다.

　"내 맘대로 간다고 했다."

　유진룡이 눈을 부릅떴다.

　눈을 내린 마웅탁이 빠르게 지도를 훑었다.

　"이곳은 황악호가 기다리고 있을 테고, 조만간 이 길이나
이 길을 통해 이곳으로 올 테니 우린 이쪽으로 가야 돼!"

　마웅탁이 숯으로 길을 그렸다.

　"모두 짐 싸!"

　유진룡이 소리쳤다.

　"쌀 짐 없어요!"

　꼬맹이 소녀 하나가 즉시 소리를 쳤다.

　그러고 보니 몸만 가면 되는 일이었다. 세간이라고는 그릇
이나 수저가 전부였다. 이 판국에 그런 것들까지 챙길 필요는
없었다.

정작 짐을 챙겨야 할 사람은 자신이었다.

금불상을 넣어둔 약초 망태기는 죽어도 챙겨야 했다. 그것이 있어야 지금 가고자 하는 목적지도 의미가 있는 것이다.

"내가 나가거든 한 명씩 신속히 뒷문으로 따라 나온다."

유진룡이 낮게 말했다.

"조를 나누어서 가다가 한곳에서 만나는 것이 낫지 않을까?"

유진룡처럼 등에 망태기 하나를 짊어진 이장명이 의견을 제시했다.

유진룡은 그것이 뭔지 문득 궁금했지만 묻지 않았다.

"곧 어두워질 테니 같이 가도 괜찮아. 그리고 내가 네놈을 어떻게 믿고 애들을 맡겨? 한 방에 나가떨어지는 놈이……."

이장명이 입맛을 다시며 고개를 돌렸다.

"간다!"

망태기를 둘러멘 유진룡이 제일 먼저 뒷문을 나섰다.

그 뒤로 이장명과 마웅탁 등이 꼬맹이들을 데리고 유진룡을 따랐다.

第五章
어둠 속의 조력자(助力者)

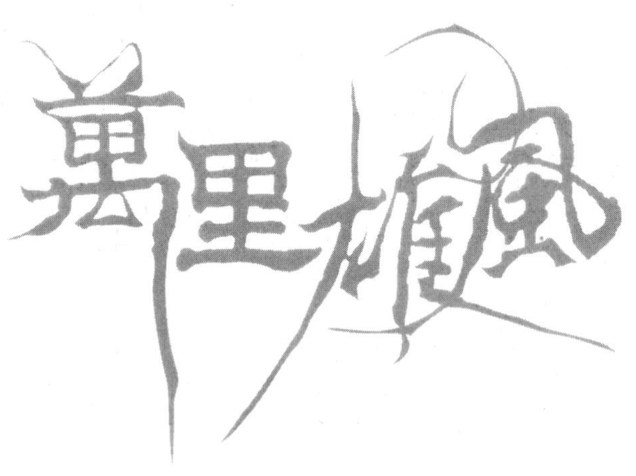

　　가도진(可度陳)은 천천히 골목길을 향해 걸음을 옮겼다.

　자신의 왕초인 광마견으로부터 엄한 명령을 받았지만 도저히 흥이 나지 않았다.

　소 잡는 칼로 닭 잡는 것도 이런 기분은 아닐 것이다.

　닭이라도 잡으라고 하면 차라리 나았다.

　이건 아예 소 잡는 칼로 병아리를 내려쳐서 잡아오라는 격이었다.

　"내가 그렇게 할 일이 없어 보였나?"

　가도진은 부하들보다 조금 앞서 걸으며 불만스런 목소리

로 중얼거렸다.

뒷골목 중에서도 제일 뒤쪽에 있는 골목의 아이들을 손볼 일이 있으면 발 빠른 놈 하나를 시켜 모조리 불러올리면 되는 것이다. 그러면 어느 놈이든 조무래기들을 한 명도 빠짐없이 데리고 올 것이다.

그 명령을 어겨서는 이곳에서 배겨날 수가 없다.

다른 사람들 같으면 모르겠지만 대왕초 아래에 있는 중간 왕초 열 명 중에서도 서열 두 번째인 광마견이라면 충분히 가능했다.

그의 말 한마디면 그야말로 뒷골목의 반 이상이 들썩댈 것이다.

그런데 광마견은 우습게도 자신을, 그것도 열 명 가까이 되는 부하들과 함께 내보내며 평소에는 거들떠보지도 않던 응달진 뒷골목의 꼬맹이들을 한 놈도 남김없이 무조건 잡아오라고 한 것이다.

그곳은 곰보의 영역과 가까워서 자신은 골목 사정도 어두웠고, 찾아가는 길마저 생소했다.

'떡을 칠!'

가도진은 속으로 역정을 터뜨렸다.

오늘 저녁은 큰 마작판이 열린다.

이 일만 없었다면 당연히 그곳으로 가서 한탕 질펀하게 놀고 전대 역시 든든하게 채울 것이다.

오늘 도박판에서 꼭 딴다는 보장은 없지만 감이라는 게 있다.

몸이 가볍고 손가락에 마작 패가 짝짝 달라붙는 것처럼 느껴지는 날은 제법 큰돈을 땄다

오늘이 바로 그런 날이었다.

자신의 방에서 한 번 만져 본 마작 패는 아교를 칠한 것처럼 손에 짝짝 달라붙었다.

가도진은 하늘을 쳐다보며 시간을 어림했다.

지금쯤이면 판이 열리고 있을 것이다.

가도진은 손가락을 폈다 접었다를 반복했다.

손가락 끝으로 마작패가 굴러다니는 느낌이었다.

가도진은 침을 꿀꺽 삼켰다.

서두르면 판 중반쯤에라도 합류할 수 있을 것 같았다.

그때부터 왕창 따면 처음부터 조금씩 따는 것보다 더 나을 수도 있었다.

"어서 가자!"

홍이 나지 않게 걸어가던 가도진이 고함과 함께 걸음을 빨리했다.

어디로 무엇을 하러 가는지도 모른 채 뒤를 따르던 부하들도 덩달아 걸음을 빨리했다.

이제 골목 몇 개만 더 지나면 그 꼬맹이들이 기거하는 곳이다.

가도진은 좀 더 빠르게 발걸음을 옮겼다.

"엇!"

골목을 하나 더 돌던 가도진은 자신도 모르게 외마디 비명을 토했다.

주먹 하나가 무서운 속도로 안면을 향해 날아오고 있었다.

가도진은 반사적으로 고개를 틀었다.

그러나 주먹은 눈이라도 달린 듯 따라오며 안면을 강타했다.

경쾌하고 군더더기없는, 그러면서도 돌처럼 여문 주먹이었다.

가도진은 한 바퀴 팽그르르 돌며 바닥으로 쓰러졌다.

"어?"

"뭐, 뭐야?"

뒤를 따르던 가도진의 부하들이 영문을 몰라 하며 웅성거렸다.

너무 깨끗한 주먹이라 격타음도 제대로 터져 나오지 않았다. 그래서 그들은 가도진이 무언가에 걸려 넘어진 것이라 생각했다.

"잡아! 새끼들아!"

바닥에 쓰러졌다 일어선 가도진이 볼을 움켜쥐며 악을 썼다.

그제야 가도진의 부하들이 빠르게 다가왔다.

퍽—

이번에는 육중한 격타음이 들리며 제일 앞에서 달려가던 사내 하나가 허리를 꺾었다.

비로소 상대의 모습이 반쯤 보였다.

날렵한 체형에 훌쩍 큰 키의 사내였다.

그는 골목의 어둠 속에 몸을 숨긴 채 미동도 않고 서 있었다.

저 좁은 곳에서 적을 맞이한다면 운신의 폭이 좁아 불리할 텐데 사내는 여전히 그 어둠 속을 고집하고 있었다.

가도진의 부하들은 어둠 뒤에 뭔가 무기를 숨겨놓고 유인하는 것이 아닌가 싶어 섣불리 접근하지 못하고 사내를 쳐다보기만 했다.

"뭐 하고 있어, 새끼들아! 어서 잡아!"

아직도 얼굴을 감싸 쥔 가도진이 다시 악을 썼다. 그러면서도 그는 자신도 모르게 뒷걸음질을 쳤다.

단 한 방이었지만 주먹에서 느껴지는 충격이 전의를 상실하게 할 정도였던 것이다.

"어서 쳐!"

가도진의 악에 받친 고함에 그의 부하들이 주춤거리며 앞으로 다가갔다.

그때까지도 사내는 어둠 속에 상반신을 파묻은 채 움직이지 않았다.

"죽엇!"

가도진의 부하 하나가 고함을 치며 사내를 향해 쇄도했다.

그것을 신호로 가도진의 다른 부하들이 세 방향에서 한꺼번에 달려들었다.

비로소 사내가 몸을 움직였다.

휘익!

슬쩍 움직였는가 싶었는데 사내의 몸이 포탄처럼 쏘아졌다.

퍽!

퍼억!

두 개의 파육음이 거의 동시에 터지며 가도진의 부하 두 명이 허공으로 붕 떴다가 쓰러졌다.

파앗―

다시 사내가 움직였다.

골목의 벽을 박차고 훌쩍 뛰어오른 사내가 맹렬하게 다리를 휘돌려 찼다.

퍽―

다른 부하 하나도 팽그르르 돌며 저쪽 벽에 부딪쳤다가 바닥에 큰대 자로 뻗었다.

기세 좋게 달려들던 가도진의 부하들이 다시 주춤거렸다.

"누구냐, 넌?"

순식간에 세 명의 부하가 뻗어버린 것을 본 가도진이 뒤늦게 사내의 정체를 물었다.

여전히 그는 부하들 뒤에 서 있었다.

피식!

사내의 입에서 낮은 비웃음 소리가 흘러나왔다.

인상을 찌푸린 가도진이 사내의 얼굴에 시선을 못 박았다.

사내는 다시 어둠 속에 상체를 들이밀고 있어 얼굴이 보이지 않았다.

"이리 나와, 개자식아!"

가도진이 고함을 질렀다.

그러자 사내가 한 걸음 앞으로 나섰다.

어둠을 벗어난 사내의 얼굴은 복면에 가려져 있었다.

가도진은 더욱 험악하게 인상을 썼다.

자신들을 공격한 이유도 모르고, 사내의 정체마저 알 수 없으니 어떻게 된 영문인지 계속 궁금했다.

"누구냐니까, 네놈은?"

가도진이 다시 고함을 질렀다.

사내는 좀 전과 똑같은 가소로운 웃음을 흘린 후 손가락 하나를 들어 자신의 복면을 가리켰다.

"뭐?"

사내의 행동을 이해 못한 가도진은 눈을 부릅뜨며 물었다.

"가르쳐 줄 것 같으면 왜 복면을 썼겠느냐, 그 말인 것 같은데요."

부하 하나가 재빨리 통역을 했다.

‘빌어먹을!’

가도진은 이를 갈았다.

부하들 앞에서 망신을 톡톡히 당한 꼴이었다.

지금까지는 상대의 주먹에 너무 큰 충격을 받아 느끼지 못
하다가 비로소 병신같이 굴고 있는 자신을 의식한 것이다.

“죽일 놈!”

가도진은 원독 어린 소리를 토하며 주먹을 말아 쥐었다.

사내의 주먹에 가격당한 충격이 서서히 사라지자 두려움
도 같이 사라졌다.

좀 전에는 기습을 당해 바닥에 나뒹굴었지만 싸움이라면
일가견이 있는 자신이었다. 그래서 광마견에게도 인정을 받
아 위험하고 중요한 일에는 언제나 자신이 앞장을 섰다.

오늘은 예외인 줄 알았는데 마주한 놈을 보니 오늘 일도 더
없이 중요하고 위험해 보였다.

파앗―

발끝으로 땅을 찍은 가도진은 복면 사내를 향해 맹렬히 돌
진하며 주먹을 날렸다.

가도진이 바로 앞에 다가올 때까지 그대로 서 있던 사내는
가도진의 주먹이 코끝에 이르러서야 고개를 살짝 옆으로 젖
혔다.

가도진은 기다렸다는 듯이 사내의 고개가 젖혀지는 쪽으
로 다른 주먹을 날렸다.

기울던 사내의 머리가 아래로 내려앉았다.

가도진은 맹렬히 무릎을 차 올렸다.

무릎에 걸리지 않으면 그대로 발을 뻗어 발끝을 복부에 찔러 넣을 생각이었다.

무릎에는 아무것도 걸리지 않았다.

가도진은 발을 뻗었다.

발끝에 무언가가 걸렸다.

처음에는 걸렸다고 생각했는데 그게 아니었다.

사내의 손바닥이 발끝을 훑듯이 움직이며 자신의 발을 감싸 쥐고 있었다.

가도진은 즉시 발을 빼내었다.

발이 상대에게 잡혀서는 절대로 제대로 된 싸움을 할 수가 없는 것이다.

그런데 사내의 동작이 한발 더 빨랐다.

가도진의 발을 감싸 쥔 복면사내가 쾌속하게 그 발을 비틀며 물레의 손잡이처럼 돌렸다.

가도진은 순간적으로 자신의 몸이 허공으로 붕 떠오르는 느낌을 받았다.

그건 느낌만이 아니었다.

가도진의 몸은 느낌 그대로 허공에 떠올라 있었다.

가만히 내민 발을 이렇게 잡고 돌려서는 좀처럼 몸 전체가 붕 떠오르지 않겠지만 복면사내는 가도진이 발을 차 올리며 중심이 뒤쪽으로 쏠리는 것을 이용하여 떠밀 듯이 돌렸다.

무림에서 말하는 차력미기(借力彌氣)나 이화접목(移花接木)의 원리 같았다.

휘익—

복면사내는 허공에 뜬 가도진의 복부를 향해 주먹을 찔러 넣었다.

퍼억—

허공에 뜬 채 회전하던 가도진의 몸이 순간적으로 우뚝 정지했다가 뒤로 밀려났다. 그리고는 사정없이 바닥으로 떨어졌다.

"끄으윽!"

바닥에 나뒹군 가도진이 창자가 끊어지는 듯한 비명을 토했다.

허공에 뜬 채 무방비 상태로 가격당했기에 그 충격은 훨씬 컸다.

가도진은 결국 눈을 뒤집으며 완전히 뻗어버렸다.

"한꺼번에 쳐라!"

가도진의 부하 하나가 고함을 치며 동료들을 손으로 불렀다.

가도진의 남은 부하들이 주춤거리며 복면사내를 포위했다.

가도진이 너무 쉽게 나가떨어지는 것을 보며 적지 않게 전의를 상실했지만 이대로 물러났다가는 광마견에게 반쯤 죽을 정도로 얻어맞을 것이기 때문이었다.

휘익—

눈짓을 교환한 가도진의 부하들이 한꺼번에 달려들었다.

복면사내의 발 하나가 표홀하게 허공으로 치솟았다.

정면으로 달려들던 가도진의 부하가 급히 상체를 뒤로 젖혔다.

휘익—

떠올랐던 발이 쾌속하게 떨어져 내리는가 싶은 순간, 다른 발이 허공을 선회하며 날아왔다.

퍼억—

상체를 젖힌 사내의 허리가 그 발에 걸리며 상체가 앞으로 꺼꾸러졌다.

복면사내는 바람처럼 무릎을 들어 올려 상체를 숙인 놈의 턱을 차 올렸다.

또 한 명의 가도진의 부하가 허공에 붕 떴다가 의식을 잃은 채 떨어져 내렸다.

그사이 가도진의 다른 부하 하나가 측면에서 복면사내의 가슴으로 주먹을 찔러 넣었다.

복면사내는 슬쩍 몸을 틀어 날아오는 주먹을 겨드랑이에 끼우고 다른 팔꿈치로 사내의 관자놀이를 가격했다.

이번에도 가도진의 부하는 비명도 못 지르고 쓰러졌다.

퍼퍼퍽!

반 각도 더 지나기 전에 가도진의 나머지 부하들 역시 비슷한 방식으로 의식을 잃은 채 바닥에 드러누웠다.

가도진과 그 부하들을 모조리 때려눕힌 사내는 다시 처음의 어둠 속으로 상체를 밀어 넣었다.

"시간을 너무 끌었나?"

어둠 속에서 처음으로 목소리를 흘린 사내가 복면을 벗었다. 그러나 여전히 사내의 얼굴은 반쯤밖에 보이지 않았다.

"모조리 이렇게 맥없이 뻗을 줄 알았으면 가면을 쓰지 않아도 되었군."

나직하게 중얼거린 사내는 입술을 비틀었다. 그의 치아가 어둠 속에서 하얗게 빛났다.

잠시 후 사내는 복면을 땅에 버리고는 어둠의 궤적을 쫓으며 천천히 사라졌다.

*　　　*　　　*

"더 빨리!"

제일 뒤쪽에 선 이장명이 꼬맹이들을 독려했다.

어딜 가는지 목적지도 몰랐지만 황악호 무리에게 붙잡혀서 다른 골목으로 뿔뿔이 흩어지면 이 녀석들은 견뎌내질 못할 것이란 생각이 들었다.

양혜란과 유진룡의 보살핌을 받은 이 녀석들은 그곳에서

눈치만 보고 살쾡이처럼 살아온 놈들에겐 상대가 되지 않을 것이다.

이 녀석들은 계속 유진룡이나 자신의 보호를 받아야 하는 것이다.

평소에는 모든 공과(功過)를 유진룡에게 미루고 이장명은 뒤에서 빈정거리기만 했다.

하지만 꼬맹이들의 불행을 가슴 아파하는 마음은 다르지 않았다. 그래서 유유상종으로 모여 사는 것이다.

"괜찮아. 소란 피우며 뛰어가는 것보단 조용히 빠져나가는 게 나아."

유진룡은 이장명이나 꼬맹이들을 안심시켰다.

다시 갈림길 하나가 나타났다.

"왼쪽으로!"

마웅탁이 길을 잡았다.

고개를 끄덕인 유진룡은 왼쪽으로 몸을 틀었다.

"엇!"

새로운 골목으로 접어들어 조금 더 걸음을 옮기던 유진룡은 외마디 비명을 토했다.

골목길 한가운데를 누군가 가로막고 있었다.

어두워서 누군지 분간이 가지 않았지만 결코 지나가는 길이 아닌, 미리 와서 길목을 지키고 있는 자세였다.

유진룡은 눈을 가늘게 뜨며 길을 가로막은 인영을 쳐다보았다.

훤칠한 키에 예민한 신경 조직이 느껴지는 사내였다.

유진룡은 가슴이 덜컥 내려앉는 기분을 느꼈다.

황악호보다 몸은 가늘었지만 전신으로 풍기는 기운은 황악호를 훨씬 뛰어넘었다.

이런 부류의 인간은 황악호처럼 마지막 순간이 되어도 방심을 하지 않는, 진짜 싸움꾼이었다.

"어!"

뒤따라오던 이장명과 마웅탁도 덜컥 걸음을 멈추며 경호성을 질렀다.

싸움은 할 줄 몰랐지만 유진룡 덕분에 어떤 인간이 싸움을 잘한다는 안목은 필요 이상으로 높은 그들이었다.

"흑표(黑豹)!"

잠시 후 마웅탁이 무거운 신음을 흘렸다.

'흑표?'

유진룡은 입속으로 되뇌었다.

머릿속으로 경종이 울렸다.

항주 골목의 윗 조직에 대해서는 별 관심이 없었지만 그 별명은 몇 번 들어보았다.

검은 표범처럼 표홀하게 싸운다고 해서 붙여진 별명이었다.

그리고 더 중요한 것은 황악호와 같은 조직의, 왕초 이름은 모르겠지만 그 왕초의 왼팔이 황악호라면 이 사람은 오른팔이라는 사실이었다.

"신속히 도망칠 판단을 하고 이쪽 골목을 택한 걸 보니 제법 머리 쓰는 놈이 있군."

흑표라 별명 붙은 사내, 한덕무가 이를 드러내며 말했다.

어둠 속에서 한 발 앞으로 나오며 하얗게 드러난 치아가 차가우면서도 짙은 매력을 뿜어냈다.

"우릴 막을 겁니까?"

마음이 급한 유진룡이 단도직입적으로 물었다.

"당연히!"

한덕무의 치아가 다시 하얗게 드러났다.

음산하다기보다는 여전히 매력적이라는 느낌이 들었다.

"왜? 당신하고는 원한이 없는데?"

유진룡이 으르렁거리듯 말했다.

이 사내가 아무리 황악호와 같은 조직에 있다고 해도 황악호와 자신은 정정당당히 싸웠다.

그런데 이런 식으로 앙갚음을 하러 왔다면 죽는 한이 있어도 굴복할 수 없다.

유진룡은 즉시 싸울 자세를 잡았다.

그것을 본 한덕무의 어깨가 한 번 들썩거렸다. 그리고는 입술이 움직였다.

"위험하니까!"

한덕무의 입에서 뜻밖의 대답이 흘러나왔다.

“위험?”

유진룡이 되뇌었다.

“이 골목은 벌써 막혔어. 제법 머리를 썼지만 그런 것까진 알 수 없겠지. 네놈을 족치기 위해, 아니, 이젠 아예 죽일 거야. 그러기 위해 황악호는 물론 곰보와 광마견까지 나섰다.”

“그 사람들은 왜?”

이장명이 어이없는 표정으로 물었다.

“그러니까 아주 웃기는 일이지.”

한덕무가 정확한 대답을 회피하며 이를 드러냈다.

더 물어도 답을 해줄 사람이 아니었다.

“그걸 알려주러 왔습니까?”

유진룡이 물었다.

한덕무가 장난처럼 천천히 고개를 끄덕였다.

“왜?”

“귀여워서……”

“……”

“내가 귀여운 놈 좋아한다는 소리 못 들었나?”

“……”

“이런, 이런! 정말 못 들은 모양이군. 그런 것도 못 주워듣는 놈이 대장이니 뭐니 하고 거들먹거리며 자리 하나만 축내고 있으니 이런 사단이 벌어지지.”

한덕무는 이번에도 이를 허옇게 드러내며 웃음을 흘렸다.

유진룡은 여전히 아무 말도 하지 못하고 한덕무를 쳐다보았다.

소주 뒷골목에 이런 사람도 있었다.

그리고 이 사람 말대로 자신은 그런 것을 까맣게 모르고, 아니, 까맣게 담쌓고 살아왔다.

그 담이 한계에 부딪쳐 와르르 무너진 것이다.

"어느 길로 가면 됩니까?"

당면한 문제부터 물었다.

"그건 네놈이 결정해라. 난 가서는 안 되는 길 두 곳만 가르쳐 주겠다. 이곳과 전당포 뒷골목이다."

마웅탁이 급히 지도를 펼쳤다.

"이 길로 가야 해."

마웅탁은 손으로 빠르게 길을 잡았다.

"머리 쓰는 놈이군."

한덕무가 혼잣소리처럼 중얼거렸다. 그리고는 양혜란을 향해 날카로운 시선을 던졌다.

"알 만해!"

잠시 후 한덕무의 입 끝이 보일 듯 말 듯 비틀렸다.

유진룡은 눈살을 찌푸리며 한덕무의 입과 양혜란을 번갈아 쳐다보았다.

"가자!"

이장명이 유진룡을 재촉했다.

유진룡은 움직이지 않고 잠시 더 그 자리에 서 있었다.

"이런 호칭, 몇 번 들어는 봤어도 써보지는 못했는데……."

유진룡은 씨익 웃음을 흘린 후 다시 입술을 움직였다.

"언젠가 내가 돌아올 때까지 살아 있어, 형!"

"지랄 떠네!"

또 한 번 이를 허옇게 드러낸 한덕무는 쇠구슬이 박힌 권갑을 손에 끼우고는 등을 돌려 어둠 속으로 사라졌다.

*   *   *

다다닥—

여러 개의 발걸음 소리가 어둠을 갈랐다.

"한 놈도 도망 못 가게 포위해!"

불이 환하게 켜진 판잣집을 향해 황악호가 소리를 질렀다.

와창창—

판잣집 문이 거칠게 열렸다. 그러나 안은 텅 비어 있었다.

"쥐새끼 같은 놈들!"

황악호는 비명처럼 소리를 질렀다.

꼬맹이 한 놈을 잡아두고 유인을 했는데 한참이 지나도 오지 않았다.

눈치를 챘다는 말이다.

그렇다면 소리 소문 없이 처리하는 방식은 포기해야 했다.

더욱 비겁하다는 소문이 퍼져 나가서 이 골목에서는 살 수가 없다고 하더라도 분풀이는 하고 싶었다. 어차피 이판사판인 것이다.

그런데 이곳에서마저 놈은 사라졌다.

평소에 그놈은 이렇게 약삭빠른 놈이 아니었다. 그래서 그런 작전을 짰는 데도 또 한 번 방심의 허를 찔린 것이다.

"죽일 놈!"

질겅질겅 씹듯이 내뱉은 황악호는 염두를 굴렸다.

어디로 갔을까?

갈 만한 곳이 떠오르지 않았다.

놈은 모든 골목의 왕초들에게 인심을 얻지 못해 갈 곳이 없었다.

혼자라면 모르지만 꼬맹이들까지 이끌고는 더욱 그랬다. 그래서 더 혼란스러웠다.

"어디로 갔지?"

황악호는 부하들을 보고 물었다.

대답이 없었다. 놈들의 표정을 보니 알고도 대답을 안 할 것 같았다.

그건 시간이 갈수록 더했다.

깨어진 놈은 떠나야 한다. 그러지 않더라도 비열한 짓은 하지 않아야 한다.

깨어진 후 혼자 복수하는 것은 그래도 덜 비열하지만 이렇게 부하들까지 끌어들이는 것은 제일 비열한 것이다.

그것은 똥구덩이 속에 부하들까지 끌어들이는 것이다.

황악호라고 그걸 모를 리 없다.

그러나 여태까지 치고 오른 자리가 너무나 아까웠다.

하루아침에 그걸 포기하고 밑바닥에서부터 다시 시작하려니 끔찍했다.

'그놈만 잡아 죽이면……'

이젠 누가 소투귀를 죽이려 하는지 알게 되었다.

중간 왕초도 아니었다.

대왕초!

그의 의중이라면 자신에겐 더욱 큰 가망성이 있었다.

그가 원하는 일을 자신이 해주면 불안하나마 입지는 유지된다.

그 후 한두 번 더 입 안의 혀 노릇을 해주면 전화위복이 되어 오히려 곰보의 그늘마저 벗어날 수 있는 것이다.

대왕초의 뜻이라면 소리 소문이 왕창 나더라도 얼마든지 무마가 가능하다.

황악호의 눈이 번들거렸다.

이젠 이놈들도 필요없다.

"그동안 수고했다. 돌아가라!"

황악호는 부하들에게 말했다. 그리고 품속에서 전낭 하나를 꺼냈다.

언젠가 필요하면 다시 부릴 놈들이다. 최소한의 유대는 남겨놓아야 한다.

그걸 위해서 가장 간단하고 가장 확실한 것은 돈이다.

"술이나 한잔해라."

황악호는 전낭을 던졌다.

쩔렁!

묵직한 전낭의 무게에 부하 한 놈의 상체가 뻣뻣한 기운을 떨치고 부드럽게 숙여졌다.

"고맙습니다, 형님!"

고개마저 숙인 부하들이 등을 돌려 사라졌다.

부하들이 사라진 후 혼자 남은 판잣집 안에서 황악호는 생각에 잠겼다.

'어디로 갔을까?'

그것도 문제였지만 다른 사람들에 앞서 자신이 잡아야 했다. 그러지 못하면 자신은 설 자리가 없다. 그야말로 밑바닥 신세인 것이다.

"대체 어디로?"

황악호는 머리를 쥐어짰다.

혼자도 아닌 놈이 어디로 갈 수 있지?

자신 같으면 어디로 가려 할까?

생각하는 데는 별 소질이 없지만 지금은 그것밖에 할 일이 없었다.

이곳저곳 거미줄처럼 얽힌 소주의 뒷골목을 아무 곳이나
무턱대고 갈 수는 없는 일이다.

"형님!"

한 놈이 되돌아왔다. 아까 전낭을 받은 놈이었다.

"소투귀 놈을 아까 정씨 양곡상 뒤에서 본 놈이 있답니다."

"언제?"

"약 반 시진 전에……."

소식을 전해준 놈이 가볍게 고개를 끄덕이고는 사라졌다.

'젠장!'

황악호는 속으로 역정을 삼켰다.

너무 늦은 감이 있었다.

하긴, 이곳까지 소문이 퍼지려면 그만한 시간을 걸릴 것이
다.

어쨌든 전혀 모르는 것보단 나았다.

'그곳으로 가면 어딜 향하지?'

황악호의 머릿속에 소주 뒷골목의 그림이 그려졌다.

교차점 세 곳이 떠올랐다.

그 세 곳은 뒷골목과 큰 골목이 이리저리 만나는 곳이었다.

어떤 길을 가려 해도 그곳은 통과해야 한다.

'그런데 세 곳 중 어디로?'

생각을 결정하기도 전에 황악호의 몸이 황소처럼 쏘아졌다.

第六章
흑표(黑豹) 한덕무(漢德舞)

萬里雄風

한덕무를 만나서 길을 다시 잡은 유진룡은 빠르게 달렸다.

이젠 왕악호가 문제가 아니었다.

곰보와 광마견!

그놈들까지 나섰다.

황악호를 깬 것이 그렇게 큰 죄인가?

아니, 그게 아니다.

한덕무가 했던 이해 못할 한마디!

"알 만하군!"

그리고 양혜란을 쏘아보던 눈초리!

머릿속에 번개가 쳤다.

광마견이란 그놈이 양혜란을 탐내는 것이다. 아니면 그보다 더 높은 놈이거나…….

양혜란의 총명함과 돈에 대한 감각이 탐나서?

빠드득!

유진룡은 이를 갈았다.

양혜란의 자질은 자기밖에 모른다. 그렇다면 놈들이 원하는 것은 뻔하다.

이젠 사로를 뚫어야 한다.

그런데 속도가 점점 느려졌다.

소리없이 골목을 빠져나가던 처음과 달리 최대한 빠르게 치달리자 꼬맹이들이 지치기 시작한 것이다.

꼬맹이들을 두고 양혜란과 마웅탁만 챙기면?

그리고 나중에 꼬맹이들을 데려가면?

그게 무슨 의미가 있을까?

그럴 바엔 차라니 혼자 도망가는 것이 낫다. 또 양혜란이 죽어도 승낙 안 할 것이다.

'갈 데까지 간다.'

유진룡은 입술을 깨물었다.

"얼마나 남았지?"

“한참 더 가야 해!”

마웅탁이 헐떡거리며 답했다. 녀석은 그 연약한 몸으로 유진룡 자신처럼 꼬맹이 하나를 업고 있었다.

“넌 내려놓고 길이나 바로 잡아!”

유진룡이 소리쳤다.

“길은 머릿속에 있어. 그리고 나만 빨리 달려봐야 소용없잖아. 멍청한 왕초는 한 명도 안 빠뜨리고 데려갈 것이 분명하고…….”

마웅탁이 빈정거리듯 말했다.

점점 더 정체가 궁금한 놈이었다.

체력은 약했지만 뜻밖에도 놈은 근성이 있었다.

황악호와 싸우기 전에도 그랬지만 지금은 더했다.

삐익―

뒤에서 호각 소리가 들렸다.

머리끝이 쭈뼛 섰다.

황악호일까?

아니면 곰보? 그도 아니면 광마견?

어느 놈이건 마찬가지다.

“더 빨리!”

유진룡이 고함을 질렀다.

호각 소리가 더 가깝게 들렸다.

“먼저 가라!”

유진룡은 걸음을 멈췄다. 그리고 업었던 꼬맹이는 내려놓았다. 자신은 뒤쫓아오는 놈들을 때려눕혀 거리를 벌여놔야 했다.

"형!"

마웅탁이 다시 형이라 불렀다.

"그게 최선이다! 목적지에 가서 이 안에 든 것을 주며 아이들을 맡아달라고 협상을 해라!"

급히 말한 유진룡은 양혜란에게 망태기를 넘겼다.

그녀에게는 조금 무거워 보였지만 이걸 메고 갈 사람은 그녀밖에 없었다.

"누구에게? 무슨 협상? 그리고 이게 뭔데?"

양혜란이 말뜻을 알아듣지 못하고 급하게 소리쳤다.

"웅탁이에게 대강 일러두었으니 이끄는 대로 가서 보면 안다! 도착하기 전에는 절대 열어보지 마!"

유진룡은 혹시나 싶어 달려오면서 마웅탁에게 자신의 계획을 대강 일러주었던 것이다. 하지만 망태기 속에 금불상이 들었다는 것은 아직도 자신밖에 몰랐다.

"대장!"

"어서!"

유진룡이 양혜란과 마웅탁의 등을 세차게 밀었다.

그래도 머뭇거리는 그들을 이장명이 거칠게 끌며 뛰어갔다.

그들이 사라지고 얼마 뒤 뛰어오는 발걸음 소리가 들렸다.

유진룡은 어둠 속에 몸을 숨기고 놈들을 기다렸다.

여러 개의 발자국 소리들이 가까워졌다.

골목을 돌아 나온 한 놈이 모습을 드러냈고, 그 뒤로 네 명이나 더 따르고 있었다.

제일 앞의 놈이 가까워졌을 때 유진룡은 어둠 속에서 신속하게 발을 뻗었다.

턱!

유진룡의 다리에 발이 걸린 놈의 상체가 기우뚱 앞으로 넘어졌다.

넘어지는 놈의 명치를 향해 유진룡의 무릎이 무겁게 꽂혀들었다.

"헉!"

단말마의 비명과 함께 놈의 상체가 새우처럼 구부러졌다.

상체를 숙이는 놈의 등을 찍고 뛰어오른 유진룡이 양다리를 활짝 벌리며 뒤에서 따라오던 두 놈의 턱을 동시에 걸어찼다.

허공에서 두 놈을 한꺼번에 걸어찬 유진룡의 상체가 비스듬히 드러누우며 떨어져 내렸다. 떨어져 내리는 속도 그대로 유진룡은 최대한 뾰족하게 만든 팔꿈치로 다른 한 명의 눈을 가격했다.

쩍!

눈에서 먹물이 터져 나올 듯한 소리가 들리며 놈이 우레 같은 비명을 지르며 주저앉았다.

나머지가 하나 더 있지만 눈이란 것은 하나가 심하게 다치면 다른 하나도 한참 동안 제 기능을 하지 못한다.

순식간에 네 명이 골목 바닥에 나뒹굴거나 주저앉았다.

남은 한 놈이 멍하니 유진룡을 쳐다보았다.

동료 네 명을 두들기는 유진룡의 움직임은 마치 한 동작 같았다.

동작은 여러 개였지만 파바바박! 하는 한순간에 모든 것이 끝난 것이다.

소투귀란 별명이 생각났다.

싸움을 아는 녀석이었다.

아니, 별명대로 정말 귀신같이 싸우는 놈이었다.

여러 가지 경우의 타격 방법 중에서 그 상황에 가장 적절한 방법을 본능적으로 찾아내고 톱니바퀴가 돌아가듯 빈틈없이 짜 맞춘 타격을 했다.

군더더기가 없었고, 그래서 힘의 낭비도 없었다.

낭비하지 않은 힘이 고스란히 타격점으로 스며들었다.

비슷한 체격과 조건이라면 이 소주 뒷골목에서 놈을 이길 수 있을 사람은 아무도 없을 것이다.

그래서 비슷한 체격에 특별히 나은 점이 없는 자신은 이렇게 쓰러질 수밖에 없는 것이다.

쿵!

나머지 한 놈까지 쓰러뜨린 유진룡은 골목길을 돌아 달렸다.

아마 방금 쓰러뜨린 놈들 중 한 명이 불었을 호각 소리를 듣고 뒤쪽에서 다른 여러 개의 발자국 소리가 들렸다.

발자국 소리만으로도 많은 것을 알 수 있다.

보폭이 컸고 묵직함이 느껴졌다.

쓰러진 다섯 놈들보다 더 큰 놈들이란 말이었다. 그렇다면 지금처럼 쉽지는 않을 것이다. 하지만 놈들 역시 처치하지 않으면 안 되었다.

유진룡은 골목의 어둠 속으로 몸을 숨겼다.

픽―

어둠 속에서 튀어나온 유진룡이 머리통만 한 돌로 그놈의 얼굴을 가격했다.

팽그르르 돌며 제일 앞섰던 놈이 쓰러졌다.

"뭐, 뭐야?"

뒤에 오던 놈들이 고함을 질렀다.

다시 한 놈의 얼굴에 돌이 작렬했다.

돌은 두 놈을 쓰러뜨린 후 효용 가치가 없어졌다.

다른 세 놈이 뒤로 멀찍이 물러났기 때문이다.

유진룡은 돌을 버렸다.

"네놈이… 소투귀?"

"맞군!"

놈들이 살기 진득한 목소리로 말했다.

"맞군!"

유진룡도 마주 소리쳤다.

"뭐가?"

한 놈이 물었다.

"날 쫓아온 게 맞았어. 아니면 괜한 사람 잡아 미안할 뻔했는데."

"흐흐!"

제일 뒤에 선 놈이 음충맞게 웃었다.

"어린놈이지만 맘에 들어. 하지만 너무 까불었어."

말과 함께 한 놈이 바람처럼 나섰다.

몸을 한 바퀴 회전한 유진룡이 호미로 놈의 등을 찍었다.

금불상을 파내고 망태기에 같이 넣어두었던 것이다.

"크윽!"

놈이 비명을 질렀다.

돌멩이를 버리는 걸 보고 방심하며 허리춤에 숨긴 호미는 못 본 것이다.

"내가 너무 까분 것이 아니라 더러운 왕초 놈 하나가 더러운 욕심을 가지고 있기 때문이다. 알고나 뻗어."

유진룡은 놈의 등짝에 다시 한 번 호미를 찍었다.

피가 튀며 놈이 바닥에 나뒹굴었다.

"개새끼… 죽어!"

한 놈이 달려왔다.

놈의 손에 들린 칼이 달빛에 번득였다.

유진룡은 호미로 놈의 손등을 찍었다.

칼이 떨어지고 놈의 얼굴이 일그러졌다.

유진룡은 무릎으로 놈의 복부를 찍었다. 등이 굽어지며 놈의 뒤통수가 보였고, 호미 뒤쪽으로 그곳도 두드렸다.

이젠 한 놈 남았다.

그런데 또 다른 발자국 소리가 들렸다.

이번에는 더 많았다.

"이쪽이다!"

남은 한 놈이 고함을 지르며 놈들을 불렀다.

호미를 집어 던졌다.

"아악—"

주둥이에 호미를 맞은 놈이 비명을 질렀다.

벽을 차고 허공으로 뛰어오른 유진룡은 떨어지는 힘을 그대로 유지한 채 주둥이를 부여잡고 엉거주춤 상체를 숙인 놈의 뒷덜미를 팔꿈치로 찍었다.

비명도 지르지 못한 채 놈이 쓰러졌다.

"찾았다!"

다섯 명이 모두 쓰러졌을 때 다른 놈들이 빠르게 나타났다.

떨어진 호미를 주워 든 유진룡이 놈들을 막아섰다.

이번에는 열 명이 넘었다.

유진룡은 황악호와 마주 섰을 때 느꼈던 기분을 다시 느꼈다.

"포위해!"

제일 앞에 선 놈이 소리를 질렀다.

놈들이 신속히 주변을 포위했다.

제법 넓은 골목이었지만 순식간에 공간이 메워지고 질식할 듯한 압박감이 밀려왔다.

유진룡은 숨을 크게 몰아쉬었다.

떨어진 기력을 보충하고 냉정을 유지하기 위해서였다.

압도적인 숫자에 지레 겁먹으면 몸이 굳고 그럼 반응이 느려진다.

최대한 몸을 부드럽게 하고 물이 흐르듯 흘러야 포위망 안에서 제대로 싸울 수가 있다.

아무리 숫자가 많아도 몸에 맞는 주먹은 일단은 한 개다. 그다음 또 한 개!

그것의 간격이 빠르다는 것이 일 대 일로 싸울 때와 다른 점이다.

쉬이익—

한 개의 주먹이 날아들었다.

유진룡은 슬쩍 고개를 젖혔다.

다시 한 개의 주먹이 옆에서 날아왔다.

젖혔던 상체를 그대로 수그리며 이마로 그놈의 주먹을 받왔다.

빠드득!

이마가 박살나는 소리가 들렸다.

그러나 충격은 놈의 주먹에 고스란히 전가되었다.

주먹으로 이마를 때리면 당연히 이마가 아프다. 그건 주먹이 제대로 된 타점에서 이마를 가격했기 때문이다.

하지만 타점에 도달하기도 전에 주먹을 이마로 받으면, 그것도 위에서 아래로 약간 짓누르며 들이받으면 충격과 함께 손가락이 꺾이며 심하면 부러질 수도 있다.

손가락과 함께 손목까지 꺾인 한 놈이 다른 손으로 주먹을 감싸 쥐며 뒤로 물러났다. 저놈은 이제 전투력의 반 정도는 잃었다.

휘익—

이번에는 뒤쪽에서 날카로운 파공음이 울렸다.

인간의 몸에서 나는 소리가 아니었다.

신속히 상체를 숙이며 피한 유진룡은 호미를 휘둘렀다.

몽둥이 하나가 호미에 걸렸다.

호미를 그대로 아래로 그어 내렸다.

물컹한 감촉이 느껴졌다. 놈의 손가락이 호미 끝에 걸린 것이다.

잠시 호미를 위로 올린 유진룡은 더욱 세차게 내려쳤다.

"아악!"

손가락 몇 개가 호미 날에 찍힌 놈이 비명을 질렀다.

앞에서 한 놈의 발이 날아들었다.

유진룡은 손가락을 다친 놈으로부터 빼앗은 몽둥이를 잡고 밑으로 내렸다.

놈의 발목이 몽둥이에 걸렸다.

유진룡은 다시 몽둥이를 휘둘러 놈의 면상을 갈겼다.

놈의 얼굴이 돌아가는 순간, 눈앞에서 별이 번쩍하며 유진룡의 얼굴도 돌아갔다.

중과부적(衆寡不敵)으로 한 놈의 주먹이 얼굴을 가격한 것이다.

퍽—

다시 등에서 통증이 느껴졌다.

한 놈의 발뒤축이 등을 찍은 것이다.

휘청 몸이 앞으로 쏠렸다.

그곳으로 주먹과 발 한 개가 동시에 날아들었다.

주먹은 포기하고 발을 향해 호미를 휘둘렀다.

퍼억—

"아악—"

주먹이 가슴에 작렬하는 소리와 호미에 다리를 찍힌 놈의 비명 소리가 동시에 들렸다. 순간 옆쪽에서 무서운 파공음이 들렸다.

유진룡은 반사적으로 땅에 드러누웠다.

쇠사슬 하나가 휘청거리며 지나갔다.

그건 쇠몽둥이보다 더 무서운 무기였다.

쇠몽둥이는 한 대 맞는 것으로 끝나지만, 그리고 막을 수도 있지만 이 쇠사슬은 막아도 그 끝이 다시 날아들고 그것은 살갗을 갈기갈기 찢어놓은 후 몸의 중심까지 무너뜨린다.

휘이잉—

지나갔던 쇠사슬이 급선회하며 위에서 아래로 찍어왔다.

유진룡은 필사적으로 몸을 굴렸다.

쇠사슬은 땅거죽을 두드렸지만 다른 한 놈의 발이 유진룡의 옆구리를 걷어찼다.

고우종과 황악호에게 맞은 그곳이었다.

숨이 턱 막히는 것을 이를 악물고 참으며 놈의 발등을 호미로 찍었다.

발등을 반쯤 파고든 호미는 선혈과 함께 빠져나왔다.

놈이 짐승 같은 비명을 지르며 뒤로 나뒹굴었다.

퍼억—

다시 한 개의 발이 얼굴을 가격했다.

유진룡은 그 발을 향해서도 호미를 휘둘렀지만 발은 신속히 사라지고 호미는 허공만을 갈랐다.

코피가 터졌는지 뜨거운 것이 입술 위로 흘러내렸다.

"독종 중의 독종이다."

곰보가 혀를 차며 말했고, 잠시 공격이 멈추어졌다.

이미 여러 명이 손이나 다리, 발, 주먹을 다쳐 제대로 싸울 수 없게 됐다. 그건 한 놈을 제대로 쓰러뜨리는 것보다 훨씬 효과적이었다.

사람이란 손끝에 가시 하나만 박혀도 제대로 된 동작이 안 나온다.

손가락이 부러지거나 발등을 다친 부하들은 전의를 상실했다.

한두 명을 확실히 쓰러뜨릴 힘으로 놈은 여러 명을 주저앉혔다.

곰보는 고개를 절레절레 흔들었다.

황소라고 불리던 황악호가 이놈에게 당한 것도 무리가 아닌 것이다.

"계집은 다른 놈들이 잡을 테니 천천히 사냥해."

곰보는 서 있는 부하들을 보며 소리쳤다.

유진룡은 이를 갈았다.

한덕무의 행동과 의미 모를 한마디 말을 통해 의심하던 것이 이젠 확실해졌다.

이놈들은 양혜란을 잡기 위해 이 난리들을 피우는 것이다.

그렇다면 더더욱 주저앉을 수 없다.

유진룡은 무거운 몸을 일으켰다.

쉬이익—

다시 쇠사슬이 날아왔다.

파앗―

신속히 피했지만 쇠사슬 끝이 어깨 한쪽을 스쳤다.

어깨가 칼에 베인 것처럼 아파왔다.

쇠사슬이 한 번 더 날아왔고, 그걸 피해 구석 쪽으로 몸을 트는 순간 주먹 하나가 얼굴에 또 작렬했다.

유진룡은 호미를 휘둘렀다.

주먹을 날린 놈의 가슴 옷깃이 걸렸을 뿐 타격은 주지 못했다.

코피가 좀 더 쏟아졌고 눈덩이도 부어오르는 것 같았다.

그런 것은 상관없이 유진룡은 눈사태를 만난 것처럼 마음이 급해졌다.

곰보의 말을 미루어보면 다른 놈들이 양혜란 등을 쫓고 있기 때문이다.

마음 같아서는 당장 뛰어가고 싶지만 이놈들을 달고 갈 순 없었다.

모조리 쓰러뜨리고 가야 하는데 놈들은 절대로 만만치가 않았다.

뒤에 서 있던 놈들이 앞으로 나섰다.

앞에 선 놈들은 그래도 하수여서 버틸 수가 있었는데, 이들은 아니었다.

쉬익―

파공음과 함께 발이 복부로 날아들었다.

파앗—

호미를 내리찍었다.

그러나 다리는 중간에서 뚝 꺾이며 얼굴로 날아왔다.

다른 손으로 발을 막으며 유진룡은 그 발을 그대로 밀어 올렸다.

"어림없는 수작!"

놈이 밀린 발을 허공에 띄운 채 다른 발을 차 올렸다.

이건 결코 쉬운 동작이 아니다. 그래서 완벽하기도 힘들었다.

그 완벽하지 못한 틈으로 유진룡의 발이 날아들었다.

"크윽!"

급소를 걷어차인 놈이 비명을 질렀다.

이젠 다섯 명 남았다. 그러나 여전히 불가능에 가까운 숫자였다.

퍼억—

언제 날아왔는지 쇠사슬이 손목과 허리를 거의 동시에 두드렸다.

유진룡은 팽그르르 돌며 쓰러졌다. 와중에 호미도 놓쳤다.

쓰러진 유진룡은 향해 한 놈이 덮쳐 들었다.

잡히면 끝이었다.

그러나 안 잡힐 방법이 떠오르지 않았다.

쓰러진 상태에서 어느 쪽으로 굴러도 놈들 발 앞이었다.

덮쳐 오는 놈을 겨우 피하는 순간 다시 발 하나가 허공에서
목덜미를 향해 떨어져 내렸다.

이건 도저히 불가항력이었다.

손을 들어 막기에도 늦어버렸다.

유진룡은 눈을 감았다.

퍼억—

"으윽!"

파육음이 들리며 비명이 터졌다.

유진룡은 눈을 떴다.

흑표 한덕무가 보였다.

"형!"

유진룡은 벌떡 일어서며 신음처럼 한덕무를 불렀다.

어쩐지 추적하는 놈들의 숫자가 생각보다 작다고, 그래서
이장명 등이 아직 잡히지 않았다고 생각했는데 그 이유는 한
덕무 때문이었다. 그가 표범처럼 골목을 누비고 다니며 놈들
을 깨부수고 있기 때문이었다.

"지랄!"

한덕무가 다시 욕지거리를 토했다.

곰보와 그의 부하들이 멍하니 한덕무를 쳐다보고 있었다.

한덕무가 이곳에 나타난 것은 전혀 잘못된 것이 없는데 공
격 대상은 완전히 잘못되었다.

유진룡의 목을 짓밟으려던 부하를 날아 차기로 날려 버린

그의 공격은 너무도 깨끗했지만 도저해 이해 불능이었다.

"너?"

곰보가 아직도 이해가 안 되는 표정으로 한덕무를 노려보았다.

"어서 가라!"

한덕무가 유진룡을 향해 고함을 질렀다.

"형은?"

유진룡은 한덕무를 쳐다보았다.

그도 자신만큼 격전을 치렀는지 온 얼굴에 땀과 싸움의 흔적이 있었다.

"네 똘마니들 걱정이나 해라. 다 처치 못한 광마견 부하들이 쫓고 있으니……."

광마견이란 말에 유진룡은 얼른 고개를 돌려 아이들이 달려간 곳을 쳐다보았다.

광마견의 부하들이라면 이놈들보다 더했으면 더했지 결코 덜하지는 않을 것이다.

"한마디 더 듣고 갈래?"

유진룡이 쉽사리 자리를 뜨지 못하자 한덕무가 다시 말했다.

"아까는 네놈이 귀엽다고 했는데 그건 네놈 부하들 앞이라 한 말이고… 네놈은 정말 지겨운 놈이다."

한덕무는 바닥에 주저앉아 있는 곰보의 부하들, 개중에는 자신의 명령을 더 많이 들었던 놈들을 견제하며 웃었다.

하얀 치아가 드러난 한덕무의 웃음이 맹수의 그것처럼 느껴졌다.

"살아 있어, 형. 난 꼭 돌아올 테니."

"꺼져!"

한덕무의 목소리를 뒤로한 채 유진룡은 바람처럼 골목을 돌았다.

"너… 너!"

곰보는 입을 다물지 못하며 한덕무를 향해 손가락질을 했다.

그런 곰보를 보며 한덕무는 신랄하게 웃었다.

"내가 왜 이러는지 궁금하다, 그 말이지?"

한덕무는 곰보의 질문을 자신이 대신했다.

"미래가 없어졌기 때문이야."

한덕무의 허연 이가 다시 드러났다.

"칠면독사 육마종이 혈사방과 손잡고 혈사방의 꼭두각시가 되면서 그렇게 됐지. 중간 왕초 자리야 지금이라도 당장 페찰 수 있어. 너 같은 놈 몇 명만 병신으로 만들면 되니까. 하지만 가장 좋은 때를 기다렸지. 그래야 별 경계를 받지 않고 지낼 수 있으니까. 그런 후에 대왕초 자리를 넘보려고 했는데… 육마종, 그놈이 혈사방의 하수인이 되었어. 그야말로 소주 뒷거리를 혈사방에 갖다 바친 거지. 이젠 혈사방의 개가 되지 않으면 대왕초는 불가능해.”

한덕무의 말을 들은 곰보는 멍하니 입만 벌렸다.

한덕무가 이렇게 말을 많이 하는 것을 본 적이 없었다. 그는 언제나 있는 듯 없는 듯 지내다가 한 번씩 싸울 때는 그야말로 한 마리 표범 같았다. 그런데 이런 흉심을 품고 있었던 것이다. 그건 자신도 품어보지 못한 역심이었다.

“그런 것하고 소투귀 저놈을 돕는 것이 무슨 상관이냐?”

한참 뒤에 곰보가 물었다.

“놈이 육마종의 얼굴에 흙탕물을 뿌리고 있으니까. 긁고 싶은 곳을 놈이 대신 긁어주고 있다고나 해야 할까. 다르게 말하면 놈이 일으킨 흙탕물이 육마종이 일으키는 물결보다 훨씬 재밌거든.”

한덕무가 다시 이를 드러냈다.

“죽일 놈!”

마침내 곰보가 욕설을 토했다.

소투귀가 천방지축으로 날뛰는 한 마리 하룻강아지라면 이놈은 이빨을 감추고 있는 승냥이였다.

언젠가는 이런 식으로 돌출될 놈이었다. 소투귀로 인해 그 돌출이 조금 빨랐다.

그러고 보니 소투귀 그놈이 물건은 물건이었다. 이런 음흉한 놈의 피를 들끓게 하여 정체를 드러나게까지 만들었으니까 말이다.

곰보는 안도의 한숨을 내쉬었다.

흑표 이놈은 언젠가 시기가 되면 자신을 제일 먼저 짓밟을 놈이었다. 그런데 소투귀로 인해 믿는 도끼에 발등 찍히는 꼴은 면했다.

"죽여라!"

곰보가 부하들에게 지시를 내렸다.

부하들이 함부로 움직이지 못했다. 한덕무의 실력을 알고 있기도 했고, 지금 보니 대왕초 자리까지 넘본 놈이다. 그렇다면 감추고 있는 부분이 훨씬 많을 것이라는 판단을 한 것이다.

"소투귀 놈 반만 닮아라. 그놈이었다면 모두 물리치고 자신이 나섰을 텐데… 육마종, 그 인간이 물을 다 흐려놓았어. 쯧쯧!"

한덕무는 혀를 찼다.

이를 드러내며 웃는 모습에 비해 그 모습은 별로 어울리지 않았다.

"죽여 버려, 자식들아!"

곰보가 다시 소리를 질렀다.

그제야 부하들이 움직였다.

휘익―

쇠사슬이 날았다.

한덕무의 손이 허공을 갈랐다.

파앙—

한덕무의 주먹에 걸린 쇠사슬 끝에서 불꽃이 튀었다.

“너?”

곰보가 다시 입을 벌렸다.

“이거?”

한덕무가 주먹을 내밀었다.

그의 손가락 사이에는 시커먼 권갑이 끼워져 있었다.

“내 독문병기라고 해두지. 이럴 때를 대비해 숨기고 있었지.”

말과 함께 한덕무는 허공으로 솟구쳤다.

곰보도 이번에는 부하들에게 의지하지 않았다.

한덕무의 솟구치는 높이가 부하들이 따를 수준이 아니었다.

파팡—

두 사람의 신형이 허공에서 부딪쳤다.

“무공을 익히고 있었군.”

주먹을 교환한 곰보가 중얼거렸다.

“이 생활 하려면 조금씩은 배워둬야지. 강호 무인들에 비하면 하수겠지만.”

한덕무가 피식 웃음을 흘렸다.

아마도 중간 왕초쯤이면 모두 무공을 익히고 있을 것이다. 강호와는 달리 제자를 기르기는 물론, 드러내는 것조차 하지 않고 있어서 서로 정확히 모를 뿐이었다.

휘익―

한덕무의 주먹이 허공을 갈랐다.

곰보가 몸을 뒤로 젖혔다가 그대로 발을 차 올렸다.

기다렸다는 듯이 한덕무가 주먹을 뻗어갔다.

"크윽!"

곰보가 비명을 질렀다.

쇠사슬 끝을 대수롭지 않게 쳐내던 한덕무의 권갑에 정강이를 찍힌 것이다.

그러나 곰보는 굴하지 않고 정권을 뻗어왔다.

한덕무의 권갑이 다시 그 주먹도 쳐나갔다.

파앗―

주먹을 쥔 곰보의 손이 활짝 펼쳐지며 한덕무의 손목을 잡아왔다.

제법 고강한 금나수법이었다.

한덕무는 주먹을 거두어들인 후 몸을 회전시켰다. 그리고는 팔꿈치로 곰보의 턱을 쳐 올렸다.

곰보가 턱을 젖혔다.

그때 팔꿈치 공격을 하기 위해 접혀 졌던 한덕무의 팔이 쭉 펼쳐지며 곰보의 목을 때려왔다.

퍼억―

곰보의 목에 한덕무의 수도가 틀어박혔다.

“큭!”

곰보가 답답한 비명을 질렀다.

정권 부분에는 물론, 손바닥 옆면인 수도 부분에도 강한 쇠가 받쳐진 한덕무의 권갑이었다.

퍽!

한덕무의 주먹이 다시 곰보의 관자놀이를 때렸다.

곰보가 공중에 떴다가 뒤로 나가떨어졌다.

“어쩔래?”

간단하게 곰보를 처치한 한덕무가 곰보의 부하들을 보고 물었다. 그들은 곰보 바로 아래 서열인 자신의 부하들이기도 했다.

“흑표 형님을 따르겠습니다.”

한 놈이 답했다.

“꼴값 떨지 마라. 난 이제 이 가망성 없는 골목을 떠난다.”

“그럼?”

“내가 물은 것은 그냥 돌아갈래, 아니면 소투귀를 잡으러 갈래 하는 것이다.”

한덕무가 설명했다.

“소투귀를 잡으러 간다면 어쩔 겁니까?”

강단 있어 뵈는 한 놈이 물었다.

“그러든지.”

한덕무가 권갑 두 개를 부딪쳐 쇳소리를 내었다.

두드려 부수겠다는 의사 표시였다.

"돌아가자. 곰보 형님의 안위가 더 급하다."

잠시 후, 다른 한 놈이 말했다.

한덕무가 곰보를 밟고 올라서 새 왕초가 된다면 곰보는 버려야 하지만 그는 이곳을 떠나겠다고 했으니 그들은 여전히 곰보를 따라야 했다.

다른 한 놈이 곰보를 일으켜 업었다. 그리고 입을 벌렸다.

"대왕초가 가만 안 있을 텐데요? 혈사방도 그렇고……."

"누군 가만있고?"

한덕무는 그 말과 함께 등을 돌렸다.

第七章
소향상회(蘇香商會)

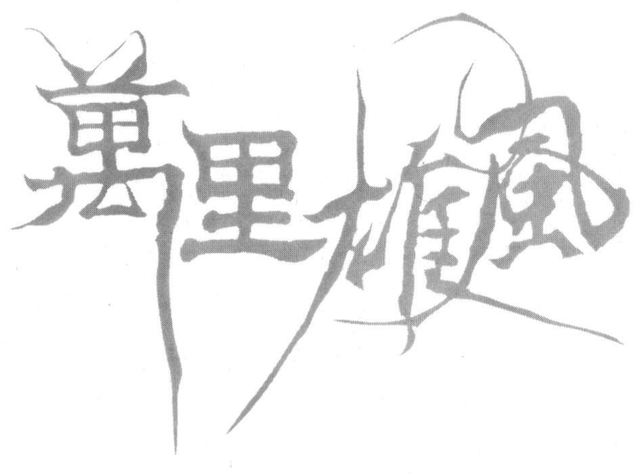
萬里雄風

'이제 조금만 더 가면 된다.'

유진룡은 목적지로 가는 가장 가까운 길을 더듬으며 뛰었다.

마웅탁이 이 길을 택하지 않았더라도 목적지는 같으니 중간 교차로에서 발견할 수 있을 것이다. 스무 명도 넘는 애들을 데리고 가면서 그렇게 은밀하지는 못할 것이다.

그건 적들에게도 마찬가지다.

유진룡은 더욱 세차게 달렸다.

그러나 마음뿐이고, 싸움에서 입은 타격이 속도를 제대로 내지 못하게 했다.

‘저기다!’

골목 몇 개를 더 지난 유진룡은 가슴이 뛰었다.

골목 저쪽에서 여러 개의 발자국 소리가 들렸다.

그것이 자신의 동생들이든 광마견의 부하들이든 가까워졌다는 말이다.

유진룡은 급히 골목을 돌았다. 그리고는 우뚝 걸음을 멈추었다.

골목 저쪽 끝, 높은 건물 창문의 불빛이 스며드는 곳에 동생들이 있었다.

그리고 그 주변으로 열 명 정도의 다른 놈들이 둘러서 있었다.

틀림없이 광마견의 부하들일 것이다.

그런데…….

놈들이 함부로 동생들에게 달려들지 못하고 있었다.

그건 이장명 때문이었다.

이장명의 양손에 무언가 들려 있었다.

어느 순간 그것이 반짝이며 빛을 발했다.

그건 소도였다.

어디서 구했는지 이장명은 소도 두 자루를 손에 쥐고 맹수처럼 설치고 있었다.

이장명의 등에 짊어진 봇짐이 눈에 들어왔다.

거처를 떠나는 순간 메고 있던 짐 속에 그것들을 숨겨온 모양이다.

이장명은 가까이 접근하는 놈을 향해 양팔을 신속히 흔들었다.

그냥 마구잡이로 흔드는 팔이 아니었다.

그런대로 격식이 있는 휘두름이었다.

맨손으로 싸우는 데는 소질이 없었지만 소도를 휘두르며 설치는 모습은 무척이나 위협적이었다.

그렇다면 저놈도 마웅탁처럼 비밀 한가닥을 숨기고 있었던 것이다.

'이런!'

유진룡은 경호성을 삼켰다.

이장명만 칼을 들고 있는 것이 아니었다.

마웅탁도 들고 있었고, 양혜란도 들고 있었다. 그리고 조금 큰 꼬맹이들도 들고 있었다.

상황은 사람을 변하게 만든다.

사람뿐만 아니다. 동물도 마찬가지다.

쥐도 궁지에 몰리면 고양이를 물고, 사슴도 때로는 뿔로 늑대나 사자를 들이받아 치명상을 입히기도 한다.

급박한 상황이 사슴 같은 양혜란을, 그리고 아무것도 모르는 꼬맹이들까지 저렇게 칼잡이로 만들어놓았다.

'위험하다!'

유진룡은 속으로 고함을 쳤다.

내가 칼을 휘두르면 상대도 그에 상응하는 대응을 한다.

그리고 상대가 칼에 찔리면 나도 칼에 찔릴 수 있는 것이다.

마응탁이나 양혜란 등은 찌르기도 전에 일방적으로 찔리기만 할 것이다. 유진룡은 잠시 멈췄던 신형을 질풍처럼 이동시켰다.

골목이 빠르게 옆으로 지나갔다.

동생들이 조금 더 가까이 보였다.

스쳐 지나가는 골목의 어둠 한쪽이 갑자기 눈에 거슬렸다.

그런 생각이 드는 순간, 어둠 속에서 빛줄기 하나가 반짝였다.

그 빛줄기는 순식간에 빨랫줄처럼 늘어나더니 심장에 틀어박혔다.

유진룡은 머릿속이 하얗게 비는 느낌을 받으며 가슴을 내려다보았다.

한 자루 비도였다.

그것이 날아와 왼쪽 가슴, 심장에 박혀 있었다.

조금 더 그걸 쳐다보던 유진룡은 털썩 무릎을 꿇고 바닥에 엎어졌다.

잠시 후, 어둠 속에서 황악호가 은밀한 몸짓으로 걸어나왔다.

"아쉽게 됐군. 마음 같아서는 개 패듯이 패주고 난 후 데려가고 싶지만 곰보나 광마견에 앞서 아무도 모르게 나 혼자서 네놈을 끌고 가기 위해서는 이 방법뿐이었어.”

황악호는 벽 쪽으로 몸을 붙이며 흘깃 광마견 부하들을 쳐다보았다. 놈들이 알면 공을 혼자 차지할 수 없는 것이다.

“병신 새끼들!”

광마견의 부하들은 꼬맹이들 손에 들린 칼이 겁이 나서 아직 포위만 하고 있었다.

“그래, 잘들 놀아라. 대왕초가 필요로 하는 것은 이놈의 시체다. 이놈 시체는 내가 가져가겠다.”

황악호는 소리 나지 않게 움직이며 쓰러진 유진룡에게로 다가갔다.

온 힘을 다해 던진 칼은 심장에 정확히 박혔다.

그건 손끝으로 전해지는 느낌으로 알 수 있다.

줄이 달린 것도 아니지만 목표물에 정확히 격중되었을 때는 눈에 앞서 손끝이 먼저 그걸 느낀다.

놈의 심장에 묵직하게 틀어박히며 뼈까지 가르던 소리도 귀에 들렸다.

놈은 그 자리에서 절명한 것이다.

황악호는 유진룡의 몸을 뒤집었다.

‘역시!’

자신이 던진 칼은 아직도 유진룡의 심장에 박혀 있었다.

이젠 아무도 모르게 대왕초에게 업고 가면 되는 것이다.

'어헉!'

유진룡의 심장에 틀어박힌 칼을 뽑으려 손을 뻗던 황악호는 내심 기겁을 했다.

갑자기 유진룡이 눈을 번쩍 뜬 것이다.

황악호는 너무 놀라 입을 딱 벌렸다.

빠악—

유진룡의 상체가 강시처럼 튕겨 일어나며 단단한 이마가 황악호의 관자놀이를 들이받았다.

황악호는 순간적으로 딴 세상에 빨려든 것 같았다.

아무것도 보이지 않았고, 아무 생각도 나지 않았다.

휘익—

앉은 자세 그대로 왼팔을 땅에 짚고 몸을 강하게 회전시킨 유진룡은 오른팔 팔꿈치로 다시 한 번 황악호의 관자놀이를 찍었다.

머리로 들이받는 공격이 무거운 충격을 준다면 팔꿈치로 찍는 공격은 급소 한 지점에 훨씬 깊은 타격을 안겨준다.

빠각—

너무 갑작스런 충격에 양손을 올려 관자놀이를 부여잡지도 못한 황악호의 관자놀이에서 뼈가 부러지는 듯한 소음이 다시 터져 나왔다.

황악호는 스르르 뒤로 넘어갔다.

퀭하니 뜨여진 그의 눈에는 흰자밖에 보이지 않았다.

“한 번은 방심이었고, 다음번엔 절대로 안 그럴 것 같지만 한 번 진 놈은 또 지게 되어 있어! 대부분 그래.”

빠르게 중얼거린 유진룡은 가슴에 박힌 칼을 뽑았다.

아이들의 꿈을 적은 나무판에 박힌 칼은 제법 힘을 주어야 뽑혔다.

유진룡은 가슴을 쓰다듬었다.

이 나무판이 없었다면 자신은 그 자리에서 절명했을 것이다.

꼬맹이들의 꿈이 자신의 목숨을 살렸다.

유진룡은 긴 한숨을 내쉬었다.

꿈은 칼보다 강했다.

이제까지는 자신이 아이들을 보살폈지만 이번에는 그들이 자신을 살린 것이나 마찬가지였다.

유진룡은 아직도 자신이 살아 있다는 것이 실감나지 않았다.

“비켜!”

골목 끝에서 들려오는 이장명의 악에 받친 고함 소리가 현실을 일깨웠다.

혼이 반쯤 나갔던 유진룡은 몸을 날리듯 뛰었다.

파앗—

최대한 발자국 소리를 줄이며 달려온 유진룡은 광마견의 부하 한 놈을 향해 몸을 솟구쳤다.

펔!

뛰어들며 그대로 내뻗은 발에 가격당한 광마견의 부하 한 놈이 바닥으로 나뒹굴었다.
"대장!"
"형!"
양혜란과 마웅탁, 그리고 아이들이 고함을 질렀다.
"칼 버려, 이 녀석아!"
포위망 안으로 뛰어든 유진룡은 꼬맹이 하나에게 고함을 쳤다.
꼬맹이가 엉겁결에 칼을 놓았다.
"너도!"
유진룡은 양혜란에게도 고함을 질렀다.
"대장은?"
양혜란이 멍한 얼굴로 유진룡이 든 칼을 쳐다보았다. 그건 황악호가 던진 것인데 훨씬 크고 위협적이었다.
"난 오히려 한 개 더 필요해!"
유진룡은 양혜란의 칼을 뺏어 왼손에 들었다. 그리하여 쌍칼이 되었다.
"죽고 싶은 놈들은 모두 덤벼!"
유진룡이 이를 빠드득 갈며 소리쳤다.
섬뜩하게 흘러나오는 이 가는 소리와 양손에 들린 칼에서 번뜩이는 빛이 마치 살귀를 보는 듯했다.
유진룡의 정면에 섰던 한 명이 주춤 뒤로 물러났다.

"어서 가!"

유진룡이 소리를 질렀다. 그리고 칼을 휘둘렀다.

길이 생기자 그곳으로 마웅탁이 쏘아졌다. 그를 따라 양혜란과 아이들도 뛰어가고 제일 나중에 이장명이 칼을 휘두르며 달려갔다.

"어서 와!"

이장명이 고함을 질렀다.

그제야 유진룡도 뒷걸음질을 쳤다.

"자, 잡아!"

뒤늦게 한 놈이 소리를 질렀다.

그놈을 향해 유진룡이 칼을 휘둘렀다.

놈이 기겁을 하고 뒤로 물러섰다.

광마견의 부하들이라고 해서 더 긴장했는데 다행히 이놈들은 곰보의 부하들보다 오히려 허약했다. 두 번이나 실패한 곰보가 더 필사적으로 강한 부하들을 투입한 것이다.

휘익—

휘익!

한 번 더 허공을 향해 쌍칼을 휘두른 유진룡은 등을 돌려 뛰었다.

'이젠 조금만 더!'

조금만 더 가면 목적지다.

어느새 뒤에서 빠른 발걸음이 느껴졌다.

유진룡은 갑자기 등을 돌리며 칼을 휘둘렀다.

제일 앞서 쫓아오던 놈이 속도를 이기지 못하고 미끄러지며 엉덩방아를 찧었다.

유진룡은 다시 골목을 향해 달렸다.

*　　　*　　　*

소향상회(蘇香商會)의 회주 금빙화(金氷花) 단리하연(單離霞淵)은 길게 기지개를 켰다.

복잡했던 하루 일과가 이제야 끝이 난 것이다.

하루라도 복잡하지 않은 날이 없었지만 오늘은 유난히 더 복잡했다.

운하를 타고 항주로 떠난 상품의 물량이 맞지 않았다.

그건 이총관의 부재 때문에 그 아랫사람들이 실수를 했기 때문이다.

이총관 왕문경(王文慶)은 칼날처럼 정확한 사람인데 그 아랫사람들은 그렇지 못했다. 그건 이총관 왕문경이 모든 것을 자기 손으로 하려고 하며 아랫사람들에게 중요한 일을 잘 맡기지 않았기 때문이다.

자연 아랫사람들은 큰일을 맡을 기회가 없어 처리 과정에 미숙함이 드러났다.

그 점은 누누이 일러주었는데도 쉽게 고쳐지지 않았다.

남을 믿지 않으면 믿음 역시 얻지 못한다.

이총관의 수하들 중에는 이총관의 그런 일처리 방식을 마음에 들어하는 사람도 있었다.

큰 권한 없이 자기 맡은 일만 하고 큰 책임도 지지 않는다. 그들은 그게 마음에 든 것이다.

그러나 책임질 것은 지더라도 큰일을 맡고 싶어하는 사람들은 절대로 이총관 같은 사람 밑에 있지 못한다.

그래서 이총관 밑에는 배포 큰 수하들이 없다.

"다음 달부터는 삼총관과 이총관의 자리를 바꿔야 할 것 같아."

단리화연은 내심을 굳혔다.

냉정한 처사 같지만 적자생존의 상계에선 그런 것은 필수적이다.

그런 것이 물 흐르듯 바뀌지 않고 경직되면 돈의 흐름도 경직되고, 그런 상회는 결국 망하고 만다.

"그래도 아버지나 숙부 같은 사람이었는데……."

냉철한 결정 사이로 사적인 감정이 스며들었다.

단리하연은 세차게 고개를 흔들었다.

감정의 사슬을 끊고 철저히 이성적으로 생각하는 것!

어머니로부터 회주 직을 물려받기 전에 수없이 듣고, 수없이 훈련받은 것이었다.

"바람이라도 좀 쐬어야겠어."

착잡한 심정을 가두고자 단리하연은 자리에서 일어섰다.

보통 때 같으면 따뜻한 물에 목욕을 하고 침소에 들 시간이었지만 오늘은 조금 늦추어야 할 것 같았다.

짧더라고 깊은 숙면은 냉정한 판단을 하는 데 필수적인 조건이고 번득이는 영감의 샘이었다.

숙면으로 그 샘을 항상 맑게 채워놓지 못하면 판단력이 흐려지며 실수가 따른다.

마음에 걸리는 것이 있으면 숙면이 불가능하다.

내일 다시 염두에 두더라도 자기 전에는 그것들을 비워야 한다.

드르륵—

방문을 연 단리하연은 천천히 밖으로 나왔다.

"바람이 세찬데 정원에 핀 백목련은 잘 있을까?"

백목련은 그녀가 제일 좋아하는 꽃이었고, 그 꽃들을 보고 있으면 잡념도 사라진다.

"뭐지?"

단리하연은 고개를 빼었다.

제법 멀긴 했지만 정문 밖에서 일어나는 소란이 느껴진 것이다.

그런 소란은 심심찮게 일어났다. 그리고 관심도 갖지 않았다.

바깥의 소란이 아무리 크더라도 그건 자신의 소관이 아니

었고, 자신이 신경을 쓰면 오히려 일을 더 복잡하게 만들 수
도 있다.

희미하긴 했지만 문득 소년의 고함 소리도 들리는 것 같았
다.

울렁—

단리하연은 가슴에 손을 얹었다.

멀리서 들리는 그 소리에 이상하게도 가슴이 울렁거렸다.

여자의 몸이었지만 뭔가 잘못되어 거금 일만 냥이 물속에
잠겨도 눈 하나 깜박하지 않고 맥박 한 번 불규칙하게 뛰지
않는 그녀였다.

고함 소리가 한 번 더 들렸고, 심장은 조금 더 크게 울렁거
렸다.

단리하연은 이끌리듯 걸음을 옮겼다.

"비켜, 이 더러운 놈!"

소향상회의 커다란 대문이 저만치 보이는 곳에서 유진룡
은 고함을 치며 쌍칼을 휘둘렀다.

상대는 광마견의 왼팔이라 할 수 있는 백사 나귀웅(儺貴熊)
이었다.

그의 옆에서 부하 두 명도 같이 길을 막고 서 있었다.

"대단해!"

백사가 미소를 피워 올렸다.

얼굴이 유난히 하얘서 백사란 별명이 붙었는데, 그 흰 얼굴에 피어오른 미소는 나찰처럼 섬뜩했다.

그는 유진룡을 처치하기 위해 투입된 광마견의 다른 부하들과 달리 양혜란을 소리없이 데려가기 위해, 그래서 중간에서 싸우는 놈들에게 들키지 않게끔 은밀히 움직이다 이곳까지 오게 된 것이다.

이곳은 뒷골목이 아닌, 소주의 가장 큰 골목 중 한곳이었다.

우습게도 이런 곳에는 오히려 뒷골목의 눈이 잘 미치지 않는다.

설사 미친다 하더라도 이젠 한계에 왔다. 밤이 깊어지고 더 나아가 날이 새기 전에 계집아이는 채어가야 한다.

"넌 정말 대단한 놈이다. 황악호가 또 깨어졌다니……. 그리고 이런 꼬맹이들을 데리고 이곳까지 오다니……."

백사가 비릿한 웃음을 흘리며 유진룡을 쳐다보았다.

유진룡의 꼴은 말이 아니었다.

눈언저리와 입은 부풀어 올라 딴사람 같아 보였고, 코에서 흐른 피는 온 앞가슴과 얼굴까지 적시고 있었다.

양쪽 관자놀이 또한 제대로 몇 대씩 맞았는지 각각 벌겋게 부풀어 올라 짝이 맞지 않았다. 그야말로 만신창이였다.

그런데도 눈빛은 고스란히 살아 있었다. 오히려 맹수처럼 이글거리고 있었다.

비슷한 체격이나 조건의 상대였다면 싸우기도 전에 질려서 오금이 굳어올 것 같았다.

"이젠 그만 끝내자!"

백사가 고함을 지르며 허공으로 솟구쳤다.

유진룡은 같이 뛰어올랐다.

그러나 힘이 빠진 그의 다리는 오히려 풀썩 꺾였다.

파박!

백사의 발이 빠르게 두 곳을 찼고, 유진룡은 양손에 든 칼을 놓쳤다.

"저 집 문을 두드려서 사람들을 불러내!"

바닥을 구른 유진룡이 마웅탁을 향해 낮게 소리를 질렀다.

마웅탁이 주춤거리며 소향상회 쪽으로 다가갔다. 백사의 부하 두 명이 막으려 몸을 움직였다. 그들을 향해 이장명이 칼을 휘둘렀다.

백사의 주먹이 빠르게 날아들었다.

유진룡은 팔을 들어 백사의 주먹을 막았다.

백사의 다른 주먹이 복부에 들어박혔다.

그 순간 유진룡의 주먹도 백사의 얼굴을 가격했다.

'이놈은 대체……'

얼굴에 제법 큰 충격을 받은 백사가 와락 눈살을 찌푸렸다.

복부에 주먹을 꽂는 순간 최대한 허리를 비틀며 주먹을 흘리고 그 회전력으로 주먹을 자신의 얼굴에 꽂아 넣었다.

본능적인 수비와 본능적인 공격이 물 흐르듯 동시에 이루어진 것이다.

그건 배워서가 아닌, 타고난 능력이었다.

하지만 아직은 햇병아리였다.

백사는 세차게 오른발을 차 올렸다.

두 손을 뻗어 유진룡이 막았지만 힘이 달렸다.

퍼억―

백사의 무릎이 유진룡의 복부를 가격했다.

자연 상체가 수그려졌고, 유진룡의 상체 위로 팔꿈치를 들어 올린 백사의 상체가 뒤덮어왔다.

유진룡은 숙였던 상체를 튕기듯 강하게 들어 올렸다.

타닥―

백사의 턱 언저리가 유진룡의 뒷머리 쪽에 걸렸다.

보통 때라면 정통으로 걸려 턱이 깨어졌을 공격이다. 하지만 탈진한 정도로 힘이 빠진 지금은 속도가 줄어 백사는 피할 수 있었고, 스치기만 했다.

"이 자식이……."

섬뜩한 기분을 느낀 백사는 눈에 살기를 피워 올렸다.

"크윽!"

뒤에서 비명 소리가 들렸다.

백사의 부하 두 놈에게 당한 이장명이 지르는 소리였다.

백사는 안광을 더욱 빛냈다.

이제는 이놈만 때려눕히면 되는 것이다.

유진룡도 두 눈으로 이글거리는 독기를 뿜어냈다. 마지막 남은 이장명도 쓰러졌다.

마웅탁은 한 방이면 쓰러질 것이다.

이장명을 쓰러뜨린 놈들 중 한 놈이 소향상회 문 앞에 선 마웅탁을 향해 달려가고 있었다. 그러나 한발 앞서 마웅탁이 미친 듯이 소향상회의 대문을 세차게 두드렸다.

휘이익―

다시 백사의 선풍각이 날아왔다.

위도 아니고 아래도 아닌, 애매한 높이로 날아들었다.

그래서 위로 뛰어오르기도, 아래로 몸을 숙여 피하기도 힘들었다.

결국은 뒤로 몸을 피했다.

퍼억―

백사의 부하 중 한 명이 허리를 가격했다.

허리를 맞았는데 무릎에 힘이 빠졌다.

의지와는 무관하게 유진룡은 털썩 주저앉았다.

"마지막이다!"

백사가 다리를 들어 올렸다. 그리고는 발뒤축으로 유진룡의 정수리를 노렸다.

'이젠 팔을 들어 올릴 힘도 없군.'

유진룡은 피식 웃었다.

아무리 힘이 다 빠져도 정수리 공격은 피할 수 있을 것 같았다.

이 자세에서 그대로 드러누우면 되니까.

그러나 다음은 명치를 찍어올 것이다.

그땐 죽거나 병신이 될 것 같았다.

쉬이익—

유진룡은 그대로 드러누웠다.

그리고 명치 공격에 대비해 몸을 굴렸다. 그런데 몸이 말을 듣지 않았다.

그 순간,

"무슨 일이죠?"

이 싸움과는 전혀 무관한 음성이 들려오며 장내의 모든 움직임이 멈춰졌다.

이런 야밤에, 이런 험악한 분위기와는 너무나 이질적인 목소리였다.

낭랑하고 한없이 부드러우면서도 어쩐지 항거할 수 없는 힘이 서린 것 같은 목소리였다.

유진룡을 짓밟으려던 백사가 발을 치우고 고개를 돌렸다.

바닥에 드러누웠던 유진룡도 상체를 급히 세우며 소리가 난 쪽을 쳐다보았다.

여인의 목소리도 목소리였지만 소향상회, 때로는 소향상단이라고도 부르는 그곳의 문이 열렸다는 것이 더 중요했다.

유진룡의 최종 목적지가 바로 저곳 안이었다. 저곳으로 들어가기 위해 죽도록 달려온 것이다.

소주에서 제일 큰 상회인 소향상회!

그리고 그 주인은 여자였다.

며칠 전 독각호 고우종과 싸우고 난 후 약초 술을 마시는 자리에서 양혜란의 꿈이 이곳 주인의 제자가 되는 것이라 했다.

양혜란다운 꿈이었고, 언젠가는 그렇게 될 것이라 생각했다.

그러다 은자 이천 냥짜리 황금 불상이 손에 들어왔다.

그것이면 언젠가 이루어질 막연한 꿈을 현실적인 목표로 변화시킬 수 있을 것 같았다.

유진룡은 천산마존에게 얼마간의 말미를 얻고 황금 불상을 팔아서 차근차근 꼬맹이들의 터전을 마련해 준 후, 양혜란은 어떻게 하든 이곳 소향상회의 식구로 들어가게 할 생각을 하고 있었다.

이런 일이 벌어지지 않았더라면 신중하게, 그리고 훨씬 더 합당하고 정상적인 방법으로 접근했을 것이다.

뜻하지 않은 일이 벌어졌고, 유진룡의 뇌리 속으로 번개처럼 이곳이 떠올랐다.

정상적이고 합당한 방법이 훨씬 더 가망성이 높겠지만 그 방법은 포기할 수밖에 없었다. 가망성이 훨씬 낮더라도 무모

하고, 더 나아가 미친 짓 같았지만 지금의 이 방법을 쓸 수밖에 없었다.

소향상회에 황금 이천 냥을 건네고 양혜란은 물론 아이들도 같이 맡긴다!

이천 냥이면 아무리 싸게 가격을 매긴다 해도 이 년은 맡아줄 수 있을 것이다.

그 시간이면 당장 닥쳐오는 이 급류는 피할 수 있다. 그리고 그 이 년이란 기간 동안 회주나, 아니면 다른 누군가가 양혜란의 자질을 간파한다면 더 바랄 게 없는 것이다.

낭중지추(囊中之錐)라는 말처럼 양혜란이라면 평소대로만 해도 송곳처럼 가죽 주머니를 뚫고 자질이 드러날 것이다.

물론 그것은 상대방의 의중은 전혀 고려하지 않은 유진룡 혼자만의 생각이었다. 그러나 지금 갈 곳은 이곳밖에 없었다.

'저 여자가 회주일까?'

유진룡은 반쯤 감긴 눈으로 이 모든 상황을 순간적으로 멈추게 한 목소리의 주인을 쳐다보았다.

스물이나, 넘어도 조금밖에 안 넘은 나이.

소주에서 제일 큰 상회의 주인으로 보기에는 너무 젊었다.

상계란 곳이 어찌 보면 피바람 나는 강호나 전쟁터보다 더 처절한 싸움터라고들 했다.

보이지 않는 칼이 수없이 날아다니고 웃음 속에도 비수가 숨어 있다고 했다.

그런 전쟁터에서 지휘관이 되어 부하들을 이끌기에 저 여인은 너무 젊었다. 아니, 어렸다.

하지만 상관없다.

저 여인이 저 집의 제일 낮은 위치의 하녀라 해도 저 집 문을 열고 나왔다는 것이 중요했다. 지금은 지푸라기라도 잡아야 했다.

"거래를 하러 왔습니다!"

유진룡은 목이 터져라 고함을 질렀다.

아닌 밤중의 홍두깨 같은 짓이었지만 상가라면 거래를 중시할 것이고, 지금 문 앞에 서 있는 저 여인이 거래를 할 위치가 아니더라도 누군가에게 전할 수는 있을 것이다.

고함을 친 유진룡은 뚫어져라 여인을 응시했다.

고함 소리에 단리하연도 유진룡 쪽을 쳐다보았다.

울렁!

가슴이 다시 울렁거린 단리하연은 자신도 모르게 낮은 심호흡을 했다.

저 목소리였다!

안채까지 희미하게 들려오며 연유를 알 수 없이 가슴을 울렁거리게 했던 목소리이다.

그 목소리가 훨씬 크게 들리자 가슴 역시 더 크게 울렁거렸다.

단리하연은 안력을 돋우었다.

장명등이 밝혀진 이곳은 잘 드러났지만 목소리가 들려온 쪽은 어둠의 장막이 덮여 있었다.

천천히 걸음을 옮겼다.

"회주님!"

어둠 속에 녹아들어 있던 보표 조항(曹亢)이 낮게 주위를 일깨웠다.

아무리 보아도 꼬맹이 거지 떼였다. 거래를 할 수 있을 것 같지도 않았고, 설사 그럴 능력이 있다 하더라도 회주가 상대할 만한 것들이 아니었다.

"거래는 상대를 막론하고 저에게 있어서 가장 소중한 일이에요."

단리하연은 걸음을 멈추지 않았다.

"고객께서는 이리로 오시지요."

장명등 불빛의 끝자락에서 걸음을 멈춘 단리하연은 유진룡을 청했다.

선 자리에서 그대로 부를 수도 있었지만 몇 걸음 더 나아간 것은 고객에 대한 그녀의 예의였다.

어쩐지 그녀는 이 순간 최대한의 예의를 지키고 싶었다.

유진룡은 천천히 일어섰다.

그리고 앞을 향해 걸음을 옮겼다.

"꼴값 떠는군!"

백사가 앞을 가로막았다.

그리고 주먹을 날렸다.

퍽!

단리하연에게서 눈을 떼지 못하고 걸어가던 유진룡이 고스란히 그 주먹을 맞고 바닥으로 무릎을 꿇었다.

"내 거래를 방해하는 당신은 누군가요?"

단리하연이가 낭랑하게 외쳤다.

"상관 마!"

고함을 친 백사가 쓰러진 유진룡의 어깨를 잡아 일으켰다.

그 순간 유진룡이 백사의 발을 밟았다. 그리고 머리로 턱을 들이받았다.

밟힌 발을 움직이지도 못한 상태에서 유진룡의 박치기 공격을 고스란히 턱에 격중당한 백사가 나찰 같은 표정으로 주먹을 들어 올렸다.

"난 이곳 소향상회의 회주 단리하연이에요. 내 고객에게서 손 떼세요."

단리하연이 자신의 신분을 밝히며 목소리를 높였다.

"회주고 나발이고 상관없으니 꺼져라, 계집!"

이성을 잃은 백사가 고함을 지르며 주먹을 더욱 높이 쳐들었다.

그 순간!

"호호호호!"

소주의 모든 어둠을 한꺼번에 날려 버릴 만한 웃음이 허공

가득 울려 퍼졌다.

백사가 높이 쳐들었던 주먹을 내려치지도 못하고 고개를 돌렸다.

백사의 주먹을 맞이하기 위해 잔뜩 몸을 웅크렸던 유진룡도 언뜻 고개를 들어 단리하연을 쳐다보았다.

여인의 웃음! 세상에 피어난 이루 헤아릴 수 없는 꽃의 종류만큼이나 다양할 것이다.

이 순간 그녀의 웃음은 어떤 종류의 꽃으로도 대비시킬 수 없었다.

뇌쇄적인 듯하면서도 샘물처럼 맑았고, 포근한 듯하면서도 칼날처럼 날카로웠다.

가슴을 걷잡을 수 없이 뛰게 만들면서도 명경지수처럼 마음을 맑게 만들었다.

"정말 상관이 없을까요?"

웃음을 멈춘 단리하연이 백사를 향해 차분하게 물었다.

단 한 번의 웃음소리에 넋이 달아난 백사가 눈만 끔벅거렸다.

"조 호위!"

단리하연이 조항을 불렀다.

"하명하십시오."

조항이 앞으로 나섰다.

백사는 다시 눈을 끔벅거렸다.

어둠이 짙은 곳이 아니었다.

장명등 불빛이 비치고 있는 곳이었는데 그 사내는 이제껏 보이지 않았다.

여인의 목소리가 들리자 갑자기 공간을 찢고 나왔다.

"저자가 누군가요?"

단리하연이 물었다.

"백사라는 별명을 가진 소주 뒷골목의 건달입니다. 소주 뒷골목의 대왕초 칠면독사 육마종 아래에 있는 열 명의 중간 왕초 중 두 번째 서열인 광마견 호도성의 부하입니다."

백사는 또다시 눈을 끔벅거렸다.

자신이 그렇게 유명했나 하는 생각이 잠시 머리를 스쳤다. 뒤이어 시린 얼음물이 등줄기고 흘러내리는 느낌을 받았다.

소주 뒷골목에서는 알아주는 악질이었지만 이런 밝은 곳에서 한순간에 신상이 드러날 만큼 유명하지 않았다. 그런데 어둠 속에서 갑자기 튀어나온 저 사내는 글을 읽어 내리듯 자신의 신상 내력을 거침없이 말했다.

그리 유명하지 않은 자신을 해부하듯 읽어내는 사람이라면 검이나 칼로도 그렇게 해부할 수 있을 것이다.

그제야 비로소 소향상회라는 이름이 다시 떠올랐다.

상회라고 해서 작은 구멍가게 이름이 아닌 것이다.

소주의 상권을 가장 크게 주무르는 상단이었다.

그게 왜 이제야 정확히 인식이 된 것인가?

자신의 왕초 광마견이라면 이런 곳에도 거래를 트고 민감하게 기억하고 있을지도 몰랐지만 백사 자신은 그럴 위치가 못 되었다. 그리고 소투귀 놈에게 가슴을 정통으로 들이받히는 바람에 그 어떤 것도 귀에 들어오지 않았다. 특히 저렇게 젊은 여인이 회주라고는 상상조차 못했다. 기껏해야 하녀거나 심부름꾼이라 여겼다.

"사총관!"

단리하연이 다시 누군가를 불렀다.

"하명하십시오!"

뒤에 서 있는 중년인이 나섰다.

"은자 천 냥을 인출하세요. 그래서 저자를 제거하세요."

단리하연이 사형 선고를 내리듯 말했다.

"알겠습니다!"

소향상회의 네 번째 총관 진건평(陳健平)이 짤막하게 답했다.

이런 순간에는 어떤 건의나 질문도 필요없었다. 토를 달았다가는 내일 당장 다른 일자리를 알아보아야 할 것이다.

이 여인은 평소에는 솜털 같지만 단호할 때는 칼날보다 더했다.

"단 한 푼도 남기지 말고 확실히 처리하세요. 만약 실수하면 이 대문을 다시는 넘지 마세요."

진건평이 이번에는 대답 소리조차 내지 못하고 상체만 숙였다.

"이래도 내가 소향상회 회주란 것이 당신과 상관이 없을까요?"

단리하연이 화사한 미소를 지으며 백사를 쳐다보았다.

얼어붙은 백사가 아무 대답도 못했다.

너무 갑작스런 일이라 살려달라고 빌 생각조차 떠오르지 않았다.

"이제 얼마 남지 않은 생이겠지만 그동안이라도 되새겨 보고, 저승에 가서라도 그곳 선배 귀신들 앞에서 바르게 처신하라는 뜻에서 충고를 하나 해드리지요. 돈 많은 사람들은 함부로 건드리는 게 아니랍니다. 돈은 당장 눈앞에서는 날을 드러내지 않지만 세상 어떤 보검보다 날카롭고 잘 드는 칼과 같으니까요."

단리하연의 입가에 차가운 미소가 걸렸다.

온화함과 냉정함이 어린 미소였다.

정반대의 그 두 가지 기운이 어떻게 그렇게 잘 어울릴 수 있을까 도저히 이해가 되지 않았지만 단리하연의 입술에는 그런 미소가 떠올라 있었다.

'이 녀석이?'

유진룡은 자신도 모르게 양혜란을 쳐다보았다.

단리하연이 이곳의 회주라는 말을 듣는 순간부터 전율에 몸을 떨던 양혜란은 이젠 아예 넋을 잃고 있었다.

어쩌면 지금 단리하연의 모습에서 양혜란은 미래의 자기 모습을 그려보고 있는지도 몰랐다.

"사, 살려주십시오."

백사가 뒤늦게 무릎을 꿇으며 애걸했다.

"치워 버리세요."

단리하연이 지시를 내리지 보표 조항이 앞으로 나섰다. 그 뒤로 두 명의 사내가 더 있었다.

"열을 셀 때까지 이놈을 끌고 사라지면 너희들은 천 냥짜리 살생부 명단에서 빼주겠다. 하나……."

조항은 백사의 부하들을 보며 수를 헤아렸다.

조항의 말을 들은 백사의 부하 두 명이 잠시 서로를 쳐다보다가 얼른 달려들어 백사의 팔을 하나씩 붙잡았다.

"노, 놓아, 이 새끼들!"

백사가 악을 썼다.

"둘, 셋!"

조항의 목소리가 빨라졌다.

백사의 부하 두 명이 미친 듯이 백사를 끌었다.

죽음의 문턱에 선 그들에게 더 이상 백사는 윗사람이 아니었다. 반항하면 개처럼 두들겨 패서라도 끌고 가야 했다.

은자 일천 냥이면 백사는 물론이고 광마견과 그 조직까지 모조리 제거할 수 있는 돈이다. 저 여인은 그것까지 계산하고 순식간에 그 금액을 책정한 것이다.

조항이 여섯을 세기도 전에 백사는 꼬리도 보이지 않게 사라졌다.

"자, 그럼 거래를 해볼까요? 귀공자의 성함이……."

말을 멈춘 단리하연은 백옥 같은 손가락 하나로 질책하듯 자신의 이마를 두어 번 두드렸다.

"결례했군요. 고객을 문 앞에 세워두고 거래를 하려 하다니……. 들어가시지요."

단리하연은 우아한 몸짓으로 팔을 옆으로 내밀어 유진룡을 초대하는 자세를 취했다.

"저어……."

유진룡이 잠시 망설였다.

"왜 그러시나요?"

"거래 조건에 이 아이들도 들어 있습니다."

유진룡은 같이 온 동생들을 가리켰다.

모두들 겁에 질리고 지쳐서 쓰러지기 직전의 모습으로 유진룡과 단리하연만 쳐다보고 있었다.

"물론 같이 들어가셔야죠. 들어가시죠, 손님들!"

단리하연은 유진룡의 동생들에게도 팔을 내밀었다.

"엉뚱한 구석이 있는 놈이야. 여자의 치마폭에 몸을 숨길 생각도 하다니."

유진룡과 그 일행이 소향상회의 건물 안으로 사라지자 멀리 떨어진 골목의 어둠 속에서 흑표 한덕무가 천천히 모습을 드러냈다.

그의 얼굴도 많이 부풀고 터져 있는 것으로 보아 유진룡과 꼬맹이들이 이곳으로 오게 하기 위해 고군분투한 모양이다.

"하지만 제대로 골랐어. 금빙화 단리하연이라면 육마종은 물론 혈사방도 함부로 할 수 없을 테니까."

한덕무는 다시 어둠 속으로 몸을 숨겼다.

"재밌어. 아주 재미있었던 밤이야. 후후… 하하하!"

한덕무의 웃음소리가 천천히 멀어졌다.

第八章

금빙화(金氷花) 단리하연(單離霞淵)

실내는 넓었지만 검소했다.

이런 곳이면 으레 있기 마련인 값비싼 도자기나 기묘한 모양의 분재 같은 것도 보이지 않았다.

단지 여러 종류의 난초 화분이 잘 손질되어 실내 가장자리를 차지하고 있었다.

바닥은 깨끗한 양탄자가 깔려 있었고, 큰 탁자가 실내 한가운데에 있었다.

양탄자와 탁자 역시 특별한 것이 아니었다.

무슨 재질인지 정확히는 알 수 없어도 이곳 소주 땅에서 한번씩은 본 적이 있는 것들이었다.

그렇게 평범한 것들로 장식되어 있었지만 그 모든 것들이 너무 잘 조화를 이루고 있어서 마치 날 때부터 살았던 내 집 같은 느낌이 들었다.

"앉으세요."

단리하연이 유진룡에게 자리를 권했다.

유진룡은 고개를 숙이고는 자리에 앉았다.

"다른 손님들도 편하게 앉으세요."

단리하연이 유진룡의 일행에게 자리를 권했지만 저녁 내 내 생사의 도주를 하며 얼이 빠진 데다 상상도 못할 큰집으로 들어온 그들은 자리에 앉을 엄두도 내지 못하고 있었다.

"괜찮아. 앉아."

유진룡이 부드럽게 말했다.

이장명이 앉았고, 마웅탁과 양혜란, 그리고 꼬맹이들이 자 리에 앉았다.

순간 유진룡은 얼굴이 화끈거려 옴을 느꼈다.

꼬맹이들이 움직이자 은은한 향이 감돌던 실내에 악취가 진동했다.

원래부터 풍기던 악취에 필사의 도주를 하느라 전신이 젖 을 정도로 땀을 흘려 그 냄새는 더 진하게 흘러나왔다.

유진룡은 얼른 단리하연을 쳐다보았다.

단리하연의 눈빛은 조금도 흐트러지지 않고 자신의 눈만 쳐다보고 있었다.

유진룡은 다시 얼굴이 달아오름을 느꼈다.

비로소 자신의 꼬락서니도 인식된 것이다.

자신의 몸에서도 아이들만큼 냄새가 날 것이다.

왕초라고 해서 아이들과 달리 목욕을 하고 사는 것도 아니니 마찬가지일 것이다.

거기에 더해 자신은 얼굴마저 만신창이가 되었다.

눈, 코, 입, 관자놀이!

어느 한곳도 멀쩡한 곳이 없었다.

찢기고, 부어오르고, 터지고… 그야말로 괴물 같은 형상일 것이다.

하지만 단리하연은 조금도 그런 것에 현혹되지 않았다.

'이 여인……'

유진룡은 속으로 자신도 모르게 탄성을 흘렸다.

단리하연은 자신의 터지고 부어오른 상처에는 조금도 개의치 않고 자신의 눈만 깊은 시선으로 쳐다보고 있었다.

유진룡은 낮게 숨을 내뱉었다.

어쩌면 이 여인과는 거래가 이루어질지도 모른다는 생각이 들었다.

말도 안 되는, 보통의 상식으로는 이루어지기 힘든 거래라 생각했는데 이 여인이라면 뭔가 다를 것 같다는 생각이 들었다.

유진룡도 단리하연의 눈을 마주 쳐다보았다.

너무 맑아 그 속에 있는 어떤 것도 다 드러날 것 같으면서
도 깊이를 헤아릴 수 없는 호수 같은 눈이었다.

그 호수에 잠시 파문이 이는 것 같다고 생각한 순간 단리하
연이 시선을 거두었다.

시녀인 듯한 여아들이 차를 내왔기 때문이다.

"목이 마를 텐데 우선 한 잔 마시세요."

단리하연은 차를 권했다.

유진룡은 조심스럽게 찻잔을 입으로 가져갔다.

차는 생각보다 뜨겁지 않았다. 그건 유진룡과 일행의 갈증
을 미리 읽고 그에 맞게 준비한 것이라는 생각이 들었다.

회주의 세밀한 지시였든 시녀들의 몸에 밴 배려였든 사소
한 것조차 놓치지 않는 모습에 절로 감탄하게 되었다.

유진룡은 단숨에 차 한 잔을 비웠다.

이장명이나 마웅탁, 그리고 모든 아이들도 유진룡처럼 단
숨에 비웠다.

다시 차가 따라졌다.

이번에는 조금 더 더운 차였다. 두어 번에 걸쳐 마실 수 있
을 온도였다.

그것마저 모두 비워지고 세 번째 따라졌을 때 비로소 따끈
따끈한 본래의 온도를 유지한 차가 내어졌다.

"이젠 거래를 시작하기로 할까요? 이때가 저에게는 가장
행복한 순간이랍니다."

단리하연은 살짝 미소를 지었다.

"망태기 가져와!"

유진룡은 양혜란에게 손을 내밀었다.

양혜란이 약간 의아한 얼굴로 망태기를 건넸다.

유진룡은 망태기 안에서 금불상을 꺼냈다.

그것은 헝겊으로 둘둘 말려 있어서 겉보기에는 돌 뭉치처럼 보였다.

유진룡이 조심스럽게 헝겊을 풀어내자 반쪽짜리 금불상이 드러나며 찬란한 황금빛을 말했다.

"아—"

시녀들이 불식간에 탄성을 터뜨렸다.

양혜란과 이장명도 입을 벌렸다. 그러나 단리하연은 처음과 같은 깊은 눈으로 잠시 그것을 응시하고는 다시 유진룡을 쳐다보았다.

"보시다시피 이건 황금 불상입니다. 아직 감정 같은 건 받아보지 않았지만 진품이 맞을 거라 생각합니다. 정상적으로 가격을 받는다면 은자 이천 냥 정도 나간다고 하더군요."

유진룡의 말에 단리하연이 한 번 더 금불상을 쳐다보았다.

"진품이라면 더 받을 수도 있겠군요."

단리하연이 고개를 두어 번 끄덕였다.

"그리고 이것은 절대로 나쁜 짓을 하거나 누군가에게 뺏어서 온 것이 아닙니다. 오랜 세월 땅속에 묻혀 있던 것이 우연히 저와 인연이 닿았습니다."

"운이 좋았군요."

단리하연의 입술에 안도의 미소가 어렸다.

그녀는 유진룡에게 어울리지 않는 황금 불상의 출처가 의심스러웠던 것이다. 그러다 땅속에 묻혀 있던 것을 인연이 닿아 얻었다는 유진룡의 말에 안심을 했다.

"평생 처음으로 그런 것 같습니다."

유진룡도 흐릿한 웃음을 피워 올렸다. 그러나 온통 일그러진 얼굴에 그건 웃음이라 할 수도 없었다.

"그것으로 어떤 거래를 하고 싶은가요?"

단리하연이 호기심 어린 표정으로 물었다.

"이걸 회주님께 드리겠습니다. 그 대가로 여기 같이 온 사람들을 회주님께서 이 년만 거두어주십시오."

단리하연의 눈이 잠시 흔들렸다. 유진룡이 이런 제의를 해 올 줄 예상 못했기 때문이다. 이천 냥 가치의 금불상으로 유진룡은 돈을 요구해 올 줄 알았다.

"가격이 부족하다고 생각되시면 아이들에게 허드렛일을 시켜도 됩니다. 제 몫은 충분히 해낼 겁니다."

단리하연이 잠시 대답을 미루자 유진룡이 덧붙였다.

"대가는 넘쳐 나는군요. 은자 이천 냥을 단순히 숙식비로 제해 나간다면 십 년도 가능해요. 그리고 일을 한다면 오히려 보수를 쳐드려야겠지요."

단리하연이 고개를 저으며 말했다.

"그렇게 단순하지만은 않습니다. 소주 뒷골목의 누군가가 아이들 중 한 사람을 노리고 있습니다. 그것까지 막아주시는 것을 감안한다면……."

유진룡의 말을 들은 단리하연은 잠시 바깥의 동정을 살폈다.

유진룡 일행을 안으로 맞아들이며 호위대장 조항에게 유진룡의 정체와 백사라는 자에게 유진룡이 왜 쫓기게 되었는지 등을 신속히 알아보게 지시를 내렸는데 아직 오지 않은 것이다.

"그 사람이 누군지 아시나요?"

단리하연은 질문을 던졌다.

"정확히는 모릅니다. 오면서 알게 된 사실로는 광마견이란 왕초가 개입되었다는 것입니다. 그나 그보다 더 윗사람인 것 같습니다."

단리하연의 머릿속이 좀 복잡해졌다.

까닭 모르게 가슴 한복판에서 일어난 파문으로 대문 밖으로 나가 이 청년 일행을 만나고, 이곳까지 맞아들였지만 정체는 물론 이름조차 모른다. 조항이 아직 도착하지 않았으니 이 청년의 말에만 의지해서 판단해야 하는데, 그것이 혼란스러웠다.

단리하연은 아이들을 훑어보았다.

어디를 보아도 밤중에 이 난리를 치며 광마견이 노릴 만한
아이는 없었다.

"혹시 그 사람이 금불상을 노린 게 아닐까요?"

"금불상의 존재는 저밖에 모릅니다."

그것도 아니었다.

그렇다면 무엇 때문에 이 아이들이 쫓겼고, 또 자신의 가슴
에 파문을 일으킨 이 청년은 누구란 말인가?

얼굴은 어디 한 군데 제 모습을 유지한 곳이 없었다.

기담집(奇談集)에서나 나올 듯한 괴물 같은 얼굴이었다.

그런데도 이 청년에게 계속 빨려드는 자신을 단리하연은
이해할 수가 없었다.

거래를 승낙하기 전에 조금 시간을 끌 필요가 있었다.

광마견이 개입된 정도라면 대왕초 육마종도 연관이 있을
것이고, 육마종은 혈사방이란 흑도 방파와 연결되어 있다.

지금 이 거래의 끈이 거기까지 연결되어 있다면 단순히 생
각할 것이 아니었다. 어쩌면 나중에 훨씬 복잡한 문제에 봉착
하게 된다.

객잔도 아닌 곳에서 이런 아이들을 받아들이는 것도 말이
되지 않았고, 그 일에 음습한 음모라도 숨겨져 있다면 그건
더욱 안 되는 일이다.

하지만 한 가지는 마음을 가볍게 했다.

저 청년은 광마견이 자신의 아이들 중 누군가를 노린다는

것을 솔직하게 말했다.

거래를 쉽게 하려면 그런 사실은 숨기는 편이 나았다.

"찻잔이 비었군요. 좀 더 시켜야겠어요. 혜아야, 차를 좀 더 내오너라."

단리하연은 밖을 향해 시비를 불렀다.

"차가 다시 올 때까지 잠시 다른 대화를 나누도록 해요. 그러고 보니 저는 공자의 이름도 모르고 있군요."

단리하연은 손가락 하나로 자신의 이마를 톡톡 건드렸다.

"결례를 했습니다. 들어오자마자 제가 먼저 밝혀야 하는데……. 저는 이곳에서 좀 떨어진 뒷골목에 사는 유진룡이라 합니다."

유진룡은 고개를 숙이며 자신의 이름을 밝혔다.

'유진룡…….'

단리하연이 속으로 되뇌었다.

"좋은 이름이군요. 그런데 송구하게도 저는 듣지 못한 이름이에요."

단리하연이 약간은 과장되게 죄만스런 표정을 지었다.

"들어보셨다면 그게 더 이상하지요. 이곳과 그곳은 음과 양처럼 다른 세상이니까요. 그리고 저는 그곳에서도 가장 뒷골목에서 하루하루 근근이 살아가는 미미한 존재입니다."

유진룡이 미소를 지었다. 여전히 일그러지고 부어오른 미소였다.

“별명이 있으신가요?”

“소투귀라고 부르는 것 같았습니다.”

“싸움을 잘하나 보군요?”

단리하연은 약간 짙은 미소와 함께 말하며 바깥의 동정을 살폈다.

아직도 조항은 돌아오지 않았다.

“잘하면 이 꼴이 됐겠습니까. 그냥 시도 때도 없이 싸우는 바람에 그런 별명이 붙은 것 같습니다.”

유진룡은 계면쩍게 웃다가 얼굴이 당겨오는 바람에 얼른 그만두었다.

“왜 그렇게 싸우나요?”

단리하연이 다시 물었다.

“이유는 많이 있습니다만 제일 큰 이유는… 그러지 않으면 굶어 죽거나, 죽도록 구걸하고도 하루 한 끼도 제대로 못 먹기 때문이지요.”

“누가? 본인이 그렇다는 말인가요?”

단리하연은 의구심 띤 눈으로 유진룡을 쳐다보았다.

구걸하기에는 너무 많은 나이였다.

“동생들이…….”

유진룡의 대답에 단리하연은 생각없이 던진 자신의 질문을 자책했다.

“그렇군요.”

조심스럽게 한숨을 내쉬는 찰나 시비가 다시 차를 가져왔다.

"한 잔 더 드세요."

차를 입으로 가져간 순간 조항이 도착했다.

"회주님."

조항의 전음이 들렸다.

"말씀하세요."

찻잔으로 입술을 가린 단리하연도 전음을 펼쳤다.

"그 청년은 소투귀 유진룡이라 합니다. 그리고……."

조항의 전음이 끊겼다.

단리하연의 얼굴에 보일 듯 말 듯한 의구심이 어렸다.

조항의 목소리가 평소와는 다르게 약간 들떠 있다고 느낀 때문이었다. 아마도 급히 이곳저곳을 돌아다니느라 숨이 가빴던 모양이란 생각이 들었다.

다시 조항의 전음이 들려왔다

단리하연은 최대한 천천히 차를 마시며 조항의 전음에 집중했다.

차를 마시는 단리하연의 얼굴에 평소에는 볼 수 없던 색다른 표정이 여러 번 스쳐 지나갔다.

"그랬군요."

한참 후에 단리하연이 느닷없이 말했다.

"무슨……?"

유진룡이 물었다.

단리하연이 언뜻 고개를 들었다. 그리고는 입맛을 다셨다.

조항의 전음에 너무 깊이 빠져들었다가 전음으로 대화 중이라는 것도 잊고 목소리를 흘린 것이다.

쪼르르—

한 잔의 차를 다 마신 단리하연은 다시 한 잔을 더 따랐다.

이번에는 잠시 자신을 돌이킬 시간이 필요했던 것이다.

잠자리에 들려는 순간, 밖에서 희미하게 들려온 고함 소리가 왜 자신의 가슴을 울렁거리게 했는지 이해가 갔다.

그 고함 소리에는 너무나 강한 염원이 스며 있었던 것이다.

마수들의 손에서 자신을 따르는 동생들을 지키고자 했던 이 청년의 간절한 염원이 강한 기파로 변해 단리하연 자신의 가슴을 때린 것이다. 그래서 희미한 음성에도 불구하고 가슴이 속절없이 뛰었던 모양이다.

보고를 하던 조항의 목소리가 약간 들떠 있었던 것도 이해가 갔다.

급히 알아온 사실들이라 간략하긴 했지만 단리하연의 머릿속엔 유진룡이 오늘 밤 이곳까지 온 과정들이 그려지는 것 같았다. 그리고 그가 소투귀라는 별명을 얻을 만큼 무수히 치른 싸움들도……

마지막 남은 다액을 마시며 단리하연은 마음을 가라앉혔다.

어떤 일이 있어도 거래의 마지막 순간에는 냉정을 유지해야 한다.

이 거래를 수락하면 손해를 많이 볼 것 같았다.

벌써 백사란 자를 제거하는 데 일천 냥을 썼다.

그 돈이라면 광마견까지도 제거할 수 있다.

그런데 육마종이라면?

아직 완벽히 확실한 것은 아니지만 조항의 보고를 종합해 보면 오늘 일의 최종 배후에는 육마종이 있다.

그 추잡한 인간이 끝내 고집을 꺾지 않는다면?

그런 놈일수록 이런 일에 집요하다.

새까만 후배에게 일격을 당하고 부하들 앞에서 자존심이 꺾인 것을 만회하려고 더욱 설쳐 댈 수도 있는 것이다. 그리고 최악의 경우 혈사방의 힘까지 이용한다면 일이 생각보다 훨씬 커진다.

그때는 은자 십만 냥도 부족하다.

냉정한 단리하연의 이성은 거래의 거절을 지시하고 있었다.

거래 자체에 음습한 음모나 거짓은 숨어 있지 않았지만 그 거래에 연결된 위험성은 적지 않았다.

‘이 자리에서 거절한다면……?

단리하연은 냉정한 이성의 판단에 몸을 맡겨보았다.

가슴이 조여왔다.

더 나아가 숨을 쉬기도 힘들었다.

이런 상태가 오래간다면 설령 이 자리에서는 손해를 보지 않더라도 조만간에 큰 손해를 볼 것이다.

평정심을 잃고 마음속에 시종 파문이 일고 있는 상태라면 판단력이 흐려질 수밖에 없다.

이익을 최대한 많이 내는 것만이 성공한 거래가 아니다.

피치 못할 상황이라면 손해를 최소한으로 줄이는 것 또한 훌륭한 거래이다.

어쩌면 그런 거래가 훨씬 더 중요할지 모른다.

그녀에게 있어 이건 피치 못할 거래라는 생각이 들었다.

그렇다면 손해를 최소한으로 줄이는 방향으로 가야 한다.

"좋아요. 공자님의 제의를 받아들이겠어요."

단리하연은 유진룡의 눈을 정시했다.

"고맙다는 말밖에 할 수가 없군요."

유진룡은 묵묵히 고개를 한 번 숙이고는 금불상을 단리하연 앞으로 밀었다. 물끄러미 금불상을 쳐다보던 단리하연이 입술을 떼었다.

이젠 손해를 최소한으로 줄일 때인 것이다.

"한데… 거래 조건을 조금 수정했으면 해요."

"어떤……?"

유진룡의 얼굴에 약간의 긴장감이 어렸다.

만약에 너무 어린 아이들 몇 명은 도로 데려가라든지 하면

낭패였다.

"공자님의 제의를 무보수로 들어드리겠어요."

유진룡의 눈이 크게 뜨여졌다.

"대신에 언젠가 우리 소향상회에 위기가 닥치면 공자님께서 크게 한 번 도와주세요. 그게 새로운 거래 조건입니다."

최소한으로 손해 보는 거래를 제의한 단리하연은 담담하게 유진룡을 쳐다보았다.

잠시 침묵이 흘렀다.

이윽고 유진룡의 입이 열렸다.

"그건 좀 곤란합니다."

"왜……? 왜 그런가요?"

단리하연의 눈에 당혹감이 어렸다. 아울러 뭔가를 잃어버린 듯한 상실감 한가닥도 같이 번져 갔다.

"회주님과 거래를 트기 전에 다른 사람과 먼저 거래를 했습니다. 그 사람 말이, 자신과의 거래를 이행하려면 제 목숨을 걸어도 성공보다는 실패할 가능성이 높다고 하더군요. 거짓말을 싫어하는 성격 같았으니 그게 맞을 겁니다. 그래서 그 사람과의 거래를 이행하고 나면 죽거나 살아도 여력이 없을 것 같습니다."

"……."

단리하연은 잠시 아무 말도 못하고 유진룡의 눈만 쳐다보았다.

뒷골목을 굴러다니며 살던 청년이 어떻게 저런 눈빛을 간직할 수 있는지 궁금했다.

단리하연은 처음으로 자신보다 더 넓은 세상을 담고 있고, 더 뜨거운 불길을 간직한 눈을 느꼈다.

강하게 타오르고 있었지만 옆에 있는 누군가에게 화상을 입히는, 그래서 위축되고 경계심을 가지게 하는 불길이 아니었다.

자신의 욕심을 채우기 위한 불길이 아닌, 누군가를 지켜주고자 하는 순수한 열망의 불길이었기에 어떤 불길보다 강렬했지만 추호의 거부감이나 경계심이 들지 않았다.

그 불길은 화염 속으로 들어온 것을 연료로 해서 활활 타오르며 자신을 밝히는 불길이 아니었다.

반대로, 그 불길은 스스로를 연료로 태우며 강렬하게 타올라 화염 속으로 들어온 존재를 밝게 빛내주는 그런 불길이었다.

그 불길 속에서는 길가에 굴러다니는 돌멩이 하나, 풀포기 하나라도 어떤 보석이나 어떤 꽃보다 화려한 빛을 뿜어내며 자태를 뽐낼 수 있을 것 같았다.

단리하연은 문득 그 불길 속으로 빨려들고 싶은 자신을 발견했다.

그 불길 속에서 소향상회가 가진 돈을 다 주어도 살 수 없는 아름다운 불꽃으로 자신의 몸을 채색하고 싶었다.

어느 순간 단리하연은 서둘러 눈길을 거두었다.

"그럼, 이렇게 해요."

자신도 모르게 시선을 내렸던 단리하연은 다시 제의했다.

"공자님께서 여력이 있다면 도와주는 것으로……."

단리하연은 담담함을 많이 잃은 눈으로 유진룡을 쳐다보았다.

잠시 후, 유진룡은 고개를 끄덕였다.

"그건 받아들일 수 있겠군요."

유진룡의 승낙에 단리하연은 백목련처럼 환하게 웃었다.

"그럼 이 금불상은 다시 공자님 것이 되었네요."

단리하연은 금불상에 손을 얹었다.

손을 움직이지도 않았는데 금불상은 스르르 유진룡에게로 밀려갔다.

무공에 있어서도 고수라는 증거였다.

"그런데 그 사람과의 거래 대가로 무엇을 받았나요?"

단리하연은 무척 궁금하다는 표정으로 물었다.

유진룡은 금불상으로 시선을 돌렸다.

"목숨을 건 대가치고는 너무 약하지 않나요?"

단리하연도 반토만 난 금불상을 쳐다보며 말했다.

"그럴 수도 있지만… 이것이 팔 년 전에 내 손에 있었다면 동생은 죽지 않았을 겁니다."

유진룡이 담담히 답했다.

"그렇… 군요. 그렇게 따지면 더없이 가치있는 물건일 수
도 있겠군요."

단리하연은 얼굴 한쪽이 뜨거워지는 느낌을 받았다.

자신에게는 한 잔의 찻값이나 마찬가지인 돈이 이들에게
는 목숨과도 직결될 수 있는 것이다.

돈을 버는 것을 인생의 가장 큰 목표로 정한 그녀로서는 그
렇게 쓰일 수도 있다는 생각은 잊고 있었다.

잠시 침묵이 이어졌다.

물끄러미 금불상을 쳐다보던 유진룡은 고개를 들고 다시
단리하연을 쳐다보았다.

"이것이 다시 제 것이라면 다른 거래를 하나 제의할까 합
니다."

"말씀하세요."

단리하연이 지체없이 답했다.

유진룡은 품속에서 무언가를 꺼냈다.

그건 서책 한 권 크기의 나무 판이었다.

"이건 이 아이들의 이름과 꿈을 적은 나무 판입니다. 지워
진 것도 있는데… 다시 물어보면 될 겁니다. 여기로 오면서
심장으로 쑤셔드는 칼까지 막아준, 저로서는 목숨만큼 귀중
한 것이지요. 이 금불상을 회주님께 다시 드리겠습니다. 천
냥은 회주님의 수고비로 제하시고 나머지 천 냥으로는 아이
들이 꿈을 이룰 수 있도록 좀 도와주십시오. 꿈 중에는 소향

상회와 회주님에 관련된 것도 있습니다."

유진룡은 나무 판과 금불상을 단리하연에게로 다시 내밀었다.

"직접 하시면 되잖아요."

단리하연은 나무 판과 금불상에는 눈길도 주지 않고 물었다.

"제가 돌아올 수 있다면 그렇게 하겠습니다. 만약 못 돌아오면 회주님께서 좀 대신해 주십시오."

"대장……."

두 사람의 대화를 듣고 있던 양혜란이 마침내 젖은 눈으로 유진룡을 쳐다보았다.

이곳으로 와서 처음의 거래가 수락되는 순간에는 환호성을 지를 만큼 기뻤다.

꿈에라도 되었으면 하던 소향상회 회주의 제자!

아직 단리하연의 제자가 된 것은 아니었지만 이곳에 있게만 된다면 기회는 부지기수로 많다.

그 기회를 잡아 자신의 꿈을 이룰 수도 있다는 생각에 가슴이 터질 것 같았다.

그런데 소향상회 회주가 수정한 거래 조건을 유진룡이 거절하는 이유를 들으며 유진룡이 사지로 떠날 결심을 굳혔다는 것을 알 수 있었다.

그건 청천벽력과 같은 소리였다.

　아무리 모든 것이 갖추어진 이곳이라도 유진룡이 없다면 의미가 없고, 아무것도 못할 것 같았다.

　들어오면서 보니 수많은 호위무사들이 지키고 있는 이곳이었지만 양혜란은 갑자기 철벽같은 보호벽이 무너지고 자신은 맹수들이 득실거리는 들판에 내몰린 것 같은 느낌이 들었다.

　"거래는 수락된 것으로 생각하겠습니다. 그럼!"

　유진룡은 천천히 몸을 일으켰다.

　"대장!"

　양혜란이 찢어지는 듯한 목소리와 함께 몸을 일으켰다.

　단리하연도 불식간에 자리에서 일어섰다.

　지금 유진룡의 상태는 몸을 가누기도 힘들 것 같았다.

　며칠이라도, 아니, 어둠이 걷힐 때까지만이라도 쉬었으면 싶었지만 붙잡는다고 머무를 청년 같지도 않았다.

　단리하연은 한숨을 몇 번 내쉬었다. 그리고는 입술을 움직였다.

　"공자님의 꿈도 여기 적혀 있나요?"

　유진룡이 잠시 움직임을 멈추었다.

　"그냥 바람 따라 구름 따라 두둥실이라고 적어놓았습니다."

　유진룡이 계면쩍은 음성으로 답했다.

　"그런 것이 꿈일 순 없잖아요?"

단리하연이 다시 물었다.

유진룡은 탁자 위의 나무 판을 묵묵히 쳐다보았다.

"언젠가 돌아와 저 나무 판을 제 품속에 다시 간직하는 것이 제 꿈입니다."

단리하연의 질문에 대답한 유진룡은 아이들을 한 번씩 쳐다보고는 방문을 열었다.

"나올 것 없어!"

짤막하게 말한 유진룡은 바람처럼 실내를 나서 대문을 향해 걸어갔다.

"와앙!"

유진룡의 모습이 완전히 사라지자 제일 어린 꼬맹이 두 명이 일시에 울음을 터뜨렸다. 그들도 양혜란과 같은 심정인 모양이었다.

양혜란은 의자에 앉지도 못하고 바닥으로 무너졌다.

이장명과 마응탁은 입술만 씹고 있었다.

"조 호위!"

유진룡이 대문을 빠져나가고 조금 뒤에 단리하연은 전음을 날렸다.

"하명하십시오."

지붕 위에 서 있던 조항이 즉시 답했다.

"위험하지 않은 곳까지 은밀히 배웅하세요."

"알겠습니다."

지붕 위에서 미세한 바람 소리가 일었다.

‘체했나 봐.’

명치 부근에 묵직한 돌이 얹힌 것 같은 기분을 느낀 단리하연은 오른 손가락으로 왼손 엄지와 검지 사이에 있는 혈 한곳을 눌렀다.

혈도로 진기가 흘러들며 막힌 것이 내려가는 느낌을 받았다.

한숨을 내쉬던 단리하연은 곧 자신의 처방을 후회했다.

체기는 사라졌는데 그 자리에서 온 세상의 돈을 다 끌어 모아 퍼부어도 메울 수 없을 것 같은 공허감이 느껴졌다.

어쩌면 그 공허감은 아주 오래갈 것 같다는 예감에 단리하연은 거듭 한숨을 내쉬었다.

第九章
칠면독사(七面毒蛇) 육마종(六麻宗)

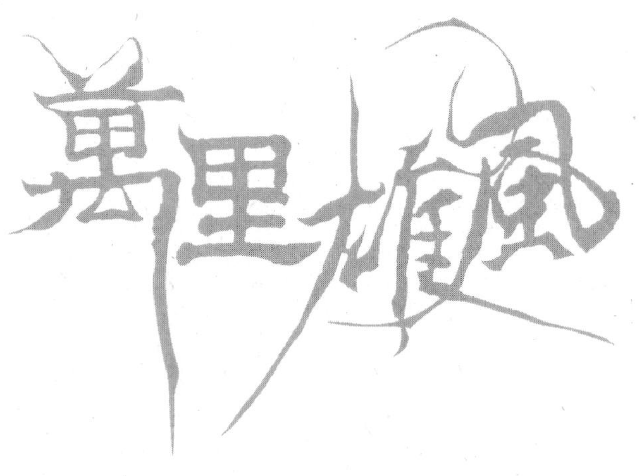

우지끈!

두툼한 손아귀 안에 든 찻잔 하나가 박살이 나며 찻물이 사방으로 튀었다.

그것으로도 분이 풀리지 않았는지 손의 주인은 탁자까지 내려쳤다.

탁자가 두 쪽이 나며 바닥으로 무너져 내렸다.

광마견 호도성은 미칠 듯한 분노에 바닥에 주저앉은 탁자를 걷어찼다.

탁자의 파편이 벽 쪽으로 날아가자 그쪽에 서 있던 부하들이 기겁을 하고 옆으로 피했다.

날벼락을 맞아봐야 어디 호소할 곳도 없고 자신만 손해인 것이다.

쾅!

벽을 맞고 튀어나온 탁자의 파편이 다시 바닥으로 주저앉 았다.

"이 병신 같은 놈들! 수십 명이 나섰으면서 그래, 그런 조무 래기들을 놓쳐? 개중에는 이제 막 걸음마를 뗐을까 말까 한 꼬맹이도 있었다면서?!"

광마견은 기가 막힌다는 표정으로 주먹으로 자신의 가슴 을 쳤다.

곰보가 두 번이나 일을 실패했다는 소리를 들었을 때 자신 은 곰보를 병신 중의 병신이라 험담했다. 그런데 자신은 곰보 보다 더 병신 꼴이 되어버렸다.

곰보는 변명할 여지라도 있었다.

누가 보아도 황악호 그놈은 소투귀의 상대가 아니었다.

그런 놈을 보냈으니 오히려 넘치는 대비를 한 것이다.

그런데도 실패한 것은 곰보의 실책이라기보다는 황악호의 허물이 더 큰 것이다.

그런데 자신은?

그 모든 것을 충분히 알았고, 소투귀가 예상을 뛰어넘는 놈 이란 걸 실감했음에도 대처를 하지 못하고 놓쳤다.

그놈 하나만 놓쳤다면 그럴 수도 있는 일이다. 포졸 열 명이 도둑 한 명을 잡기 힘든 것이니까.

하지만 한 놈도 아니고 스무 명이 넘는 꼬맹이를 달고 도망가는 데도 모조리 놓쳐 버렸다.

개가 웃을 일이었다.

앞으로 자신은 미친개에서 비루먹은 똥개로 전락하고 말 것이다.

"흑표 한덕무, 그놈이 중간에 끼어들어 방해를 했습니다. 그놈 때문에 곰보 형님도 쓰러졌고, 우리 아이들 반 이상이 뻗었습니다. 그리고 금빙화 그 계집이 채어가는 바람에……."

픽—

변명을 하던 놈이 광마견이 던진 찻주전자에 얼굴을 정통으로 맞고는 바닥을 뒹굴었다.

"반이 아니라 반의반만 갔더라도 잡아왔어야지, 이 병신 같은 놈들아!"

광마견의 눈이 더욱 짙은 광기를 드러냈다.

"나가서 몽둥이 스무 개를 준비해라!"

광마견이 제일 가까이에 있는 청년에게 명령을 내렸다.

청년이 움찔하며 눈치를 보았다.

몽둥이 세 개만 하더라도 자신들의 엉덩이는 불이 날 것이다.

그런데 스무 개라면?

또한 광마견은 몽둥이를 구해온 놈을 제일 먼저 때렸다.

힘이 빠지기 전이니 당연히 제일 아팠다.

"어서 가지 못해, 이 쓸모없는 놈아!"

광마견이 주먹을 휘두르자 청년은 부리나케 밖으로 달려 나갔다.

"모두 마당에 엎드려뻗치고 있어!"

광마견의 호통에 그의 부하들이 우르르 밖으로 몰려 나갔다.

부하들이 밖으로 나가고 난 후 광마견 호도성은 의자에 주저앉았다.

앞으로 대왕초 육마종을 어떻게 대할지 난감했다.

칠면독사라는 별호처럼 그는 마주한 자리에서는 일곱 개의 얼굴 중 제일 선한 얼굴로 괜찮다며 등을 두드릴 것이다. 하지만 돌아서면 독사 같은 얼굴로 변해 암계를 펼칠 것이다.

현재 광마견의 서열은 불곰 염표(簾剽) 다음이지만 며칠 후면 그 서열이 바뀌고 말 것이다.

육마종에게 그건 별로 어려운 일이 아니다.

몇 가지 이권을 자신 아래 서열인 놈들에게 나누어 준다. 그럼 그 이권을 받아 챙기고 배가 부른 놈들은 이권을 빼앗기고 굶주리는 자신을 잘 대접해 주지 않는다. 그때쯤에 육마종은 공식적으로 서열을 바꾸어놓는다. 그때는 모든 면에서 힘을 잃어 싸워서 지킬 의지마저 잃은 상태이니 울며 겨자 먹기로 그 서열을 따를 수밖에 없다.

'어떻게 한다……?'

광마견은 머리를 싸맸다.

고스란히 앉아서 모든 것을 잃을 수는 없다.

뭔가 방법을 찾아야 한다.

광마견은 이제까지의 일들을 되짚어보았다.

어떻게 하다가 일이 이렇게까지 되어버렸나?

중간에 흑표가 끼어들었고, 소투귀 놈이 천만 뜻밖으로 금빙화 단리하연의 집으로 도망을 쳤다. 그리고 그 계집이 모두 데리고 들어가 버렸다.

이 세 가지 일을 가지고 뭔가 변명거리를 찾아내어야 한다.

소투귀를 놓친 것이 불가항력적인 일이 되면 육마종도 문책하지 않을 것이다.

어떻게 해서 이 기도 안 차는 일을 불가항력적인 일로 만들 수 있을까?

'모든 것을 금빙화, 그 계집에게 뒤집어씌운다.'

광마견은 이번 일이 모두 금빙화 단리하연의 개입으로 실패했다고 육마종에게 거짓말을 할 생각을 굳혔다.

그런데 거짓말을 하려면 그럴듯해야 한다. 말도 안 되는 이유를 갖다 붙이며 꾸며대서는 역효과만 난다.

광마견은 두 손으로 자신의 머리카락을 쥐어뜯었다.

왜 소투귀는 꼬맹이를 데리고 금빙화 그 계집의 집으로 달려갔을까?

그리고 또 금빙화 그 계집은 또 왜 소투귀와 함께 아무 쓸모없는 꼬맹이들을 감싸고 집으로 들어간 것일까?

기둥서방이 필요해서?

그건 말이 안 된다. 소투귀 그놈은 아직 어리다.

그럼 금빙화와 소투귀가 무슨 혈연관계라도 된단 말인가?

그건 더 말이 안 된다.

그만한 재산을 가진 인간이라면 눈곱만큼이라도 피가 튀어도 불러들여서 측근으로 만들려 할 것이다.

대체 왜?

그것만 그럴듯하게 꾸며낼 수 있다면 자신은 빠져나올 수 있다.

아무리 끙끙거려 보았지만 마땅한 생각이 떠오르지 않았다.

싸우는 데는 미친개처럼 거침없었지만 이런 일에는 전혀 소질이 없었다.

'돌도 맞대면 낫다는 말이 있지?

광마견은 자리에서 일어섰다.

"모두 들어와!"

와락 문을 열어젖힌 광마견은 엎드려 있는 부하들에게 소리를 질렀다.

"내 말 안 들려!"

멀뚱히 광마견을 쳐다보던 부하들이 얼른 일어서서 다시 방으로 들어왔다.

"지금부터 내가 묻는 질문에 흡족한 답을 만들어내면 오늘 저녁 몽둥이찜질은 생략하고 넘어갈 수가 있다."

광마견의 말에 부하들의 눈에 생기가 돌았다.

몽둥이 스무 개가 부러지도록 두드려 맞는다면 자신들의 엉덩이는 그야말로 걸레처럼 변할 것이다. 그 처참한 상황을 모면할 수만 있다만 무슨 짓이든 할 용의가 있었다.

"내가 네놈들에게 답을 구하라는 문제는 이것이다. 소투귀 그놈은 왜 금빙화를 찾아갔고, 금빙화 그 계집은 또 왜 소투귀를 빼돌렸느냐 하는 것이다. 그것에 대한 합당한 답을 찾아내면 나도 육마종 대형의 문책을 면할 수 있고, 너희들도 몽둥이찜질을 면할 수 있다."

광마견이 뭘 원하는지를 알아챈 부하 몇 명의 눈동자가 소리가 나도록 움직였다.

"혹시 기둥서방……."

부하 한 명의 말이 끝나기도 전에 광마견은 손가락으로 부하를 불렀다.

"이 닭대가리야, 차라리 네놈이 기둥서방 하는 것이 낫지 그 어린놈이……!”

광마견은 부하의 정강이뼈를 사정없이 걷어찼다.

정강이뼈를 부여잡은 부하가 한 발로 방바닥을 껑충거리며 뛰었다.

“다른 답이 있으면 풀어헤쳐 봐라. 그게 싫으면 몽둥이 스무 개가 모두 부러져 나갈 때까지 매타작을 받든지.”

광마견의 협박에 부하들의 머리가 연기가 나도록 회전했다.

“저어…….”

한 놈이 나섰다.

“말해!”

“혹시 소투귀 그놈이 금빙화가 숨겨놓은 배다른 동생이거나…….”

광마견의 손가락이 까닥거렸고, 방금 답을 제시한 부하가 앞으로 나왔다.

퍽—

광마견의 발길이 부하의 복부에 꽂혔다.

형보다 나은 아우 없다지만 숫자가 몇 명인데 이놈들은 자신이 잠깐 생각한 그 수준밖에 생각을 해내지 못하고 있었다.

한마디로 그 나물에 그 밥인 꼴이었다.

“모두 밖으로 나가서 도로 엎드려뻗쳐!”

눈에 광기가 오른 광마견이 고함을 질렀다.

그때 다른 부하 하나가 앞으로 나섰다.

광마견은 눈 사이를 좁혔다.

이놈은 그래도 평상시에 문자도 좀 썼고, 괜찮은 의견을 많이 제시해서 도움이 꽤 되었다. 오늘도 그렇게 해준다면 더 바랄 게 없다.

광마견은 기대감 어린 표정으로 답을 재촉했다.

"자고로……."

놈의 입에서 처음부터 문자가 쏟아졌다.

"자고로?"

광마견이 부하의 말을 되뇌었다.

"진실은 칼보다 강하다고 했습니다. 그러니 오늘 일을 한 마디도 빠짐없이 그대로 대왕초에게 보고하고……."

퍽—

퍽!

광마견이 그야말로 미친개가 되어 날뛰었다.

"뭐가 어쩌고 어째, 이 병신 새끼야?! 그렇게 진실 좋아하는 놈이 남의 등쳐먹는 짓은 왜 하고 다니는 것이냐, 이 닭보다 더 못한 놈들아!"

진실을 권하던 부하가 완전히 정신을 잃을 때까지 주먹을 휘두른 광마견은 결국 몽둥이를 집어 들었다.

이런 놈들에게 기대를 걸었던 자신이 바보지 누굴 탓하겠는가 하는 생각이 들었다. 그럴 정도로 머리를 굴릴 줄 아는 놈들이라면 자신 밑에서 뒹굴지도 않을 것이다.

광마견이 부하들을 엎드려 놓고 매타작을 하려는 순간, 제일 뒤쪽에서 한 놈이 일어섰다.

광마견의 눈에 다시 광기가 어렸다.

서열이 너무 아래쪽이라 자신으로서는 얼굴도 잘 기억나지 않는 왜소한 체격의 부하였다.

아마도 자신 아래의 부하가 다시 그놈의 부하로 거느리는 햇병아리인 모양이다.

"뭐야?"

광마견은 최대한 자제력을 발휘하며 왜소한 청년을 노려보았다.

만약 그가 평소에 잘 아는 부하였더라면 말을 들어보지도 않고 몽둥이를 휘두를 것이었는데 너무 뜻밖의 피라미인지라 한가닥 호기심이 발동한 것이었다.

"답은 모두 문제 안에 있습니다."

점입가경으로 왜소한 모습의 청년도 문자를 썼다.

광마견의 눈에 더욱 짙은 광기가 어렸다.

"왕초께서 지금 고민하는 그 문제 자체를 육마종 대왕초께 떠넘겨 버리십시오."

청년이 말했다.

말뜻을 알아듣지 못한 광마견이 이마 사이를 찌푸렸다.

"왕초께서는 그 문제를 고민할 필요가 없다는 말입니다. 왕초께서는 육마종 대왕초께 가서 금빙화가 나타나서 소투귀와 그가 거느린 꼬맹이들을 모두 채갔다고 그대로 보고를 하는 겁니다. 그러면 그때부터 왜 금빙화가 소투귀를 데려갔는지 하는 고민은 육마종 대왕초의 몫이 되는 겁니다. 이유야 어떻든 금빙화가 소투귀 일행을 자신의 거처에 모두 데리고 있는 것은 사실이니까요. 대왕초 입장이라면 금빙화가 왜 그들을 데려갔는지가 더 중요해서 왜 놓쳤는지는 오히려 신경 안 쓸 수도 있습니다. 그리고 한덕무 그 사람도 금빙화가 그동안 우리 쪽에 숨겨놓은 끄나풀이라고 하면, 또 금빙화가 한덕무에게 보낸 수하들이 몇 명 더 있어서 이곳저곳에서 방해를 했다고 하면 충분히 믿을 것입니다."

'이놈 봐라?

광마견은 겉으로는 표시를 내지 않았지만 속으로는 무릎을 치고 싶은 심정이었다.

한덕무를 금빙화의 끄나풀로 둔갑시키는 것은 생각지 못했다.

금빙화가 소투귀를 자신의 집으로 들여놓은 것은 명백한 사실이다.

더구나 한덕무 그놈이 금빙화가 보낸 수하들을 데리고 처음부터 소투귀를 끌고 금빙화에게로 데려갔다고 하면 그럴듯한 변명거리가 되는 것이다.

어린놈 말대로 금빙화가 왜 소투귀를 데려갔는지 하는 것은 자신이 고민해야 할 문제가 아니라 그 자체로 해답인 것이다.

"네 이름이 뭐냐?"

광마견은 왜소한 청년을 손가락으로 부르며 물었다.

"초동우(焦動右)라 합니다."

"언제 내 밑에 들어왔느냐?"

"한 달쯤 전에 진욱일(晉旭一) 형님을 모시게 되었습니다."

초동우가 약간 겁먹은 얼굴로 답했다.

"오늘부터 백사 대신 네가 내 왼팔이다. 진욱일이 오른팔인 것은 변함없다. 대신 넌 진욱일 바로 아래 서열로 내 왼팔이 되는 것이다."

"와, 왕초?"

초동일이란 청년이 얼이 빠진 모습으로 광마견을 쳐다보았다.

"전 나이도……."

"불곰 염표도 나이는 나보다 어리지만 내가 형님으로 모셔야 하지."

광마견은 자르듯이 말하고는 부하들을 둘러보았다.

"내 결정에 불만 있는 놈은 앞으로 나와라!"

당연히 아무도 없었다.

"그럼 오늘부터 초동우를 셋째형님으로 부른다. 알겠느냐?"

광마견은 몽둥이로 바닥을 찍었다.

"알겠습니다, 형님!"

광마견의 부하들이 억지로 고함을 질렀다.

"오늘 매타작은 생략한다. 모두 나가서 새로운 셋째형님과 술이나 마셔라."

광마견은 품에서 전낭 하나를 던져 주고는 부하들을 물렸다.

한덕무를 금빙화가 숨겨놓은 수족으로 몰아붙이고 곳곳에 수족이 더 있었다는 소문은 곰보와 입을 맞추면 되는 것이다. 곰보 역시 절대로 거절 안 할 것이다.

그리하여 차후에 육마종과 금빙화 단리하연 그 계집이 크게 싸움을 붙으면 더 바랄 것이 없다.

그렇게 되면 육마종은 힘을 잃을 것이고, 자신에게도 기회가 온다.

육마종이 제거되면 자신 위로는 불곰 염표밖에 없다.

지금으로서는 그놈에게 역부족인 면이 있다. 그건 육마종이 불곰 염표 놈을 제일 많이 밀어주기 때문이다.

육마종이 쇠락하면 불곰도 마찬가지다. 그럼 다음 기회는 자신에게 온다.

광마견은 주먹을 불끈 쥐었다.

지금 당장 육마종에게 달려가 오늘 일을 침소봉대(針小棒大)시켜 육마종이 금빙화에게 이를 갈도록 만들어야 한다.

광마견은 문을 박차고 밖으로 나갔다.

*   *   *

칠면독사 육마종은 얼굴이 일곱 개라고들 한다.

그러나 그를 잘 아는 사람들은 열 개도 넘는다며 고개를 흔들었다.

인간은 감정의 동물이고, 아무리 수양이 잘되어도 감정의 찌꺼기가 얼굴에 드러난다.

또한 가슴속에 드리워진 감정이란 것이 그렇게 순간순간 쉽게 변하지도 않는다.

그런 면에서 육마종은 거의 천부적인 자질을 타고난 인간이라 해도 무방했다.

화가 날 만한 일에는 오히려 웃었고, 웃어야 할 일에는 냉정하게 침묵을 지켰다.

그리고 그 감정들을 자유자재로 변화시키며 그에 맞게 행동할 능력도 갖추고 있었다.

그때그때 변모시킨 감정과 그에 따른 행동에는 전혀 가식이나 어색함을 찾을 수가 없었다.

웃을 땐 정말 즐거워서 웃는 것 같았고, 화를 낼 땐 정말 미친 듯이 분노한 것 같았다.

그러나 웃음 속에 칼이 숨겨져 있었고, 광포한 분노 뒤에는 약점이 숨겨져 있었다.

웃음 속에 숨겨진 칼을 발견하지 못한 그의 적들은 방심하다가 어김없이 칼에 찔렸고, 광포하게 분노한 모습에 지레 겁을 집어먹은 자들 또한 그 뒤에 숨어 있는 약점을 발견하지 못하고 그를 처치할 수 있는 기회를 놓쳤다.

칠면독사 육마종은 일곱 개, 아니, 어쩌면 열 개도 넘는 그 얼굴들을 적절히 사용하여 소주 뒷골목의 대왕초 자리를 차지했고, 대왕초 자리에 오름과 동시에 인근에 있는 흑도 방파인 혈사방과 혈연관계를 맺음으로써 적이나 그를 밟고 올라설 생각을 하고 있던 자들에게 그 의욕마저 꺾어버리게 했다.

한마디로 그는 능수능란했고, 여우처럼 교활했다.

"뭐 그까짓 계집애 하나 갖고……."

광마견이 헐떡거리며 달려와 소투귀를 놓친 상황을 보고했을 때 칠면독사 육마종은 피식 웃으며 대수롭지 않게 반응했다.

광마견 호도성은 순간적으로 등골에 식은땀이 흐르는 것을 느꼈다.

육마종이 이렇게 대수롭지 않게 반응한다는 것은 그만큼 속으로 분노하고 있다는 말이었다. 차라리 펄펄 뛰며 광분할 때가 안전한 것이다.

육마종은 서둘러 흑표 한덕무가 금빙화 단리하연의 수족이었다는 말과 단리하연이 처음부터 소투귀에게 관심을 가지고 있다가 소투귀와 그를 따르는 아이들까지 데리고 갔다는 사실을 거듭 강조했다.

"그만 잊어버려."

육마종은 묵묵히 고개를 끄덕이며 잔에 차를 따라 광마견에게도 한 잔 건넸다.

"그런데… 금빙화 그 계집이 왜 소투귀를 데리고 갔는지 그 이유는 알아냈나?"

육마종의 질문에 광마견은 안도의 한숨을 내쉬었다.

조금 전에 그의 왼팔이 된 초동우의 예상대로 육마종은 광마견과 곰보가 소투귀 일행을 놓친 사실보다는 금빙화가 무엇 때문에 소투귀를 데리고 갔는지를 더 궁금해했다.

"백방으로 알아보았지만 도저히 이유를 알지 못하겠습니다. 혹시 대형은 뭔가 짚이는 게 있으십니까?"

광마견은 오히려 육마종에게 질문을 던졌다.

그것 역시 초동우의 조언대로였다. 최대한 그쪽으로 궁금증을 유발시켜 다른 생각을 못하게 한다는 것이었다.

육마종이라고 알 리가 없었다.

"이유야 어찌 됐든 금빙화 그 계집이 우리와 대형께 정면도전장을 던진 것이나 마찬가지입니다. 대형이 데려오라고 한 아이를 중간에서 채갔으니까요."

광마견은 침을 튀기며 자신의 계획대로 대화를 이끌어갔다.

육마종은 연신 이를 갈며 금빙화 단리하연에 대한 적의를 드높였다.

육마종은 속으로 쾌재를 외쳤다.

계획대로 육마종이 금빙화와 부딪치면 부딪칠수록 자신은 유리해지는 것이다. 그리고 기회 역시 그만큼 빨리 다가온다.

"그 계집을 가만둘 수 없다!"

육마종은 마침내 결심을 굳힌 듯 말했다.

"무엇이든 시켜만 주십시오."

광마견은 눈동자에 짙은 광기를 드러내며 투지를 불태웠다.

"조만간 방법을 마련해서 자네를 부를 테니 자네는 그만 가 보게."

"알겠습니다, 대형!"

광마견은 허리를 구십 도로 굽히며 절을 하고는 밖으로 나갔다.

광마견이 나간 후 칠면독사 육마종의 표정은 가면을 벗겨 낸 듯 순식간에 달라졌다.

광마견과 대화할 때의 느긋하고 편안한 표정은 간 곳 없고 차갑기 짝이 없는 표정으로 바뀐 것이다.

"족제비!"

잠시 후 원래의 표정으로 돌아온 육마종은 누군가를 불렀다.

문을 열고 한 명의 인영이 나타났다.

작은 키에 쥐눈을 한 청년이었다.

그는 조금 전에 광마견의 처소 앞마당에서 엎드려뻗쳐 있던 청년 중 하나였다.

"네 보고가 틀림없다. 놈은 자신의 실책을 은폐하고 나와 금빙화를 싸우게 만들려고 획책했다."

"그렇습니다, 대형! 한덕무는 금빙화의 첩자도 아니었고, 금빙화가 처음부터 소투귀를 데리고 간 것도 아니었습니다. 어떤 연유인지는 모르겠지만 소투귀 그놈은 곧장 소향상회로 갔고, 문을 두드려서 금빙화를 나오게 했습니다. 그리고 아이들을 데리고 그곳으로 들어갔습니다."

족제비라 불린 청년은 저녁에 있었던 일을 사실 그대로 일러바쳤다.

"정말 알 수 없는 일이군. 금빙화 그 계집이 왜 소투귀와 그 떼거지들을 자신의 집으로 들였는지."

육마종은 잠시 생각에 잠겼다가 고개를 흔들었다.

"그리고 또… 놀라운 일이야. 한덕무 그놈이 좀 도와주긴 했지만 소투귀란 놈이 그 많은 꼬맹이들을 데리고 골목을 빠져나갔단 말이지?"

"그렇습니다. 그놈에게 당한 사람이 열 명도 넘습니다. 황악호 그놈은 이번에도 또 당하고 쓰러져 아직 일어나지도 못하고 있습니다."

족제비가 입에 침을 튀기며 설명했다.

"그만 됐다."

육마종이 족제비의 말을 막았다.

"아무리 그래도 애송이 놈을, 그것도 혹을 주렁주렁 매단 놈을 그렇게 놓쳐 버린 것은 절대로 용서할 수 없다. 그리고 나와 금빙화를 부딪치게 만들려는 광마견 놈의 수작은 이를 갈리게 만든다."

육마종의 눈에서 진한 살기가 뻗어 나왔다. 하지만 그 눈빛은 순식간에 사라져서 족제비도 감지하지 못할 정도였다.

"칼새!"

육마종의 고함에 다시 한 사내가 방으로 들어왔다.

얼굴에 긴 칼자국이 있는 잔인한 인상의 사내였다.

"오늘 날이 새기 전에 광마견을 죽여라. 그리고 곰보 그놈은 다리 하나를 부러뜨려 쫓아버려라. 그놈들이 소유한 모든 사업체의 운영권은 장도익(張到益)과 두성고(斗城固)에게 넘겨라!"

"알겠습니다, 대형!"

칼새라는 사내는 고개를 한 번 숙이고는 밖으로 사라졌다.

족제비는 육마종의 잔인한 심계에 등골이 서늘함을 느꼈다.

자신을 첩자로 심어 광마견의 일거수일투족을 감시하게 한 행위나, 본인 앞에서는 사람 좋은 얼굴로 방심하게 해놓고는 가차없이 제거하는 심성은 그가 왜 칠면독사라 불리는지를 여실히 드러내 주었다.

광마견은 날이 새기 전에 땅속에 파묻힐 것이고, 곰보 역시 소주 뒷골목에서는 보이지 않을 것이다.

언젠가 자신도 실수를 하여 눈 밖에 나면 그런 꼴이 될 것이다.

"넌 수고했다. 이제부터는 장도익의 일거수일투족을 살펴라!"

이번에는 광마견의 이권을 모두 넘겨준 부하를 감시하게 하며 족제비를 내보낸 육마종은 또 한 사람을 불렀다.

육마종은 모든 중간 왕초들에게도 한 명 이상의 첩자를 심어놓았었음은 물론, 그의 후견 세력인 혈마방에도 첩자를 심어놓고 자신의 자리를 공고히 했다.

"넌 지금 즉시 혈사방으로 가서 방주의 동태를 살피고 와서 있는 그대로 나에게 보고해라."

"알겠습니다, 대형!"

사내는 급히 허리를 숙이고 밖으로 나갔다.

모든 수하를 밖으로 물린 육마종의 눈은 더욱 짙은 살기를 피워 올렸다.

부하들 앞에서는 일곱 개의 가면을 번갈아 내보이며 현혹시켰지만 혼자만 있게 되면 그 어떤 인간보다 자기 감정에 충실한, 진솔한 표정을 한 인간으로 되돌아온다.

의자에 앉아 벽을 바라보는 육마종의 얼굴은 지금 여러 개의 감정이 뒤섞여 종잡을 수 없이 변해 있었다.

제일 처음 드러난 감정은 당연히 분노였다.

그리고 그 분노의 감정 안을 조금 더 살펴보면 이글거리는 탐욕이 드러났다.

갖고 싶은 것을 가지지 못한 데 따른 참을 수 없는 갈증이 조바심과 뒤섞여 숨어 있었다.

그리고 그보다 조금 더 깊은 곳에 그 무엇으로도 가라앉힐 수 없는 질투심 한가닥이 만금 무게의 바위처럼 자리하고 있었다.

육마종은 자리에서 일어나 방 안을 서성거렸다.

가만히 있다가는 화병이 날 것 같았기 때문이다.

손에 들어온 금송아지를 놓쳐 버렸다 해도 이렇게 허전하지는 않을 것이다. 또 이렇게 조급하지도 않을 것이다.

원초적인 배설 욕구와 함께 어우러진 질투심과 조급함, 그리고 상실감이 육마종을 가만히 앉아 있지 못하게 만들었다.

육마종의 뇌리로 한 쌍의 눈이 떠올랐다.

겁먹은 듯, 슬픈 듯한 눈!

그것은 이제 막 산을 내려온 사슴 같은 눈이었다.

뒷골목 쓰레기 더미 속에서 어떻게 그런 눈이 있을 수 있단 말인가?

자신의 육신 아래에 깔려 그 슬픈 눈이 눈물을 흘리는 순간 파정(破精)을 하게 된다면 그 어떤 때보다 강한 열락을 느낄 수 있을 것 같았다.

처음에는 누구도 모르는 은밀한 취미였지만 빠져들수록 갈증이 심해져 이젠 가까운 사람들은 다 아는 일이 되어버렸다.

하지만 이번에는 그 갈증을 한동안은 채워줄 수 있을 것 같은 물건을 발견했다.

그런데 어이없게도 놓쳐 버렸다.

갈증을 풀 수 있는 대상을 완전히 놓쳐 버렸다고 생각하니 더욱 심한 욕구가 치밀어 올랐다.

"병신 같은 놈들!"

육마종은 거침없이 욕설을 토했다.

어떻게 그 어린놈을 못 잡고 놓친단 말인가?

한참 어이없는 표정을 하던 육마종의 얼굴에 짙은 의혹의 색조가 떠올랐다.

'금빙화 그 계집이 왜?'

조금 전에 광마견이 머리를 싸매고 하던 고민이었다.

아무리 생각해도 그 이유를 알 수 없었다.

소투귀란 애송이 놈과 소주 최대의 상회인 소향상회 주인은 도저히 연결이 되지 않았다.

'왜?'

육마종은 다시 한 번 질문을 던졌다.

답이 나오지 않기는 마찬가지였다.

"소투귀가 아니라 그 어린 계집이 금빙화 그 계집과 무슨 상관이 있었던 게 아닐까?"

육마종은 다른 가능성도 떠올려 보았다.

그 가능성도 배제할 순 없지만 여전히 명확한 것은 없었다.

오히려 가슴만 부글거리며 끓어올랐다.

금빙화의 관심이 소투귀가 아니라 그 어린 계집이라면 더더욱 속이 터지는 일이다.

그렇다면 일생 최대의 열락을 맛보게 해줄 놀잇감이 훨씬 더 멀리 달아난 것이다.

그렇게 생각하자 더 강한 탐욕이 끈적한 욕정과 함께 타올랐다.

현실적으로 금빙화는 자신이 상대할 생각조차 못할 계집이다.

자신은 한낱 뒷골목의 왕초일 뿐에다가 숫자는 많아도 모두 덜떨어진 부하들뿐이지만 그 계집은 무공의 고수들을 호위로 두고 있다.

더 무서운 것은 그녀의 재력이다.

돈은 귀신도 부린다고 했다.

그녀가 가진 재력이라면 하룻밤 안에 자신은 싸늘한 시체로 변할 것이다.

물론 정면 승부라면 그렇다.

하지만 절대로 정면 승부를 할 생각은 없다.

우선은 내일 당장 소향상회로 부하를 보내 정중히 아이들을 요구할 것이다.

다른 아이들은 몰라도 그 어린 계집만 돌려주면 모든 것은 그대로 유지된다.

물론 거절당한다고 해도 모든 것은 표면적으로는 그대로 유지된다. 하지만 그때부터 자신은 독사가 되어 은밀하게 움직일 것이다.

아무리 황금으로 철벽을 두르고 있다 해도 틈은 있게 마련이고, 그 틈으로 스며든 칼날은 어떤 액수로도 막지 못하는 치명적인 것이 될 터이다.

육마종은 차갑게 웃었다.

한 번 목적한 것은 절대로 놓치지 않는다.

당장 손에 넣지 못한다면 때가 될 때까지 독사처럼 질기게 기다린다. 겨울이 닥치면 동면을 하면서 죽은 듯이 기다리지만 절대로 포기하지는 않는다.

그러다 보면 언젠가는 기회가 오기 마련이다. 그때 틈을 노려 순식간에 독니를 찔러 넣는다.

그게 독사의 사냥법이다.

"후후!"

칠면독사의 웃음소리가 더욱 낮게 퍼져 나갔다.

第十章
백호(白虎)

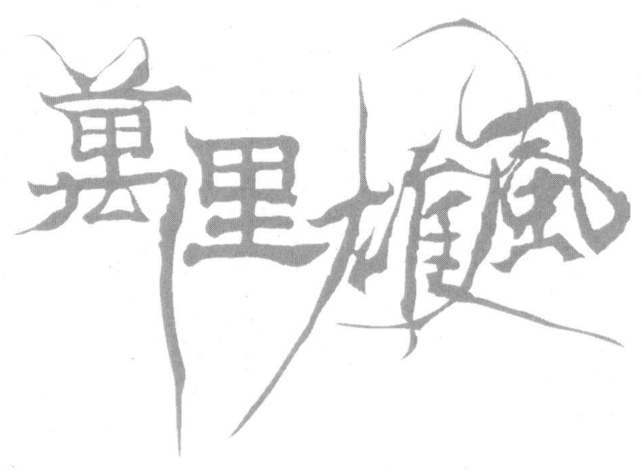

'이 밤중에 어디로 가는 거지?'

단리하연의 지시를 받고 은밀히 유진룡의 뒤를 밟고 있는 조항은 고개를 갸웃거렸다.

자신이 살던 골목으로는 돌아가지 않더라도 운하를 타고 다른 곳으로 갈 줄 알았는데 유진룡은 산꼭대기를 향해 올라가고 있었다.

'어쩌면 이게 더 좋은 방법일지도.'

조항은 고개를 끄덕였다.

운하를 타고 가다가 육마종의 부하들에게 걸리면 살아남기 힘들 것이다.

차라리 산속에서 며칠 숨어 있다가 좀 조용해지면 다른 곳으로 사라지는 것도 한 방법이었다.

'그러고 보면 여우 같은 데도 있는 놈이야.'

조항은 얼핏 미소를 지었다.

자신의 주인인 금빙화가 오늘처럼 흔들리는 것은 본 적이 없었다. 그래서 말도 안 되는 거래를 하고 말았다.

육마종이 길길이 뛰며 설치면 앞으로 머리가 아파질 것이다. 그러면 자신 역시 심신이 몇 배로 피로해질 것은 자명하다.

'하지만 대단한 여자야.'

그 와중에도 저 청년의 가치를 꿰뚫어보고 단리하연은 다른 거래를 제시했다.

살아만 있다면 몇 년 후에 저놈은 거물이 될 싹수가 보였다.

'꼭대기까지 갈 작정인가?'

조항은 고개를 들어 위를 쳐다보았다.

숨으려면 이 정도나, 아니면 더 아래쪽이 나은데 유진룡은 계속 산을 오르고 있었다.

급하게나마 자신이 조사한 바로는 저놈은 소향상회까지 오면서 죽을 고생을 했다. 아니, 그전에도 독각호란 놈과 황소란 별명의 놈과 차례로 싸워 몸이 만신창이가 되었다고 했다. 그런데도 여기까지 오는 것을 보면 근골 또한 타고났다는 생각이 들었다.

'역시 꼭대기인가?

조항은 유진룡이 꼭대기 근처로 향하는 것을 보며 잠시 걸음을 멈추었다.

위험이 없는 곳까지 배웅하라는 지시를 받았는데 과연 저 꼭대기가 위험한 곳인지 아닌 곳인지 판단이 서지 않았다. 그리고 저곳은 달빛이 밝아 자신의 존재가 드러날 소지도 있었다.

'조금만 더 가보자.'

조항은 은밀하게 발을 떼었다.

퍽—

갑자기 귓전에서 대포라도 터지는 것 같은 소리가 들렸다.

그 소리의 정체가 뭔지 파악되기도 전에 조항은 산비탈을 향해 속절없이 날아가는 자신을 발견했다.

뭔가에 귓전을 사정없이 가격당하고 그 힘에 자신은 날아가고 있는 것이다.

사람의 손 같지는 않았다.

맨살의 손바닥도 아니고, 정권의 뼈마디도 아니었다.

그렇다고 몽둥이나 무기도 아닌 것 같았다.

털신을 신은 엄청나게 큰 발이 섬전처럼 자신을 가격한 것 같았다.

푹신한 느낌에 아프지는 않았지만 그것에 실린 힘이 너무나 엄청나 자신의 몸은 아직도 비행 중이었다.

'어떻게?'

조항은 불시착의 아찔한 위험이 다가오는 순간에서 기가 막혔다.

소향상회의 최고 보표인 자신이 단 한 방에 이렇게 끝없이 날아가고 있다니…….

그리고 그때까지 누군가 접근하는 낌새조차 못 챘다니…….

가격당하고 비행이 시작되려는 순간, 문득 노린내 한줄기를 맡은 것 같기는 했다.

우당탕—

마침내 조항의 몸은 비탈을 나뒹굴었다.

나무 둥치 하나가 갑자기 가까워졌다.

조항은 급히 몸을 틀었다.

그러나 튕겨져 내려오는 속도가 너무 빨라 제대로 운신이 되지 않았다.

퍽—

양다리 사이에 나무가 걸렸다.

하필 그곳인가?

남자 몸의 가장 중요하고 가장 아픈 부분은 용케 피했지만 회음부와 항문 주변에서 극심한 고통이 느껴졌다.

"크으윽—"

조항은 억눌린 신음을 토하며 이를 악물었다.

날아가고 굴러가던 신형은 멈추었지만 흉수가 누구인지 쫓을 엄두도 내지 못하게 하는 통증이 쉴 새 없이 몰려들었다.

"으으윽!"

양손을 다리 사이에 끼우고 새우처럼 몸을 구부린 조항은 이십 년 만에 처음으로 눈물을 흘렸다.

슬픈 것도 아닌데 그냥 눈물이 쏟아졌다.

'뭐지?

아래쪽에서 들리는 정체 모를 소음에 유진룡은 고개를 빼었다.

사람 소리 같기도 하고, 싸움에서 패해 암컷들을 모두 빼앗긴 수컷 동물의 울부짖음 같기도 했다.

하지만 길게 신경 쓸 여력이 없었다.

여기까지 오느라 정말 체력을 다 소진했다.

이젠 누가 죽이러 온다고 해도 더 움직일 기력이 없었다.

'아직 기다리고 있을까?

서찰에는 밤에 꼭대기로 오라고 했는데 지금은 밤이 아니라 새벽에 훨씬 가까웠다.

날이 새면 백호란 호랑이는 은신이 힘들어서 동굴로 돌아갈 것이다.

후욱—

바람 소리와 함께 물씬 노린내가 풍겨왔다.

'놈이다!'

유진룡은 급히 고개를 돌렸다.

아니, 돌리려고 했지만 어느새 자신은 며칠 전에 물려가던 그 자세로 호랑이 등에 엎혀 쏜살처럼 숲 속을 달리고 있었다.

온 뼈마디가 쑤셔왔다.

그러나 이놈의 호랑이는 조금도 사정을 봐주지 않았다.

그래도 이번에는 안면이 있으니… 안면은 어둠 속이라 없었다. 하지만 아는 사이 정도는 됐으니 태우고 갈 줄 알았는데 처음과 마찬가지로 사냥하듯이 덥석 물고는 치달리고 있었다.

아마도 너무 오래 기다리면서 더러운 성질이 폭발 일보 직전까지 솟구친 모양이다.

아까 아래쪽에서 들려오던 울부짖는 소리는 이놈에게 당한 다른 짐승들 소리가 아닐까 하는 생각도 들었다.

기다리다 지쳐서 이놈 저놈에게 마구잡이로 성질을 부렸을 수도 있었다.

피할 수 없으면 즐기라고 했다.

'잠이나 한숨 잘까?'

유진룡은 온몸의 힘을 빼고 눈을 감았다.

마침내 모든 긴장이 풀어졌다.

유진룡은 잠이 들기 전에 기절을 하고 말았다.

쉬이익—

칼날처럼 날카롭게 귓전을 스치는 바람 소리와 온몸이 쑤시는 느낌에 유진룡은 눈을 떴다.

아직도 호랑이 등 위에 있었다.

아득하게 정신을 잃은 것 같았는데 짧은 순간 깜박 의식을 놓았다가 호랑이가 달리는 충격에 다시 깨어난 모양이다.

소향상회에 갔을 때 거의 체력이 바닥났었다. 하지만 그곳에서 주는 차를 마시고 산에 오를 만한 체력은 회복했다. 아마 회주 단리하연이 차에 무슨 보약 종류를 탄 것이 아닌가 하는 생각이 들었다.

그리고 산에 오르면서 다시 체력이 바닥났는데, 잠시 동안 잠에 빠져들며 몸이 조금 개운했다. 이럴 때 보면 제대로 못 먹으면서 컸지만 체력만큼은 타고났다는 생각이 들었다.

유진룡은 방향을 가늠해 보았다.

천산마존이란 괴인을 만났던 동굴이 어디쯤인지 도저히 짐작이 가지 않았다.

그때도 어둠 속이었고 잠에 취해 있던 상태에서 물려왔기 때문이다.

꽤 먼 것 같기도 했고, 아니면 이 흉물스런 짐승이 같은 곳을 뱅뱅 돈 것 같기도 했다.

천산마존이 시키지 않았다고 하더라도 충분히 그러고도 남을 놈이었다.

유진룡은 슬쩍 백호의 털을 만져 보았다.

멧돼지처럼 뻣뻣한 털이었다.

무슨 종자이기에 이런 이상한 털을 뒤집어쓰고 있는지 궁금했다.

"으윽!"

유진룡은 단말마를 내질렀다.

백호가 크게 몸을 요동치며 갈비뼈가 삐끗거렸기 때문이다.

'망할 놈의 짐승!'

유진룡은 속으로 험구를 토했다.

이놈은 자신이 몸을 쓰다듬는 것을 느끼고는 일부러 거칠게 뛰어 충격을 준 것이란 생각이 들었다.

'어디?'

오기가 생긴 유진룡은 이번에는 백호의 옆구리 쪽을 좀 더 진하게 쓰다듬었다.

"크윽!"

다시 지독한 통증이 허리 쪽에서 전해졌다.

옆구리를 쓰다듬자 백호는 유진룡을 아예 내팽개칠 듯 거칠게 다루었다.

유진룡은 아무래도 이놈 때문에 천산마존의 제자 생활 하
는 것이 훨씬 힘들 것 같다는 생각이 들었다.

혼신의 힘을 다해도 살 가망보다는 죽을 가망이 더 크다고
했는데 이놈까지 괴롭힌다면 죽을 확률은 훨씬 더 높은 것이
다.

이놈과 편하게 지내려면 이놈을 제압하든지, 아니면 이놈
을 아예 사형처럼 모시며 살아야 할 것이다.

아무리 영물이라도 짐승은 짐승일 뿐이다. 짐승을 형님처
럼 모시고 살 수는 없다.

유진룡은 천천히 윗옷의 단추를 풀었다.

놈이 옷자락을 물고 짐짝처럼 떠메고 달리고 있으니 짐짝
신세를 면하려면 옷을 벗어야 했다.

그것도 눈치 채지 못하게 순식간에.

유진룡은 단추를 풀고 옷을 헐렁하게 하면서 한 손으로는
계속 백호의 옆구리를 쓰다듬었다. 그래야 놈의 신경이 분산
되어 물고 가는 옷이 헐거워진다는 것을 눈치 채지 못할 것이
다.

'됐다!'

단추를 다 푼 유진룡은 순식간에 옷에서 몸을 빼냈다. 그리
고는 백호의 등에 말을 타듯이 올라탔다.

양탄자로는 아무 쓸모가 없겠지만 뻣뻣한 백호의 털이 이
럴 때는 도움이 되었다.

놈의 털은 잡초처럼 양손 가득 잡히며 손잡이 노릇을 했다.

휘익—

백호의 몸이 몇 길 높이로 허공으로 떠올랐다가 급전직하로 떨어져 내렸다.

놈의 털을 잡은 유진룡의 몸 역시 수직으로 솟구쳤다가 다시 수직으로 내리꽂혔다.

퍼억—

죽을힘을 다해 버텼지만 떨어지는 충격으로 유진룡은 백호의 털을 놓친 채 바닥에 내팽개쳐졌다.

바닥에 낙엽이 쌓여 있었지만 극심한 충격에 유진룡은 비명도 못 지르고 입만 딱 벌렸다.

온몸의 뼈마디가 어긋나며 갈비뼈 한 군데는 금이라도 간 것 같았다.

"이런 개 같은 호랑이새끼가……."

유진룡은 마침내 욕설을 퍼부었다.

제 놈이 아무리 영물이라 해도 사람은 만물의 영장이다. 그런데 이런 취급을 당하는 것은 도저히 견딜 수가 없었다.

유진룡은 이를 빠드득 갈았다.

그때 다시 노린내가 맡아졌다.

급히 상체를 숙였지만 백호는 어느새 유진룡의 속옷 뒷덜미를 물고 유진룡을 짐승처럼 들쳐 업었다.

인간으로서는 도저히 상상도 못할 빠르기였다.

유진룡은 기가 막혔지만 어느새 사냥당한 짐승처럼 업혀 숲 속을 달려가고 있었다.

'기운도 없는데 그냥 이렇게 얌전히 끌려갈까?'

유진룡은 아까처럼 모든 것을 포기하고 다시 의식의 끈을 놓고 싶다는 유혹을 받았다.

하지만 그 유혹의 강도만큼 아랫배 밑바닥에서 오기 또한 강하게 솟구쳤다.

찌이익—

유진룡은 허름한 내의를 순식간에 찢어버렸다. 그리고는 바닥으로 뛰어내렸다.

"이렇게 짐승 물려가듯 물려갈 바엔 안 가고 만다."

유진룡은 바닥에 주저앉았다.

퍼억!

갑자기 털신 한 짝이 귓전을 후려쳤다.

어디 있는지 보이지도 않았는데 놈의 앞발이 날아온 것이다.

발톱은 세우지 않았기에 푹신한 느낌만 들었지만 그 안에 실린 힘은 상상을 초월했다.

유진룡의 신형은 한참이나 바닥을 굴렀다가 겨우 멈추어 섰다.

일어나 앉았지만 산과 하늘이 뱅뱅 돌았다. 그리고 여전히 놈의 실체는 보이지 않았다.

뒤쪽에서 다시 노린내가 풍겼다.

찌이익—

유진룡은 마지막 남은 속옷까지 모조리 찢어버렸다. 놈이 물고 갈 여지를 없애 버린 것이다.

잠시 망설이던 놈의 숨결이 아랫도리에서 느껴졌다. 바지를 채어 물고 갈 생각인 것이다.

유진룡은 바지마저 벗어버리고 완전히 알몸이 되었다.

"날 태우고 가든지 혼자 가든지 알아서 해라, 이 망할 짐승아!"

알몸으로 바닥에 퍼질러 앉은 유진룡은 고래고래 악을 섰다.

퍽—

다시 털 신발 같은 백호의 발이 유진룡의 귓방망이를 가격했다.

아까처럼 유진룡은 저만치 굴러갔다.

"그래, 아예 죽어라, 죽어!"

굴러가던 신형이 멈춰질 즈음 악을 쓴 유진룡은 스스로 바닥을 굴러 비탈로 떨어져 내려갔다.

비탈은 점점 더 경사가 심해졌고, 유진룡의 신형은 이제 멈추려고 해도 멈출 수 없는 지경이 되었다. 나뭇가지에 몇 번 부딪쳤지만 그대로 옆으로 튕겨지며 굴러 내려갔다.

유진룡은 아이쿠! 하는 심정이 되었지만 이젠 어쩔 도리가 없었다.

턱!

어느 순간 유진룡의 몸이 바위에라도 부딪친 듯 멈춰 세워졌다.

처음으로 백호의 실체가 눈에 들어왔다.

상상한 것처럼 황소보다 더 큰 덩치에 털은 온통 흰색이고 줄무늬는 보통의 호랑이와 같았다.

놈이 어느새 비탈을 달려 내려와 떨어져 내리는 유진룡을 앞발 두 개로 받은 것이다.

무엇인가를 잡지 않으면 급전직하로 미끄러져 내릴 만한 급경사였는데 놈은 땅에 뿌리라도 내린 듯 서 있었다.

아마도 날카로운 발톱을 땅바닥에 찍어 넣고 그렇게 바위처럼 버티고 있는 모양이었다.

'일단 사는 게 우선이다.'

유진룡은 옆에 있는 작은 잡목가지들을 붙잡고 절벽에 가까운 비탈길을 거슬러 올라갔다.

유진룡이 혼자 힘으로 운신이 가능하자 백호는 어느새 자취를 감추었다.

기진맥진 능선으로 기어오른 유진룡은 큰대 자로 바닥에 드러누웠다.

후욱—

콧김 소리가 뿜어지며 백호의 기척이 느껴졌다. 그러나 더 이상 노린내 나는 입은 들이밀지 않았다.

옷을 다 벗어버린 유진룡을 어떻게 물고 갈지 난감한 모양이었다.

목덜미를 물고 가자니 목이 부러지거나 숨통이 막혀 죽을 것이고, 그렇다고 팔이나 다리를 물면 이빨에 살갗이 찢겨지거나 아예 끊어질 것이다.

"날 태우고 가든지 혼자 가든지 둘 중 하나를 선택해라. 안 그러면 난 죽었으면 죽었지 못 간다."

유진룡은 여전히 대 자로 드러누워 악을 섰다. 마지막 남은 진기가 모두 입으로 모였는지 손가락 하나 까닥할 수 없었지만 고함은 제대로 터져 나왔다.

후욱—

발목 어림에서 거친 숨결이 느껴졌다 싶은 순간, 놈이 발목을 덥석 물었다.

이빨 사이에 발목을 끼우고 끌고 갈 모양이었다.

질질—

아니다 다를까, 백호는 유진룡의 발목을 물고 끌었다.

"야, 이 못된 짐승아! 이렇게 몇 발이나 갈 것 같으냐? 가다가 돌부리에라도 머리가 부딪치면 죽을 것이고, 그럼 내 주인에게 시체를 갖다 바치고 칭찬을 마음껏 들어라!"

유진룡은 사람에게 따지듯 말했다.

천산마존의 지시로 이렇게 움직이는 걸로 봐서는 사람 말을 충분히 알아들을 것 같았다.

유진룡의 말을 알아들었는지 백호는 잠시 주춤하다가 방향을 틀었다. 그리고는 돌이나 나무가 없는 곳으로 교묘하게 유진룡의 신형을 끌었다.

유진룡은 다리 하나를 벌렸다.

퍽—

옆에 있던 나무 등치가 사타구니에 걸리며 지독한 통증이 느껴졌지만 호랑이의 의도에 찬물을 끼얹을 수 있었다.

백호가 끌고 가는 방향을 바꾸었지만 유진룡은 무릎을 구부려 나무를 다리로 끌어안았다.

이제는 가랑이를 찢지 않고는 끌고 갈 수 없는 상황을 만든 것이다.

화가 났는지 백호가 힘을 주었다. 사타구니에 다시 통증이 전해졌다.

맨살이라 더욱 아팠다.

"호랑이가 사람 물고 간다!"

와락 인상을 쓴 유진룡은 목이 터져라 고함을 질렀다.

사타구니의 고통이 심해질수록 반사적으로 고함 소리도 더 크게 터져 나왔다.

마침내 백호가 물었던 발목에서 입을 떼었다.

사냥감이라면 한입에 숨통을 끊어놓고 물고 가겠지만 온갖 방법으로 악다구니를 쓰는 인간을 산 채로 데려가려니 도저히 답이 나오지 않는 모양이었다.

그야말로 하룻강아지 범 무서운 줄 모르는 상황이 벌어진 것이다.

후욱―

콧김을 길게 한 번 내뿜은 백호가 저만치 서서 유진룡을 노려보았다. 두 눈에서 등잔불만 한 불덩이가 쏟아졌다.

으르릉―

마침내 백호는 낮은 포효를 터뜨렸다.

그것만으로는 심장이 덜컥 멈출 것 같은 포효였다.

그러나 유진룡은 꿈적도 하지 않았다.

"다시 한 번 나에게 앞발질을 하든지 이빨을 들이대면 이번에는 아예 몸을 날려 저 절벽 아래로 뛰어내릴 테니 알아서 해라."

잠시 상체를 일으켜 백호를 협박한 유진룡은 다시 큰대 자로 드러누웠다.

으르릉!

백호의 포효 소리가 조금 더 높아졌다.

"호랑이가 사람 협박한다!"

유진룡도 마주쳐 포효를 터뜨렸다.

이런 산중에 누가 있을 리 없었지만 유진룡은 계속 고함을 질렀다.

백호는 기가 차는지 잠시 숨소리조차 멈추더니 벌떡 일어섰다.

고함은 쳤지만 덜컥 겁이 난 유진룡은 실눈을 뜨며 백호의 움직임을 살폈다.

퍽—

우지끈!

갑자기 팔뚝만 한 나무 하나가 중간에서부터 뚝 끊어지며 날아갔다.

퍽—

이번에는 아름드리 항아리만 한 바위가 허공을 날아 까마득히 절벽 아래로 사라졌다.

성질을 이기지 못한 백호가 나무나 바윗덩이에게 분풀이를 하는 것이다.

유진룡은 등골에 소름이 끼치는 느낌이 들었다.

방금 흔적도 없이 날아간 바윗덩이는 자신보다 두 배는 더 무거울 것 같았다. 그런데 그것이 공깃돌 날아가듯 까마득히 날아갔다. 놈이 제대로 자신에게 앞발질을 한다면 발톱을 세우지 않더라도 척추가 뚝 부러지며 조금 전의 바위처럼 날아갈 것 같았다.

유진룡은 이런 흉포한 맹수를 수족으로 부리는 천산마존이란 사람이 정말 대단하다는 느낌이 들었다.

꽈드득—

요란한 소리와 함께 이번에는 유진룡의 다리통만 한 소나무 한 그루가 백호의 이빨에 물어뜯기며 털썩 허리를 꺾었다.

저런 이빨이라면 사람의 허리 정도는 힘을 들이지 않고도 끊어버릴 것 같았다.

그러고도 한참 동안 백호는 나무나 바위에 화풀이를 했다.

'소낙비는 피해 가는 게 상책이다.'

유진룡은 잠시 동안 숨소리도 내지 않고 드러누워만 있었다.

천산마존이 놈에게 어떤 훈련을 시켰는지는 모르겠지만 놈은 세상에서 가장 포악한 맹수 중 한 마리다. 더 이상 성질을 돋우었다가는 완전히 이성을 상실하고 달려들면 뼈도 추리기 힘들 것이다.

다시 약을 올리더라도 조금 성질이 가라앉았을 때 올려야 할 것이다.

잠시 후 백호는 성질을 좀 가라앉혔는지 작은 바위 위에 올라앉아 숨만 헐떡이고 있었다.

유진룡은 슬그머니 일어나서 백호 쪽으로 쳐다보았다.

"너도 자존심이 있듯이 나도 자존심이 있어. 처음에는 멋도 모르고 짐승처럼 물려갔지만 이번에는 다르잖아? 곱게 태우고는 못 가더라도 짐승처럼 물고 가는 것은 너무한 것 아니냐?"

알아들었는지 못 알아들었는지 백호는 먼 산만 쳐다보고 있었다.

"조금 있으면 날이 샐 텐데 어떡할 거냐? 날이 새면 너도 행동하는 데 불편할 테고……. 그리고 지금쯤 네 주인도 화가 머리끝까지 났을 것이다."

먼 산만 쳐다보고 있던 백호가 슬그머니 고개를 돌렸다.

주인인 천산마존이 화가 났을지도 모른다는 소리는 적이 켕기는 모양이었다. 그래도 마지막 자존심은 버리지 못했는지 고개를 이리저리 돌리며 바위 위에서 내려오지는 않았다.

"그럼 이렇게 하자!"

유진룡이 제안을 하자 백호는 유진룡을 빤히 쳐다보았다.

"동굴 앞까지만 나를 태워가고, 거의 다 도착했을 때쯤에는 다시 나를 짐승처럼 물고 가라. 그러면 너도 네 주인 앞에서 체면을 세우고 나도 스스로 체면이 좀 서니 서로 좋은 것 아니겠느냐?"

백호는 구미가 당기는지 유진룡을 뚫어져라 쳐다보았다.

두 눈에서 뻗어 나오는 시뻘건 불덩이가 심장을 태울 듯이 글거렸다.

웬만한 짐승들은 저 불덩이만 보고도 심장이 멎어 사냥할 필요도 없을 것 같았다.

"어서 결정을 해라. 동녘이 밝아오고 있지 않느냐."

유진룡의 말에 백호는 고개를 돌려 동쪽 산등성이를 쳐다보았다.

동녘 하늘은 어느새 붉은 물감을 칠하며 밝아오고 있었다.

휘익―

마침내 백호가 바위 위에서 뛰어내렸다. 그리고는 등을 돌려댔다.

"좋아! 잠시 기다려."

유진룡은 쾌재를 외친 후 뛰어가서 벗어놓은 옷가지를 찾았다.

옷을 입어야 나중에 백호가 다시 물고갈 수 있을 것이다.

찢어진 속옷은 보이지도 않았고 찾을 필요도 없었다. 겉 바지와 저고리 하나씩만 서둘러 걸친 유진룡은 백호의 등에 올라탄 후 어깨 부분의 털을 움켜잡았다.

걸어가던 백호는 천천히 속도를 높이며 뛰었다. 그리고 어느 순간부터는 화살처럼 숲을 가로질렀다.

유진룡을 등에 태웠지만 백호의 달리는 속도는 바람을 방불케 했다.

순식간에 고개 하나를 넘은 백호는 바위 절벽 앞에서 걸음을 멈추었다.

'저곳인가?

유진룡은 호기심 어린 눈으로 바위 절벽을 올려다보았다.

처음 물려왔을 때는 혼비백산하여 어디가 어딘지 구별도 가지 않았고 신경도 쓰지 못했다. 그래서 동굴이 바위 절벽에 붙었는지 폭포 뒤쪽에 붙었는지 아무 기억이 없었다.

유진룡은 절벽을 올려다보며 찬찬히 살폈지만 동굴 같은 것은 보이지 않았다.

그때 백호가 고개를 쳐들며 울대를 몇 번 움직였다.

유진룡에겐 아무 소리도 들리지 않는 것으로 보아 보통 사람이 들을 수 없는 소리를 지른 모양이었다.

휘이잉—

갑자기 바람 한줄기가 지나가며 주변의 지형이 바뀌었다.

절벽은 그대로였지만 절벽 중간에 작은 마루턱이 생기며 그곳에 동굴 같은 것이 보였다. 그러나 그마저도 잡목에 막혀 있어 자세히 살피지 않으면 발견할 수가 없을 정도였다.

유진룡은 눈을 끔벅이며 그곳을 살폈다.

분명히 처음에는 마루턱이나 동굴은 없었다. 그냥 전체가 다 깎아지른 듯한 절벽이었다. 그런데 백호의 신호와 함께 절벽 가운데의 모습이 바뀐 것이다.

무슨 장치가 있어 주변을 변화시킨 것도 아니고, 갑자기 저렇게 변한 것이었다.

'그렇군!'

유진룡은 고개를 끄덕였다.

언젠가 주워들은 진식(陣式)이란 말이 떠올랐다.

무림의 고수들은 자신의 내력을 이용하여 깃발 몇 개로도 순식간에 주변 지형을 변화시킨다고 들었는데 지금 절벽 중앙에서 벌어진 현상이 그것이 분명했다.

천산마존은 절벽 중간에 뚫린 동굴의 존재를 진식으로 숨겨놓은 모양이었다.

'그렇다고 쳐도 너무 높은데…….'

유진룡은 동굴 중간의 마루턱까지의 높이를 가늠하며 고개를 설레설레 저었다.

그 순간 귓가에서 백호의 거친 숨결이 느껴졌다.

유진룡은 이번에는 반항하지 않고 고개까지 옆으로 돌려 백호가 쉽게 옷을 물 수 있게 해주었다.

백호는 유진룡의 어깨 옷을 덥석 물고는 그 자리에서 절벽을 향해 솟아올랐다.

"으악!"

유진룡은 비명을 질렀다.

아무리 호랑이라고 하지만 너무 높은 절벽이었다. 그런 곳을 향해 예비 동작도 없이 그대로 뛰어오를 줄은 몰랐다.

기겁을 한 유진룡은 혹시 단추라도 떨어지지 않을까 양손을 가슴에 모으며 숨까지 멈추었다. 자칫 옷이라도 찢어져 떨어진다면 뼈도 못 추릴 정도로 절벽은 험했다.

바닥과 동굴 사이의 중간쯤에서 솟구치는 속도가 떨어진다고 느끼는 순간 쇠로 바위를 긁는 듯한 소리가 들리더니 몸이 한 번 더 급격히 솟구쳤다.

백호는 절벽 중간에 발톱을 쑤셔 넣어 다시 한 번 도약을 한 것이었다. 조금 전에 들렸던 쇠가 바위를 긁는 듯한 소리는 백호의 발톱이 바위틈에 박히는 소리였다.

어느새 동굴 앞 마루턱에 오른 백호는 유진룡을 마루턱 바닥에 내려놓았다. 그리고는 혼자서 안으로 들어갔다.

유진룡은 약간 어리둥절한 표정으로 백호의 뒷모습을 쳐다보았다.

여기까지 타고 오는 조건으로 동굴에 들어갈 때는 짐승같이 물려오는 모습을 보여줘도 괜찮다고 했는데 놈은 그냥 혼자 동굴 속으로 들어가 버렸다.

싸우면서 마음이 통했는지 백호는 마지막 순간 유진룡의 자존심을 살려준 것이다.

"생각보다 괜찮은 놈일세."

유진룡은 빙긋 웃음을 흘렸다.

동굴 안으로 들어가서 바닥에 내동댕이치는 것은 물론, 벽을 향해 던져 버렸다고 해도 이젠 전혀 유감이 없을 것 같은 유진룡이었다.

"왔으면 들어오지 뭘 꾸물거리느냐?"

동굴 안에서 천산마존의 목소리가 들렸다.

흠칫 신형을 굳힌 유진룡은 동굴 입구를 쳐다보았다.

아래에서는 입구가 있는지도 잘 보이지 않았지만 여기서 보니 제법 컸다.

동굴 안은 여전히 지옥 같은 어둠이 한 치 빈틈없이 들어차 있었다.

이 시커먼 동굴은 지옥문이나 마찬가지일지도 몰랐다.

나이도 이미 한참 들었고, 뒷골목에서 들개처럼 싸울 줄밖에 모르는 자신을 알아주는 무림의 고수로 만들려면 천산마존이 어떤 훈련을 시킬지 짐작이 갔다.

그건 아마도 지옥보다 훨씬 더한 고통이 따를 것이다. 그렇지 않다면 세상에 고수 아닌 사람이 어디 있겠는가?

"휴우―"

유진룡은 길게 숨을 내쉬었다.

어찌 보면 뒷골목 생활도 반은 지옥이나 마찬가지였다. 그리고 언제까지 그런 곳에서 들개처럼 살 수는 없는 일이었다.

문득 유진룡은 싸우는 것이 자신의 타고난 운명 같다는 생각이 들었다.

그렇다면 좁고 음습한 골목에서 이전투구(泥田鬪狗)가 아닌, 좀 더 큰 세상에서 화려하게 싸우고 싶다는 욕구가 일었다.

"흐읍―"

이번에는 길게 숨을 들이마셨다.

동쪽 하늘을 붉게 물들이는 불덩이가 가슴으로 빨려드는 느낌이 들었다.

"이젠 개처럼 물고 뜯는 싸움이 아닌, 손짓 한 번에 온 세상이 얼어붙고 발길질 한 번에 세상이 경악으로 잠을 이루지 못하는 고수가 되는 거야."

유진룡은 나직하게 속삭였다.

"일단 안으로 들어와야 고수가 되든지 말든지 할 것이 아니냐, 이놈아!"

자신에게도 잘 안 들릴 만큼 작은 소리로 중얼거렸는데 그것마저도 모조리 들었는지 천산마존의 호통 소리가 한 마리 교룡(蛟龍)처럼 동굴 속에서 튀어나왔다.

第十一章
지옥 속으로

동굴 속은 여전히 지옥처럼 깜깜했고 축축한 습기가 느껴졌다. 천산마존의 존재 역시 어디에도 느껴지지 않았다.

백호 역시 동굴 깊은 곳으로 들어가 버렸는지 아무 기척도 들리지 않았다.

유진룡은 우두커니 서서 천산마존의 목소리가 들리기만을 기다렸다.

"앉거라."

등 뒤에서 천산마존의 목소리가 들려왔다.

유진룡은 천천히 등을 돌렸다.

"부질없는 짓 하지 말고 앉아라."

이번에는 머리 위에서 목소리가 들렸다.

유진룡은 바닥에 주저앉았다.

"가당찮은 짓을 하고 왔더구나. 쯧쯧!"

천산마존은 유진룡이 밤새 벌인 활극을 알고 있는 듯 혀를 찼다.

"다 보셨으면서 그냥 계셨습니까? 하마터면 죽었을 수도 있었는데……."

유진룡은 불만 섞인 목소리로 말했다.

"나도 조금 전에서야 보았을 뿐이다. 그때는 네 녀석이 이리로 오고 있는 중이었을 테고……."

흑웅의 기억을 차후에 투사시켜 보았다면 그럴 수밖에 없을 것이다. 설사 순간순간 바로 보았다 하더라도 어쩔 도리가 없었을 것이다. 소주 한복판으로 황소만 한 호랑이를 보내어 설치게 할 수도 없었을 테니까…….

며칠 전 자신을 물고 오게 한 것은 산 쪽에 가까운 뒷골목이니 그나마 가능한 것이리라.

"흐흡!"

동굴 속의 갑갑한 대기에 유진룡은 숨을 크게 쉬었다.

"으윽!"

갈비뼈 전부가 쑤셨다.

"쯧쯧!"

천산마존의 혀 차는 소리가 다시 들렸다.

"이걸 삼켜라."

바로 앞에서 천산마존의 목소리가 들렸다.

유진룡은 손을 뻗었지만 빈 공간만 잡혔다.

휘익!

손바닥 안에 메추리알만 한 무언가가 날아들었다.

"무엇입니까, 이것이?"

유진룡은 손바닥 안의 감촉을 음미하며 질문을 던졌다.

매끈하면서도 부분적으로 약간 거친 감촉이 진흙을 둥글게 뭉쳐 말린 것 같은 느낌이 들었다.

"그냥 삼키거라. 네놈이 입은 내상에 조금은 도움이 될 것이다."

천산마존의 목소리가 등 뒤에서 들렸다.

유진룡은 단약이라 생각되는 그것을 코앞으로 가져와서 냄새를 맡았다. 그것에서는 아무런 냄새도 나지 않았다.

유진룡은 실망하는 기분이 되었다.

양혜란이 가져다 준 약초 술은 코앞에 갖다 대기도 전에 강한 약초 냄새를 풍겼다.

그래서 그만큼 약효도 강해 하룻밤 자고 나니 몸이 많이 거뜬해졌다. 그런데 이것은 약초 냄새는커녕, 평범한 풀 냄새조차 나지 않았다.

"뭘 그렇게 뜸을 들이느냐? 독이라도 탔을까 봐 그러느냐?"

천산마존의 목소리가 높아졌다.

"그런 게 아니고… 그냥 꿀꺽 삼키기엔 좀 크군요."

"그렇다면 씹어서 삼키면 될 것이 아니냐! 그것까지 일일이 설명해 주어야 하느냐?"

천산마존은 기가 막힌다는 듯 고함을 질렀다.

"제가 좀 융통성이 없는 편입니다. 그래서 시키는 대로만 하는 때가 많습니다."

유진룡은 피식 웃으며 답했다.

"그래서 네놈을 택했느니라."

천산마존의 대답에 끄응! 하고 신음을 흘린 유진룡은 단약을 입 안에 넣었다.

'어?

유진룡은 퉁퉁 부어서 제대로 보이지도 않는 눈을 크게 떴다.

단약을 입 안에 넣고 씹으려고 하는 순간 그것은 순식간에 녹아서 스르르 목구멍 안으로 흘러들어 가버렸다.

삼키려고 목울대를 움직이지도 않았는 데도 단약은 스스로 제 갈 길을 찾듯이 목구멍 안으로 흘러들어 가버린 것이다.

유진룡은 신기한 기분에 혀를 놀려 입 안에 남아 있는 단약의 맛을 음미했다.

맛 역시 느껴지지 않았다.

그냥 물 한 모금을 마신 뒤의 느낌과 똑같았다.

다시 실망감이 느껴졌다.

소림의 대환단이니 무당의 자소단이니 하는 것들은 그것을 담아둔 목갑이나 도자기 등의 뚜껑을 열자마자 온 경내에 성스러운 향기가 진동한다고 했는데 그런 것과는 전혀 거리가 멀었다.

또한 그런 것들은 속으로 넘어가자마자 단전에서 열기가 느껴진다고 했다.

유진룡은 아랫배를 몇 번 출렁거려 보았다.

역시 아무런 느낌도 없었다.

"이젠 이 액체를 네놈 얼굴의 상처 부위에 바르거라."

천산마존의 목소리가 다시 정면에서 들려왔다.

유진룡은 손을 뻗었다.

아까와 마찬가지로 손바닥 안에 무언가가 처음부터 들어 있었든 듯 잡혀졌다.

이번에는 훨씬 큰 느낌이었다.

유진룡은 두 손으로 조심스럽게 그것을 감싸 쥐었다.

조그만 호리병이었다.

그 속에 액체가 들어 있는 모양이다.

유진룡은 호리병의 마개를 열었다.

역시 아무런 향기도 흘러나오지 않았다.

이젠 실망할 여력도 없는 유진룡은 손바닥에 호리병 속의 액체를 부었다.

액체는 소가 흘린 침처럼 끈적거렸다.

양 손바닥으로 비빈 유진룡은 얼굴 골고루 그 액체를 발랐다.

냄새는 없었지만 상처 부위가 약간 시원해지는 느낌이 들었다.

유진룡은 몸에 난 다른 상처에도 그 액체를 발랐다.

얼마나 효력이 있을지는 모르겠지만 안 하는 것보다 낫겠지 하는 생각으로 액체를 발라가던 유진룡은 깜짝 놀라고 말았다.

액체를 묻힌 손이 스쳐 지나가는 순간에는 시원한 느낌 정도만 들었는데 조금 지나고 나자 약간 근지러운 느낌이 들고 뒤이어 붓기가 거짓말처럼 빠졌다.

거울을 통해서 본 것은 아니었지만 그건 확연히 느껴졌다.

움직일 때마다 통증을 느끼게 해주던 입술이 순식간에 원래의 두께로 돌아온 것 같았다. 혀를 내밀어 입술 주변을 훑어보았다.

터진 상처는 아직 그대로였지만 그것 역시 주변의 붓기가 완전히 빠진 채 아물 준비를 하고 있었다.

눈두덩이 역시 마찬가지였다.

진흙 덩어리를 붙인 듯 부어올라 거의 감겨진 것 같던 눈이 거짓말같이 쉽게 뜨여졌다.

유진룡은 볼을 씰룩거려 보았다.

당기거나 욱신거리는 느낌이 전혀 없었다.

처음에 느꼈던 실망감이 적지 않은 존경심으로 바뀌어갔다.

'어디?'

유진룡은 천천히 상체를 틀었다.

갈비뼈 부분에서 뻐근한 느낌은 아직 남아 있었지만 비명을 지를 정도로 뜨끔거리지는 않았다.

복부의 통증도 사라지고 당장 음식을 먹어도 상관이 없을 것 같았다.

그리고 바닥이 난 것 같은 기력 또한 빠르게 돌아오며 황악호와 한바탕 더 싸울 수도 있을 것 같았다.

"됐으면 지금부터 바로 수련에 들어가도록 하자."

마치 유진룡의 몸 상태를 읽고 있듯이 천산마존이 재촉했다.

"노인장… 아니, 저… 사부……."

자리에서 일어선 유진룡은 천산마존을 어떻게 불러야 할지 몰라 더듬거렸다.

저번에 만났을 때처럼 노인장이라고 부르기도 그랬고, 아직 구배지례도 치르지 않았는데 사부님이라고 부르는 것도 주제 넘는 것 같았다.

"왜 그러느냐? 수련할 정도로 몸은 회복되지 않았느냐?"

유진룡이 머뭇거리자 천산마존이 약간 귀찮다는 음성으로 물었다.

유진룡은 어이없는 기분에 해답을 잃었다.

처음 만날 때부터 거짓말을 싫어하고 격식을 따지지 않는 성품이란 것은 알았는데 이건 좀 심하다 싶었다.

아무리 그래도 죽을 고생을 하고 이곳까지 왔으니 하루, 아니, 단 일각이라도 휴식 시간을 주고 마음의 준비를 할 시간도 주어야 정상이다. 그리고 무림사에 길이 남을 징도로 거창하거나 감동적이지는 않더라도 제자를 맞아들이는 조촐한 예식이라도 있어야 할 것이 아닌가?

"몸이 문제가 아니고 마음이 문제입니다. 마음의 준비를 하고 구배지례도 올리고……."

"다 필요 없느니라."

천산마존이 유진룡의 말을 무참히 잘라 버렸다.

"마음의 준비는 아무리 해도 모자랄 것이다. 그리고 구배지례 같은 것도 할 필요가 없다. 네놈과 난 거래를 이행하기 위해 묶인 사이니까 말이다."

천산마존은 여전히 군더더기 하나 없는 말로 유진룡의 기대에 찬물을 끼얹었다.

유진룡은 멍한 기분에 입만 벌리고 있었다.

거래 때문에 묶인 사이라는 말이야 틀린 것이 아니지만 사람 사이란 것이 어디 그런가?

강호에서 알아주는 고수로 만들어줄 사람이면 하늘같은 은혜를 입은 사부인 것이다.

자신의 생각은 그런데 천산마존이란 이 괴인은 그걸 전혀 바라지 않는 모양이었다.

"혹시 제자에게 뒤통수 맞은 적이 있습니까?"

유진룡은 어이없는 심정에 불쑥 질문을 던졌다.

천산마존의 대답은 들려오지 않았다. 대신 이질적인 기운 한줄기가 몰려왔다.

'이크!'

유진룡은 자신도 모르게 몸을 움츠렸다.

어디선지 모르게 밀려오는 그 기운은 수많은 싸움에서 상대가 필살의 일격을 던질 때 뿌리는 그 기운이었다. 그건 본능적으로 의식보다는 피부가 먼저 느낄 수 있었다.

유진룡의 염려와는 달리 아무런 공격도 날아오지 않았다. 대신 착각인 듯한 한숨 소리만이 느껴졌다.

"구배지례니 군사부일체니 하며 거창하게 떠드는 놈치고 제대로 된 놈 없느니라. 그런 건 바라지 않으니 네놈 역시 날 사부로 부를 것도 없다. 그냥 네놈 편한 대로 불러라. 수련은 할 것이냐, 말 것이냐? 마지막 기회를 줄 테니 싫다면 지금이라도 돌아가거라."

천산마존의 목소리가 다시 높아졌다.

잠시 우두커니 서 있던 유진룡은 천천히 입술을 비틀며 웃었다.

문득 한덕무의 얼굴이 떠올랐다.

그 역시 이런 유의 인간이었다.

격식이니 호칭이니 하는 것을 따지지 않고 자기 하고 싶은
대로 했다.

금빙화 단리하연도 그랬다.

소향상회까지 가면서 터지고 찢기고 부어올라 괴물같이
변한 것이 틀림없을 자신의 외양은 전혀 신경 쓰지 않았다.

그녀의 아름다운 눈은 오직 자신의 눈 속에 담긴 생각만을
들여다보았다.

만약 그녀가 유진룡 자신의 상처나 얼굴에 대해 빈말이라
도 걱정을 했으면 무척 거북하고 신경이 쓰여 솔직하게 거래
를 하지 못했을지도 모른다.

여기에 있는 천산마존 역시 동류의 사람 같았다.

겉치레는 따지지 않고 겉치레 속의 내면만을 중시하고 있
었다.

자신 역시 그렇다고 생각했는데 더 큰 골목의 더 큰 인간들
을 상대하며 눈치를 보고 사느라 알게 모르게 물이 든 모양이
었다.

"하긴 뭐, 안 빠뜨리고 제대로만 가르쳐 주신다면야 그런
게 무슨 상관이겠습니까?"

유진룡은 고개를 크게 끄덕였다.

천산마존은 다시 아무 말이 없었다.

"따라오너라."

왼쪽에서 천산마존의 목소리가 들렸다.

유진룡은 소리가 나는 쪽으로 걸음을 옮겼다.

퍽—

이마에 무언가가 받쳤다.

뽀족한 부분에 받힌 모양으로 통증이 제법 느껴졌다.

"앞이 안 보이면 조심을 해야 할 것이 아니냐, 이놈아!"

천산마존이 혀를 찼다.

"앞이 잘 보이는 분이 그럴 땐 알려주어야 하는 것이 아닙니까?"

유진룡은 볼멘소리를 질렀다.

"이곳에는 곳곳에 그런 위험이 도사리고 있다. 언젠가 안력이 증대되어 보일 수 있을 때까지는 각별히 조심해야 할 것이니라."

천산마존은 뒤늦게 일러주었다.

유진룡은 손을 내젓고 걸음을 걸을 때는 발까지 먼저 내저어 보면서 앞으로 나아갔다.

입구와는 달리 동굴 안은 꽤 넓고 길었다.

한참을 걸었지만 끝이 없었다.

"다 왔느니라."

약 반 각이나 걸었을 때 천산마존의 목소리가 들렸다.

걸음을 멈춘 유진룡은 사방을 둘러보았다.

여전히 아무것도 보이지 않았고 바람 소리나 물소리도 들리지 않았다.

"문을 열어라!"

천산마존이 불쑥 지시를 내렸다.

"문이 어디 있습니까?"

유진룡이 손을 내저으며 말을 받았다.

"네놈 보고 한 소리가 아니다."

천산마존의 목소리와 함께 미약한 바람 소리가 들리며 노린내가 풍겨왔다.

백호였다.

그놈이 처음부터 이곳에 있었는지, 아니면 계속 따라왔는지 모르겠지만 잠시 기척이 느껴졌고, 다시 연기처럼 사라져 버렸다.

아무리 털신같이 부드러운 발을 가지고 있더라도 미세한 기척은 느껴져야 하는데 제 주인처럼 놈이 스스로 기색을 드러내기 전에는 전혀 알아챌 수가 없었다.

우르릉—

갑자기 오른쪽에서 돌이 구르는 소리가 들렸다. 얼른 몸을 돌린 유진룡은 슬쩍 손을 뻗어보다가 놀라는 심정이 되었다.

두 발로 벌떡 일어선 백호가 바위 문을 열고 있었다. 손을 뻗으면 닿는 거리였는데 전혀 기척을 못 느낀 것이다.

영물은 영물이란 생각과 함께 궁금증이 몰려왔다.

과연 이 육중한 돌문이 닫혀 있는 또 다른 동굴은 어떤 곳인지, 뭐 하는 곳일지 경계심이 들었다.

"이곳은 네놈의 첫 번째 수련장이다."

천산마존의 목소리가 궁금증을 덜어주었다.

"이곳에서 무슨 수련을 해야 합니까?"

유진룡은 즉각 질문을 던졌다.

"석 달의 기안 안에 네놈은 이 돌문을 스스로 열고 나올 만큼 육체적인 힘을 길러야 한다."

천산마존은 짤막하게 답했다.

유진룡은 천천히 몸을 움직여 돌문을 만져 보았다.

커다란 바위였다.

어림잡아도 자신의 팔로 세 번은 감싸야 안을 수 있을 것 같았다.

이것을 석 달간의 수련으로 움직여야 하단 말인가?

"안에는 석 달 분량의 음식이 있다."

천산마존은 그 말만 하고는 입을 닫아버렸다.

어떤 방식으로 어떤 수련을 해서 힘을 기를지 기대하고 있던 유진룡은 마침내 헛바람을 내쉬었다.

"어떻게 수련해야 합니까?"

"그건 네놈이 알아서 할 일이다. 어떻게든 힘을 길러서 저 문을 혼자 힘으로 밀고 나오너라."

천산마존은 다시 말을 맺었다.

"석 달이 지나도 밀고 나올 힘을 못 기르면 어떻게 합니까?"

"물만 먹고 신선처럼 살아야겠지."

천산마존은 짤막하게 답했다.

"젠장!"

유진룡은 속으로 역정을 토했다.

돌문이 열리는 순간 어쩐지 불길한 예감이 스쳤는데 그것이 정확했다.

만약 석 달 안에 바위 문을 열고 나오지 못한다면 안에서 굶어 죽게 될 것이었다.

"중도에 열어주지 않겠지요?"

"계약을 불이행하는 놈을 살려둘 만큼 자비롭지도, 시간이 많지도 않다. 그럴 시간이 있다면 다른 놈을 골라야 한다."

천산마존은 칼로 두부를 자르듯이 명확하게 말했다.

"들어가거라!"

유진룡은 지옥문을 넘는 심정으로 동굴 안으로 들어갔다.

우르릉—

바위 문이 매정하게 닫혔다.

유진룡은 숨이 턱 막히는 기분에 갑자기 소리를 지르며 발광을 하고 싶은 느낌을 받았다.

폐쇄 공포!

인간의 내면에는 그런 공포도 있다고 했다.

아무 소리도 들리지 않고 아무런 빛도 들어오지 않는 곳에서 인간은 열흘을 견디지 못하고 미쳐 버린다.

다행히 소리는 들렸다.

그건 물이 흐르는 소리였다.

유진룡은 급히 그곳으로 가보았다.

바닥에는 작은 수로가 있고, 그곳을 통해 물이 흐르고 있었다.

많은 양은 아니었지만 마시는 것은 물론 목욕도 할 수 있을 것 같았다. 또 그것은 훌륭한 화장실 역할도 해줄 것이다.

"배설물과 함께 뒹구는 돼지 신세는 면했군."

중얼거린 유진룡은 재차 엄습해 오는 폐쇄의 공포에 숨을 크게 들이마셨다.

물소리는 끊이지 않으니 됐는데 빛이 없는 곳에서 석 달이나 있다 보면 미치지 않더라도 기능이 퇴화되어 자칫 시력을 잃어버릴 수도 있을 것이다.

그건 그때 가서 생각하고, 우선은 배가 고팠다.

아마 지금쯤이면 해가 떴을 것이다.

그러고 보니 밤새 한잠도 못 자고 먹은 것 역시 단리하연이 내어준 차밖에 없었다.

무언가 좀 먹고 잠을 잔 후에 훈련을 해도 할 수 있을 것이다.

유진룡은 걸음을 옮겨 벽 쪽으로 갔다.

무언가 손에 잡혔다.

아마도 석 달간의 음식인 것 같았다.

그런데 감촉이 좀 이상했다. 아무리 만져 보아도 먹을 수 있는 것 같지는 않았다.

"초?"

유진룡은 얼른 그것을 집어 전체의 모양을 훑어보았다.

그건 어린애 팔뚝만큼 굵은 초였다.

천산마존은 설명을 해주지 않았지만 어둠을 밝힐 준비를 해놓은 것이다.

초가 있다면 부싯돌도 있을 것이다.

예상대로 부싯돌이 있었고, 그 옆에 고운 풀이 있었다.

고운 풀에서 쑥 냄새가 풍겼다.

탁!

탁!

불꽃이 일고 마른 쑥에 불이 붙었다.

유진룡은 조심스럽게 불을 일구어 초의 심지에 갖다 대었다.

촛불이 켜지며 그 불빛이 어둠을 일시에 밀어냈다.

그 순간의 느낌은 이루 말할 수 없는 감동이었다.

한줄기 작은 불빛이 지옥을 천당으로 만드는 것 같았다.

유진룡은 눈을 끔벅거렸다.

너무 짙은 어둠에 젖어 있었던지라 작은 촛불마저도 눈이 부셨던 것이다.

잠시 후 눈이 익숙해지고 사방의 정물이 더 확연히 눈에 들어왔다.

공간은 그리 넓지 않았다.

다섯 명 정도가 투숙할 수 있는 객점의 방만 했다.

인공적으로 이루어진 것이 아닌, 동굴의 다른 한 갈래의 끝을 돌로 막아 이런 공간을 만든 것 같았다.

수로 역시 인공적인 것이 아니라 바위틈에서 흘러내리고 고인 물이 자연스럽게 구석으로 흘러가는 것이었다.

어쨌든 훌륭한 감옥의 조건을 갖추고 있었다.

유진룡은 다른 쪽으로 시선을 돌렸다.

구석에 침상이 있었고, 침상 옆에 항아리 하나가 있었다.

유진룡은 항아리 뚜껑을 열고 안을 들여다보았다.

이상한 곡식들이, 아니, 이상한 알약들이 가득 들어 있었다.

"벽곡단이라는 것인가?"

유진룡은 고개를 갸웃거리며 중얼거렸다.

벽곡단이란 존재는 직접 보지는 못했다. 단지 마응탁이 해준 얘기 속에서 들어본 것이다.

녀석은 글뿐만 아니라 강호에 대한 이야기도 많이 알고 있었다.

춥고 긴 겨울 밤, 녀석의 이야기는 어떤 간식보다 더 나았
다.

그 얘기들을 들으며 상상의 나래를 펴는 아이들의 얼굴에
는 배고픔도 사라져 있었다.

그 녀석의 지식은 이곳에서도 유용했다.

유진룡은 벽곡단이라 여겨지는 알약들을 한 줌 집어 입으
로 털어 넣었다.

여러 가지 곡식과 약초의 맛이 느껴지는 그것은 물을 한 모
금 마시자 녹듯이 목구멍 안으로 흘러들었다.

단 한 줌이었는데 금세 허기가 사라졌다.

역시 벽곡단이 맞는 것 같았다.

그러고 보니 항아리 안에 든 양도 한 끼에 한 줌씩 먹는다
면 석 달 동안 맞아떨어질 것 같았다.

그 옆으로 초가 쌓여 있었는데 그것 역시 구십 개였다.

하루에 한 개씩인 것이다.

시간의 추이는 그 초 한 자루가 타는 것으로 계산하면 될
것 같았다.

물론 중간에 꺼지지 않아야 할 것이다.

더 이상은 아무것도 없었다.

동굴 안에는 생존에 필요한 최소한의 준비만 되어 있는 것
이다.

"이곳에서 무얼 가지고 어떻게 수련을 한단 말인가?"

유진룡은 입구를 막은 바위 문을 쳐다보았다.

황소 두 마리를 포개놓은 것보다 더 큰 바위였다.

과연 저것이 인간의 힘으로 움직일 수 있는 것인지 궁금했다.

무공을 익힌 강호인이라면 가능하겠지만 그렇지 않고는 어떤 장사가 와도 안 될 것 같았다.

아직 다 자라지도 않은 자신에게 천산마존은 너무 무리한 과제를 던져 준 것이다.

"미친 늙은이가 아닐까?"

문득 그런 생각도 들었다.

괴물 같은 호랑이를 부리고 살다 보니 인간의 능력에 대한 기준치에 혼동이 와서 이런 일을 계획했다면 어쩌나 하는 불안도 들었다.

그러나 그 어떤 불안도 뒤를 이어 밀려오는 잠만큼 강렬하지는 못했다.

천산마존이 준 단약을 먹고 몸이 개운해지자, 그리고 벽곡단을 먹고 배가 부르자 잠은 만근의 무게로 어깨를 짓눌렀다.

유진룡은 촛불이 꺼지지 않게 불이 켜진 초를 구석에 옮겨놓고는 침상에 드러누웠다. 그리고는 순식간에 잠에 빠져들었다.

유진룡의 코 고는 소리를 들으며 천산마존은 천천히 물러났다.

백호가 몇 번 고개를 돌리며 머뭇거렸다.

그건 동굴 입구를 막은 큰 바위가 걱정스런 몸짓이었다.

"그새 정이라도 든 것이냐?"

천산마존이 어이없는 음성으로 물었다.

자존심이 상한 듯 백호는 불만스런 몸짓을 몇 번 하고는 휭하니 동굴 더 깊은 곳으로 사라졌다.

어둠 속에서 천산마존은 풀썩 웃었다.

백호가 돌아오기 전에 한발 앞서 날아든 흑응의 기억을 통해 유진룡이 산등성이에서 백호와 실랑이를 하는 장면도 대충 보았다.

어이가 없다 못해 이성을 잃은 백호 놈이 유진룡을 한입에 물어 죽이지 않을까 등에 식은땀이 흐를 것 같은 장면이었다.

물론 자신이 그 장면을 보았을 때는 이미 지나간 일이었기에 망정이지 먼발치에서 바로 보았다면 간이 오그라드는 느낌을 받았을 것이다.

백호 놈이 말을 듣지 않고 유진룡을 물어 죽였다면 놈 역시 지독한 고통과 함께 머리가 터져 죽었을 테지만 그것 역시 차후의 일이다.

그걸 참아내는 백호 놈은 역시 영물이었다.

그땐 정말 뭐 저런 놈이 다 있나 싶었다.

말하는 것을 들어보면 뒷골목을 굴러먹던 다른 놈들과는

전혀 다르게 돼먹지도 않았고 협기도 강했는데, 고집을 피울 때면 황소 열 마리가 달려들어도 못 당할 것 같았다.

오죽하면 저 자존심 강한 호랑이 놈이 결국은 놈을 태우고 왔겠는가?

문득 다른 제자 한 명의 얼굴이 떠올랐다.

고집불통이던 막내제자.

"그놈도 저놈 못지않게 고집이 세었지."

천산마존의 입가로 메마른 웃음이 번져 갔다.

고집이 세었기에 말도 제일 잘 듣지 않았다.

그래서 가장 가혹하게 다뤘고, 정도 적게 주었다.

그러나 마지막 순간에 자신의 곁에 남아서 자신을 구한 것은 그놈이었다.

첫째제자 놈은 절대로 그런 막내제자를 살려주지 않을 것이다.

그놈의 독사 같은 심성은 세상 끝까지라도 쫓아가서 막내제자를 죽이고 자신까지 죽이러 할 것이다.

그리고,

자신의 생명과도 바꿀 수 없는 사람마저 잡아서 개처럼 끌고 다닐 것이다.

지금으로선 그걸 막을 사람은 막내제자밖에 없다.

하지만 그놈은 억지로 끌려와서 제자가 된 것에 불만을 품고 구배지례조차 올리지 않고 사부란 소리도 잘 하지 않는 놈

이라 무공도 등한시하며 가르쳤다. 반면, 첫째제자인 사갈 같
은 그놈은 입 안의 혀처럼 굴어서 모든 정성을 다해 가르쳤
다.

그래서 둘이 마주치면 막내제자는 놈의 상대가 될 수 없다.

아직은 자신의 세력을 키우는 일이 바빠, 그리고 천산마존
자신을 잡기 위해 그들을 놓아두며 기회를 보고 있겠지만 언
젠가는 마수를 뻗칠 것이다.

"저놈이 얼마 만에 원하는 만큼 커줄까?"

동굴을 막은 바위 쪽을 쳐다보는 천산마존의 가슴속에서
조바심이 스쳐 지나갔다.

그리고 그 조바심 끝으로 한줄기 강한 경계심도 뒤따랐다.

'저놈도 첫째제자처럼 된다면……?

천산마존은 고개를 저었다.

저놈은 첫째제자와는 근본이 다르다고 할 정도로 다른 놈
이었다.

오히려 막내제자 놈을 더 닮았지만 그놈과는 또 다른 뭔가
가 있었다.

근 일 년 동안 하루도 빠지지 않고 지켜보았다.

타고난 근골과 싸움에 대한 본능적인 감각!

그 점은 다른 제자 놈들을 훨씬 뛰어넘었다.

하지만 이번에는 그것보다 놈의 심성을 더 유심히 지켜보
았다.

다른 놈들을 거둘 때는 심성을 제쳐 놓았다.

오로지 육체적인 능력만을 평가하고 제자로 삼았다.

그러나 이무기에게 칼자루를 쥐어주면 어떻게 된다는 것은 그땐 철이 덜 들어 예상을 하지 못했다.

평생 인간들보다는 짐승들과 더 많이 지냈기에 거짓말을 안 하는 짐승들의 습성이 몸에 배어 인간의 흉험한 심성을 간과한 것이다.

"저놈은……."

천산마존은 간절함이 깃든 목소리를 토하며 허공을 쳐다보았다.

"맹수보다 더 깨끗한 피를 타고난 놈이야!"

그건 백호가 먼저 알았다.

다른 제자 놈들을 대할 때도 그랬다.

첫째제자 놈은 온갖 먹이를 갖다 주며 백호를 아꼈다. 반면 막내제자 놈은 앞에 거치적거리면 걷어차기까지 했다. 물론 그때는 백호 놈이 어릴 때였다.

하지만 백호 놈은 막내제자 놈을 더 편안해했고, 첫째 제자 놈 옆에서는 까닭 모를 불안감을 드러냈다.

그때는 그 연유를 알지 못했다.

영물인 백호 놈은 첫째제자의 몸에서 풍기는 혼탁한 피 냄새를 역겨워했던 것이다.

옆에 오는 것조차 싫어했고, 걷어차기까지 하는 막내제자의 깨끗한 피 냄새에 그놈 옆에 있기를 더 좋아했다.

백호는 저 어린놈에게 상상도 할 수 없는 친근감을 드러냈다.

첫째제자 같은 놈이라면 나중에 명령을 어긴 죄로 머리가 터져 죽는 한이 있더라도 태우고 오지 않았을 것이다. 차라리 반쯤 죽여서 물고 왔을 것이다. 그리고 돌문을 닫았을 때 걱정스럽게 머뭇거리는 모습은 기가 차기까지 했다.

두 놈 모두 같은 종류의 피가 흘러서 그런 것일까?

그렇다면 이제 얼마 남지 않은 자신의 생명이 꺼진 후에 백호 놈은 새로운 주인을 섬기며 외롭지 않게 살 것이다.

어릴 때부터 사람 손에 길러진 백호 놈은 주인을 잃으면 어떤 모습으로 살아갈지 알 수 없다.

저놈에게는 주인이 있어야 하는 것이다.

역겨워하지 않을 피 냄새를 풍기는 주인이…….

"그러고 보면 내 피도 그리 맑지는 못한 모양이야."

천산마존은 쓴웃음을 지었다.

시키는 일마다 툴툴거리고, 일만 해주고 나면 휑하니 동굴 깊은 곳으로 들어가 버리는 놈을 보면 그럴 것 같다는 생각이 들었다.

그건 혼탁한 피 냄새보다는 억지로 심령을 제압하고 있는 데 대한 불만 때문일지도 몰랐다.

어쨌든 저 어린놈에게 보인 친밀감은 자신에게는 아직 한 번도 보이지 않았다.

"그렇다면 한 가지 걱정을 줄었는데… 과연 저놈은 얼마만큼 빨리 커줄 것인가?"

천산마존의 가슴으로 다시 한 번 조바심이 지나갔다.

『만리웅풍』 2권에 계속…

초등학생이 반드시 읽어야 할 좋은 책 49권

각 학년별로 초등학생이 반드시 읽어야할 좋은 책을
선정하여 통합논술의 기본이 되는 '올바른 독서법'을
일깨워 줍니다.

교과서와
함께하는
초등학교 통합논술

초등1학년 | 값 12,000원 / 초등2학년 | 값 9,500원 / 초등3학년 | 값 11,000원 / 초등4학년 | 값 9,500원 / 초등5학년 | 값 9,500원 / 초등6학년 | 값 11,000원

♣ 혼자 할 수 있어요.

엄마가 책 읽는 방법을 가르쳐 주어도 좋아요.
독서지도하는 선생님이 가르쳐 주어도 좋답니다.
"초등 교과서와 함께하는 통합논술 시리즈"는
아이 스스로 독서할 수 있도록 꾸며진 책이에요.
엄마와 선생님은 요령만 가르쳐 주시면 된답니다.

♣ 교과서의 중요한 내용이 총정리되어 있어요.

각 학년별로 중요한 교과 내용이 함께 수록되어 있어요.
초등학생은 교과서 내용을 충실하게 공부해야 합니다.
아울러 그와 병행한 독서가 대단히 중요하지요.
"초등 교과서와 함께하는 통합논술 시리즈"는
두 가지 방법 모두 알려준답니다.

♣ 이 책은 훌륭하신 선생님들이 함께 쓰신 책이랍니다.

동화작가 선생님들이 쓰셨어요. 소설가 선생님도 쓰셨답니다.
국어 논술독서지도 선생님들도 함께 쓰셨지요.
"초등 교과서와 함께하는 통합논술 시리즈"는
엄마의 마음으로 모든 선생님들이 함께 꾸민 책이랍니다.

입소문을 통해 아는 분은 다 알고 계십니다!
올 한해 공인중개사 최고의 화제작!

1~2권 합본 | 이용훈 지음
3~4권 합본 | 이용훈 지음
5~6권 합본 | 이용훈 지음
용어해설 | 이용훈 지음

수험생 기본 필독서
만화 공인중개사

제목 : 만화공인중개사 쓰신 분에게 감사드립니다.

학원을 두 달 다녔어요. 근데 과연 그 숫자 외우기 그런 게 몇 문제나 나올까 생각을 했어요.
아니라는 생각이 드네요. 학원강의를 뒤로하고 서점을 갔어요. 내 머리에가장 이해될수있는
책이 없나 하구요. 거기서 만화를 발견했어요. 무조건 세 번 봤어요. 3개월 걸렸어요. 문제집을 보라고
했는데 그건 시행을 못했어요. 근데 합격을 했네요.
어떻게 감사의 말을 해야 될지…….
도서관에서 만화책 들고 다니니까 사람들이 비웃더라구요. 만화책으로 공인중개사를 공부한다고
미친 사람처럼 보더라구요. 근데 그거 다 감수하고 했던 내가 자랑스럽습니다.
어떻게 감사의 말을 해야 할지… 정말 감사합니다.
부디 행복하세요. 제 나이 41살에 좋은 스승을 만난 것 같습니다.
엎드려 감사드립니다.

－본사 홈페이지에 독자분이 올린 메일 中 에서 발췌－